KB128353

선단기

선단기 6

초판 1쇄 인쇄일 2021년 01월 15일 | **초판 1쇄 발행일** 2021년 01월 21일

지은이 조휘 | **펴낸이** 곽동현 | **담당편집 팀장** 이범수
편집부 정요한 최훈영 조혜진

펴낸곳 (주)조은세상 | 출판등록 제2002-23호
주소 서울특별시 동작구 동작대로1길 27 5층
TEL 02)587-2966 | FAX 02)587-2922
E-mail bukdu@comics21c.co.kr

조휘ⓒ2021
ISBN 979-11-6591-550-6 | ISBN 979-11-6591-272-7(set)
값 8,000원

선단기

6

조휘 신무협 장편소설

NEO ORIENTAL FANTASY STORY

세상

조휘 신무협 장편소설

NEO ORIENTAL FANTASY STORY

CONTENTS

1장. 수수께끼의 노인

1장. 수수께끼의 노인

노인은 눈을 부릅떴다.

원래 계획은 이렇지 않았다.

유건이 법술을 펼치면 미리 준비한 진법으로 금속 막대를 봉인할 계획이었다.

한데 유건이 꺼낸 기이한 영물이 금속 막대를 집어삼키는 바람에 계획은 시작부터 차질을 빚었다.

그러나 노인도 쉽게 포기하지 않았다.

아니, 지금은 포기할 수 없단 표현이 더 맞았다.

금속 막대를 손에 넣지 못하면 막대한 희생을 감수하면서 버텨 온 수십 년의 이 참담한 세월을 누가 보상해 준단 말인가?

노인은 그러면서도 금속 막대를 집어삼킨 영물의 생김새가 마음에 걸려 속이 영 개운치 않았다.

전에 분명 어디서 들어 본 적이 있는 생김새였다.

더욱이 그의 가슴 속 깊은 곳에서는 저 영물에게 절대 덤비지 말라는 경고마저 들려왔다.

그러나 보물을 차지하고픈 욕심이 경고를 무시했다.

영물이 금속 막대를 완전히 소화하면 되돌릴 방법이 없었다.

노인은 급히 오른손을 뻗으며 소리쳤다.

"잡아라!"

그 순간, 영물 머리 위에 1장 크기의 금빛 손바닥이 나타났다.

영물은 조막만 한 입을 오물거리며 방금 먹은 금속 막대 맛을 음미 중이었다.

표정은 아주 태평했다.

마치 금빛 손바닥이 머리 위에서 덮쳐 온단 사실을 전혀 모르는 것 같았다.

유건은 다급한 마음에 재빨리 천농쇄박 진언을 외웠다.

그러나 노인의 반격이 워낙 재빨라 공격을 제때 막아 내지 못했다.

"젠장!"

욕을 내뱉은 유건은 뇌력으로 도천현무패를 불러들였다.

10

노인을 제때 저지할 수 없다면 도천현무패라도 회수해야
했다.

그러나 도천현무패는 예상대로 그의 명령을 듣지 않았다.

그저 금속 막대를 씹어 먹으며 맛을 음미하는 데만 정신이
팔려 있었다.

마치 사탕을 처음 먹어 보는 어린아이 같았다.

콰직!

금빛 손은 결국, 도천현무패를 벼락같은 속도로 틀어쥐었
다. 성공한 노인은 재빨리 법결을 날려 금빛 손을 불러들였다.

유건도 노인을 막기 위해 재차 천농쇄박 금제 구결을 외웠
다.

이번엔 유건이 좀 더 빨랐다.

노인은 얼굴에 뚫린 모든 구멍에서 피를 쏟으며 괴로워했다.
그러나 도천현무패는 여전히 노인의 금빛 손에 잡혀 있었다.

노인은 피를 쏟으면서도 껄껄 웃었다.

"하하, 영물을 살리고 싶다면 나에게 건 금제를 풀게나."

유건은 망설였다.

진언을 몇 글자만 더 외우면 노인을 죽일 수 있었다.

그러나 노인이 그 전에 도천현무패를 부수면 되돌릴 방법
이 없었다.

한데 그때였다.

노인의 금빛 손이 갑자기 울퉁불퉁해졌다.

마치 안에서 무언가가 튀어나오려는 모습 같았다.

"이런!"

당황한 노인은 다급히 금빛 손에 법결을 날렸다. 그러나 법결도 통제를 벗어난 금빛 손을 안정시키지 못했다.

울퉁불퉁해진 금빛 손은 급기야 굉음을 내며 터져 나갔다.

굉음이 만든 충격파가 들판을 흔들어 거센 폭풍이 일어났다.

유건은 급히 보호막을 펼쳐 폭풍을 막아 냈다.

폭풍이 말아 올린 거대한 흙먼지는 한 식경이 지나서야 겨우 가라앉았다.

유건은 안력을 높여 주변을 재빨리 훑었다.

노인의 금빛 손이 있던 자리에 유성이 떨어져 생긴 듯한 구덩이가 파여 있었다.

유건은 비행술을 펼쳐 구덩이 주변으로 날아갔다.

"아!"

구덩이 가장자리에 피투성이로 변한 노인이 힘없이 누워 있었다.

천농쇄박 금제에 당한 상태에서 금빛 손까지 폭발하는 바람에 몸에 있는 피란 피는 전부 빠져나온 모습이었다.

"그럼 도천현무패는?"

그때, 하늘에서 신수가 포효하는 소리가 들려왔다.

생명을 지닌 생명체라면 모두 두려움을 느낄 만한 가공할 포효였다.

그러나 그에게는 그다지 큰 효과가 없었다.

유건은 급히 고개를 들어 하늘을 보았다.

도천현무패가 도도한 모습으로 암녹색 빛을 발하며 떠 있었다.

천하를 오시하는 절대자를 떠올리게 하는 모습이었다.

유건은 도천현무패 옆으로 날아가 그 주위를 한 바퀴 돌았다.

금 속성 열쇠를 흡수한 도천현무패는 확실히 전과 달랐다.

도천현무패는 반대편에 도마뱀을 닮은 암녹색 꼬리가 새로 자라 있었다.

한데 자세히 보면 꼬리 끝이 마치 갈래창처럼 두 갈래로 갈라져 있었다.

진짜 도마뱀은 그렇지 않았다.

유건은 만면에 희색을 드러냈다.

'오, 금 속성 열쇠를 먹고 한 단계 더 성장했구나.'

그때, 도천현무패로 변한 묵귀가 유건을 째려보았다.

화가 나서 째려보는 눈빛은 아니었다.

그보다는 유건 같은 하수가 자기 주인이라는 점이 마뜩잖단 눈빛에 더 가까웠다.

'약해서 미안하군.'

유건은 쓴웃음을 지으며 원신을 내보냈다.

아무리 오만한 묵귀라도 원신 앞에서는 고양이 앞 쥐였다.

기가 죽은 묵귀는 뭐라 중얼거리며 팔찌로 변해 돌아왔다.

무사히 돌아온 묵귀를 보며 안심한 유건은 노인을 찾았다.

정신을 차린 노인은 가부좌한 자세로 단약을 복용 중이었다.

유건은 그 앞으로 내려가 말없이 노인을 지켜보았다.

노인은 그를 의식하지 않았다.

그저 상처 치료에 전념할 뿐이었다.

유건은 그제야 노인의 경지가 불안정하다는 사실을 눈치챘다.

전에는 감옥이 뇌력을 차단해 정확히 파악하지 못했다.

그러나 뇌력으로 파악이 가능한 지금은 확실히 알 수 있었다.

노인은 장선 중기와 오선 중기를 오락가락하는 상태였다.

노인은 그로부터 거의 이틀이 지나서야 가부좌를 풀었다.

자리를 털고 일어난 노인은 눈빛이 의외로 담담했다.

"내가 자네를 너무 얕봤나 보구먼."

유건은 어깨를 으쓱하며 대꾸했다.

"선배님은 제게 금속 막대를 떼어 내달라 부탁했습니다. 전 시키는 대로 했고요. 한데 선배님은 약속을 지키지 않으셨지요. 갑자기 암수를 써서 제 영물을 해치려 들다니요. 선배님은 제가 건 금제를 너무 가볍게 생각하시는 것 같습니다."

노인은 쓴웃음을 지었다.

"내가 어찌 자네가 건 금제의 고명함을 몰라보겠는가. 아마 삼월천에서 이 금제를 풀 수 있는 수사는 거의 없을 것이야."

유건은 화를 내며 물었다.

"그럼 어째서 약속을 지키지 않은 겁니까?"

노인은 피곤한지 목덜미를 문지르며 한숨을 내쉬었다.

"난 이 황량한 금지에서 금속 막대를 얻겠단 일념 하나로 수십 년을 허비했네. 심지어 그 바람에 경지까지 떨어졌지. 아마 자네도 나와 같은 상황이었다면 똑같이 했을 것이야."

유건은 미간을 찌푸리며 물었다.

"그럼 정말로 금속 막대에 원기를 빼앗겨 경지가 떨어진 겁니까?"

노인은 씁쓸한 표정으로 되물었다.

"자네 반서(反噬)란 말을 아는가?"

"기르던 짐승이 주인을 해친다는 말 아닙니까? 선도에서는 영귀가 귀선의 본신을 차지하는 경우가 대표적인 반서고요."

"그럼 얘기하기가 편하겠군. 쉽게 말해 난 금속 막대에 반서를 당했네. 원래 금속 막대와 같은 보물은 다 주인이 있는 법이지. 물론, 나도 수행한 세월이 적지 않아 잘 알고 있다네. 그러나 일생에 두 번 만나기 힘든 보물 앞에서는 다 부질없더군. 욕심에 눈이 먼 나는 금속 막대의 금 속성 영기를 무리하게 흡수하려다가 반서를 당했네. 말 그대로 내 금 속성 원기를 금속 막대에 빼앗겨 경지가 떨어진 셈이지."

유건은 노인의 등에 붙어 있는 등딱지를 힐끗 보았다.

금속 막대에 원기를 빼앗긴 탓에 구리처럼 색이 약간 탁해져 있었다.

"그럼 원래 장선 수사였던 것입니까?"

노인은 회한에 찬 표정으로 대꾸했다.

"전엔 장선 중기 최고봉이었지."

유건은 혀를 차며 물었다.

"한데 그렇게 대단한 분이 어쩌다가 욕심에 눈이 먼 것입니까?"

"난 장선 중기 최고봉을 800년 전에 도달했네. 우리 금갑족(金甲族)이 인족과 비교해 일주겁이 닥치는 기간이 훨씬 길다고는 하지만 말겁을 앞둔 나로서는 다른 방법이 없었네."

유건은 새삼스러운 눈으로 노인을 다시 바라보았다.

"원래 명성이 대단한 금갑족 수사셨군요."

노인은 뒷짐을 쥐며 그제야 선배다운 위엄을 드러냈다.

"맞네. 난 금갑족 자오진인(玆烏眞人)이라 하네."

"그럼 천구해(千龜海)에서 오신 것입니까? 일전에 금갑족이 천구해 해왕(海王)을 배출하던 고귀한 가문이라 들었습니다."

노인은 살짝 놀란 표정으로 물었다.

"그 얘기는 우리 같은 나이 많은 선배들밖에 모르는데 누가 가르쳐 준 건가? 자네 사부인가? 나에게 건 금제를 가르쳐 준?"

유건은 헌월선사를 통해 알았단 말을 할 수 없어 다시 물었다.

"정말 금갑족이 천구해 왕족 가문이었습니까?"

"아주 오래전 얘기일세. 이제 천구해에 금갑족은 나를 포함해 몇 명 남지 않았으니까. 모두 그놈의 권력다툼 때문이지."

자오진인은 불쾌한 기색을 숨기지 않았다.

유건은 자오진인의 치부를 건드릴 생각이 없어 화제를 돌렸다.

"한데 여긴 어떻게 오신 것입니까? 이곳은 칠선해 금지이지 않습니까? 설마 천구해 금갑족 장선 수사 신분으로 칠선해가 중요히 여기는 금지를 도굴하러 오신 것은 아니겠지요?"

자오진인은 대화를 나누며 우울한 감정이 많이 가라앉았다.

상황이 좋지 않아 그럴 뿐이지, 원래는 유쾌한 성격이었다.

"하하, 자넨 칠선해를 대체 뭐라 생각하는 것인가?"

"천구해와 녹원대륙 사이에 있는 일곱 개의 해역이 아닙니까?"

자오진인은 혀를 차며 대답했다.

"쯧쯧, 자네 사부가 그것까진 가르쳐 주지 않았나 보군."

유건은 뭔가 짚이는 점이 있어 급히 물었다.

"그럼 혹시 거령대륙과 녹원대륙 사이에 있는 모든 바다가 칠선해인 겁니까? 천구족이 지배하는 천구해까지 포함해서요."

자오진인은 약간 놀란 표정으로 물었다.

"어찌 알았나?"

"그보다 제 말이 맞습니까?"

"맞네."

"대체 어떤 곡절이 있었던 것입니까?"

"아주 까마득한 옛날엔 이곳을 초인대륙(超人大陸)이라 불렀네."

유건은 순간, 극극도의 거족애가 떠올랐다.

"그럼 초인족이 살던 대륙이어서 초인대륙이라 불린 것입니까?"

"그렇다네. 그리고 초인대륙을 둘러싼 바다는 마경해(魔鯨海)라 불렸고. 물론, 당시 바다를 지배하던 마경족 때문에 그런 이름이 붙은 것이네. 그러나 한 산에 두 마리의 호랑이가 살 수 없단 속세의 속담처럼 초인족과 마경족은 결국 대전쟁을 벌여 사이좋게 공멸했지. 그 전쟁의 여파에 의해 조각 난 초인대륙이 지금의 칠선해를 이루는 큰 섬들이네."

유건은 눈을 부릅뜨며 물었다.

"그게 정말입니까?"

"왜? 내 말이 믿기지 않는가?"

"전 그 이야기가 속세의 전설 같은 건 줄 알았습니다."

"하하, 전설이 아니라네. 우리 구족(龜族)의 기틀을 다지신 천구조사(天龜祖師)께서 남긴 기록으로 알아낸 사실이라네."

자오진인의 설명에 따르면 초인족과 마경족은 분명 공멸했다.

하지만 그 휘하에 있던 구족, 마족, 인족, 문족(魰族), 어족(魚族), 패족(貝族), 해족(蟹族)은 살아남아 후예를 남겼다.

그 일곱 종족의 초대 조사가 바로 칠선(七仙)이었다.

유건은 고개를 돌려 들판을 둘러싼 조각상을 다시 둘러보았다.

"그럼 이 조각상들은?"

"자네의 추측대로 칠선을 본떠 만든 조각상이네. 저 중에 진짜 인족은 비파를 타는 조각상의 주인인 조화선자(造化仙子) 한 분뿐이지. 나머지 분들은 모두 의인화한 모습이고."

비파를 연주하는 조화선자 조각상을 가리킨 자오진인이 이번엔 창과 방패를 든 용맹한 전사 조각상을 향해 머리를 숙였다.

"그리고 이분이 우리 구족의 조사이신 천구조사시지."

유건은 그제야 알겠다는 듯 고개를 끄덕였다.

"천구조사께서 칠선 중에 가장 강하셨나 보군요."

자오진인이 약간 감탄한 표정으로 물었다.

"왜 그런 생각을 했는가?"

"천구조사가 세운 구족이 바다의 반을 차지하고 있으니까요."

자오진인은 자부심을 숨기지 않았다.

"하하하, 바로 보았네. 칠선 중에 천구조사가 가장 강하셨지. 원래 칠선은 더 큰 영역을 차지하기 위해 몇백 년에 걸쳐

긴 전쟁을 치렀네. 자네도 수사이니 차지한 영역이 넓을수록 수련 자원이 늘어나 점점 더 강해지는 선도의 이치를 알 것이네. 칠선 중에 가장 강하셨던 우리 천구조사께서 칠선해의 반을 차지하셨다네. 그게 바로 지금의 천구해지. 그리고 두 번째로 강하던 마족의 혈심노조(血心老祖)가 두 번째로 큰 바다인 혈심해를 차지했네. 또, 세 번째로 강하던 조화선자는 지금의 대룡해와 청림해를 합친 바다를 차지했네. 나머지 네 종족 조사는 실력이 비슷했네. 그들은 청림해와 혈심해 사이의 바다를 네 등분해 나눠 가졌지."

"그럼 어째서 칠선도 아닌 반인족이 청림해를 차지한 것입니까?"

자오진인은 고개를 절레절레 저었다.

"세상사 다 그렇지만 혼혈은 선도에서도 좋은 대우를 받지 못하네. 인족에선 다른 종족의 피가 섞였다며 일원으로 받아들이길 꺼렸네. 다른 종족에서는 아예 노예로 부리곤 했지."

자오진인의 이어진 설명에 따르면 반인족 조사로 일컬어지는 건곤도조(乾坤道祖)가 등장하며 상황이 크게 바뀌었다.

건곤도조는 칠선이 연달아 자취를 감춘 이후, 처음으로 비선 경지에 등극한 칠선해 수사였다.

건곤도조는 박해받던 모든 반인족을 모아 다른 종족들을 상대로 반란을 일으켰다.

반란에서 승리한 반인족은 인족 바다의 반과 다른 네 종족이 다스리던 바다 일부를 점령해 지금의 청림해를 만들었다.

　유건은 감탄하며 말했다.

　"흐음, 칠선해에 그런 비사가 있었군요."

　"내가 금지를 찾은 이유는 도둑질하기 위해서가 아니었네.
우리 구족의 조사이신 천구조사의 유산을 찾기 위해서였네."

　그때, 자오진인이 의미심장한 눈으로 유건을 쳐다보았다.

◆ ◇ ◆

　유건은 몰래 천농쇄박 금제를 준비하며 물었다.

　"왜 그런 눈빛으로 쳐다보시는 겁니까?"

　"금속 막대를 잡아먹은 영물을 다시 보여 주지 않겠나?"

　유건은 경계를 풀지 않으며 물었다.

　"보여 달라는 의도가 뭡니까?"

　자오진인은 한숨을 짧게 내쉬었다.

　"설마 자네 영물을 내가 어떻게 할까 봐 그러는 건가? 좀
전에 말했잖은가. 나에겐 자네가 건 금제를 풀 능력이 없네.
더구나 오선 중기인 지금의 몸으로는 더더욱 불가능하지."

　"그래도 저보다는 훨씬 강하시지 않습니까? 저는 소중한 영
물을 저보다 강한 수사에게 내보일 만큼 순진하지 않습니다."

　유건의 성격을 파악한 자오진인은 바로 방법을 바꿨다.

　"그럼 나와 거래를 해 보는 건 어떤가?"

"어떤 거래를 말하는 겁니까? 법보나, 오행석은 필요 없습니다."

"자네에게 도움이 될 만한 아주 귀중한 정보를 주지. 이 정보는 이곳을 관리하는 교인족 수사들도 모르는 정보일 걸세."

잠시 고민한 유건은 천농쇄박 금제를 믿고 승낙했다.

"보여 드리겠습니다. 그러나 허튼수작을 부리면 바로 금제를 발동시키겠습니다. 이번에는 위협으로 끝나지 않을 겁니다."

자오진인은 심각한 얼굴로 고개를 끄덕였다.

"물론이네. 나도 이런 일에 목숨을 걸 생각은 없네."

유건은 정혈을 주입해 묵귀를 불러냈다.

머리와 꼬리만 달린 묵귀가 공중에 둥둥 떠서 유건을 노려보았다.

계속 귀찮게 굴면 쓴맛을 보여 주겠다는 눈빛이었다.

유건은 머리가 지끈거렸다.

'어째 성격은 금룡보다 더 포악한 것 같군. 열쇠가 두 개뿐인데도 이런데 다섯 개 다 모았을 때는 감당하기 어렵겠어.'

그러나 유건은 곧 어이가 없다는 듯 피식 웃었다.

'두 번째 금 속성 열쇠는 운으로 거저 얻었을지 몰라도 여기까지 오기 위해 죽을 고비를 수없이 넘겼지. 그런 마당에 열쇠를 다 모았을 때를 걱정하다니! 나도 참 한심하군. 그런 걱정은 일단 열쇠를 다 모아 놓고 해도 늦지 않은데.'

고개를 저어 상념을 떨쳐 낸 유건은 묵귀를 살펴보았다.

묵귀는 자오진인 주위를 빙글빙글 돌며 코를 킁킁거렸다.

아마 냄새를 맡는 모양이었다.

한데 자오진인은 약간 두려워하는 표정으로 묵귀가 자기 냄새를 맡게 그냥 놔두었다.

그때, 묵귀가 눈에 힘을 주며 그르렁거렸다.

유건은 묵귀가 갑자기 화를 내는 이유를 알지 못했다.

물론, 알아볼 방법이 없진 않았다.

영물, 영수, 영선 등과 주종 관계를 맺으면 뇌력으로 상대와 감응할 수 있었다.

유건은 뇌력으로 묵귀와 감응해 보았다.

묵귀는 자오진인을 자기 노예로 생각했다.

한데 자오진인이 주인인 자기를 공경하지 않는 모습에 잔뜩 화가 나 있었다.

자오진인은 그 자리에 넙죽 엎드려 머리를 조아렸다.

"태원족(太原族) 어르신께 인사드립니다. 소생은 삼월천 천구해 금갑족 수사 자오라고 합니다. 결례를 용서하시옵소서."

유건은 깜짝 놀라 속으로 생각했다.

'태원족이 대체 뭔데 자오진인이 저런 저자세로 나오는 거지?'

오만한 표정으로 절을 받은 묵귀가 자오진인 앞으로 날아갔다.

자오진인은 긴장한 표정으로 머리를 더 깊이 조아렸다.

묵귀는 조막만 한 입을 오물거리며 뭐라 중얼거렸다.

궁금해진 유건은 그들의 대화에 귀를 기울였다.

그러나 처음 듣는 언어였다.

심지어 헌월선사의 기억에도 없는 언어였다.

그러나 자오진인은 묵귀의 말을 알아듣는 눈치였다.

묵귀가 뭐라 중얼거릴 때마다 노인의 표정이 시시각각 달라졌다.

묵귀는 마지막으로 자오진인을 쏘아보며 그르렁거렸다.

움찔한 자오진인은 겁에 질린 얼굴로 고개를 세차게 저었다. 그제야 만족한 묵귀가 팔찌로 변해 제 맘대로 돌아와 버렸다.

유건은 자오진인을 바라보며 물었다.

"묵귀가 방금 뭐라 한 겁니까?"

자오진인은 말없이 유건의 왼쪽 발목에 감긴 팔찌를 힐끗 보았다.

암녹색 팔찌는 머리와 꼬리만 있을 뿐이었다.

그 외 나머지 부분은 아직 형태를 제대로 갖추지 못한 상태였다.

한숨을 내쉰 자오진인은 뇌음으로 대답했다.

"태원족 어르신께서 자네를 주인으로 모시라는군."

유건은 충격을 받은 표정으로 물었다.

"대체 태원족이 뭔데 그러시는 겁니까?"

"삼월천에만 천 개가 넘는 다양한 구족이 산단 사실을 아는가?"

유건은 고개를 끄덕였다.

"그래서 천구족이라 불리지 않습니까?"

"맞네. 삼월천에만 천 개가 넘을진대 다른 세계에 있는 구족까지 합치면 아마 그 수를 헤아리기 힘들 테지. 그러나 이 세상에 존재하는 모든 구족은 신수 현무의 혈통을 이었다는 공통점이 있다네. 신수 현무처럼 모든 종족의 근원에 해당하는 종족이 바로 태초의 종족이라 불리는 태원족이네."

"태원족이 태원십류를 말하는 것입니까?"

"비슷하면서도 다르지. 태원족 중에서도 가장 근원이 되는 종족을 태원십류라 하니까. 물론, 신수 현무도 태원십류일세."

유건은 헌월선사 동부에서 태원십류에 관해 간단히 설명한 서적을 읽었었다.

말 그대로 간단히 소개한 서적이었다.

어디에도 태원십류가 어떤 종족인지에 대해 쓰여 있지 않았다.

다만, 백진과의 대화를 통해 태원십류 으뜸이 용족이란 사실만 알아냈을 뿐이었다.

한데 오늘 자오진인을 통해 신수 현무 역시 놀랍게도 태원십류 중 하나라는 사실을 알아냈다.

"그런 내용은 어떻게 아시게 된 겁니까?"

"우리 삼월천의 천구족은 몇십만 년 전에 상계에서 죄를 짓고 이곳으로 쫓겨난 구족의 후예일세. 그 덕분에 삼월천에서 태원족의 존재를 아는 거의 유일한 종족이라 할 수 있지."

유건은 좀 전의 광경을 떠올리며 다시 물었다.

"그럼 묵귀가 태원십류의 신수 현무란 말입니까?"

"그렇다네. 더구나 힘을 제대로 갖추지 못한 상태에서도 구족인 나에게 이런 두려움을 안겨줄 정도라면 말 다 했지. 아마 태원족 중에서도 정통 혈통을 이은 분일 가능성이 크다네."

유건은 어안이 벙벙했다.

사신기 영물이 전부 비범한 내력을 지니고 있을 거란 생각은 예전부터 하였다.

한데 정통 혈통을 이은 태원족일 거라고는 전혀 예상하지 못했다.

예상보다 내력이 더 대단했다.

그러나 유건은 여전히 의문이 가시지 않았다.

"태원족인 현무가 명령을 내리면 구족은 무조건 따라야 합니까?"

"자네는 구족이 아니라서 그렇게 말할 수 있겠지. 물론, 나도 알고 있다네. 그런 명령을 따라서는 안 된다는 것을. 그러나 내 몸에 흐르는 현무의 정혈이 그걸 용납하지 않는다네."

자오진인은 착잡한 눈으로 하늘을 올려다보며 말을 이어

갔다.

"아마 내 몸에 흐르는 현무의 정혈은 피 한 방울이 넘지 않을 것이네. 그러나 그 피 한 방울이 내 몸에 흐르는 정혈을 모두 합친 것보다 강하지. 그게 바로 태원족의 힘이라네."

"한데 묵귀가 한 말은 그게 다입니까?"

자오진인은 고개를 끄덕였다.

그러나 이는 사실이 아니었다.

유건이 묵귀라 부르는 현무는 그보다 더 많은 말을 했다.

그러나 적절한 기회가 오기 전까진 말하지 않을 생각이었다.

유건은 곤란한 표정으로 물었다.

"정말 묵귀가 시킨 대로 절 주인으로 모실 생각입니까?"

"나는 신수 현무의 명령을 따르지 않을 도리가 없다네."

유건은 미간을 찌푸렸다.

"저보다 강한 선배님과 주종 관계를 맺어도 되는 건지 모르겠습니까? 제 눈에는 별로 좋아 보이는 그림이 아니어서요."

"대도를 이루려는 수사가 남들 눈치를 봐서야 쓰겠는가? 자넨 어떨지 모르지만 난 자네의 종이 되는 게 부끄럽지 않네."

말을 마친 자오진인은 유건을 빤히 쳐다보았다.

이제 어떻게 하겠느냐 물어보는 눈빛 같았다.

유건은 쓴웃음을 지었다.

"이번 결정이 우리에게 이득일지, 아닐지는 아직 모르지만 어쨌든 선배님의 경지가 크게 떨어진 데에는 제 책임도 약간 있습니다. 만약, 선배님이 제가 대도를 이룰 수 있게 전력으로 도와주신다면 저도 선배님이 경지를 회복할 수 있도록 최선을 다해 돕겠습니다. 그렇게 해 주실 수 있겠습니까?"

"그야 당연한 일이지."

유건은 그 자리에서 바로 자오진인의 몸에 천농쇄박 중에 주종 관계를 맺는 금제를 걸었다.

기존에 건 금제보다 훨씬 강력한 금제였다.

그가 풀어 주기 전엔 해제할 방법이 없었다.

자오진인은 담담한 표정으로 새 주인에게 예를 올렸다.

"앞으로 편하신 대로 불러 주십시오, 주인님."

유건은 민망한 표정으로 손을 저었다.

"아, 앞으로 나를 주인님이라고 부를 필요 없소. 그냥 공자라 부르시오. 그리고 난 앞으로 선배님을, 아니 그대를 자오 영감이라 호칭하겠소. 그편이 서로 민망하지 않을 것이오."

"원하시면 그렇게 해 드리지요."

"내가 데리고 다니는 영선과 영수를 소개해 주겠소."

유건은 규옥과 청랑을 불러 자오진인과 대면하게 해 주었다.

먼저 규옥이 손을 앞으로 모은 공손한 자세로 인사했다.

"규옥입니다. 앞으로는 소옥이라 불러 주십시오."

이어서 청랑이 캉캉 짖어 자오진인에게 예를 표했다.

자오진인은 깜짝 놀라 규옥과 청랑을 살펴보았다.

규옥은 그 귀하다는 영선이 틀림없었다.

더구나 몸에서 풍기는 향기는 더 대단했다.

향기를 맡을 때마다 머릿속 깊숙한 부위까지 깨끗하게 씻어 주는 느낌이 들었다.

고위 품계의 영목을 본신으로 둔 내력이 비범한 영선임이 분명했다.

청랑도 규옥 못지않았다.

개를 닮은 머리 위에는 녹원대륙의 수사슴을 떠올리게 하는 멋들어진 뿔이 한 쌍 자라 있었다.

그뿐만이 아니었다.

준마를 닮은 매끈한 다리는 탄력이 넘쳐 보였다.

꼬리는 모두 세 개로 복슬복슬한 털에 덮여 있었다.

무엇보다 다리와 꼬리에 손이 델 듯한 열기를 뿜어내는 주황색 불꽃이 선명하게 새겨져 있단 점이 그의 눈길을 끌었다.

몸을 덮은 짧은 털은 파란 물감을 몇 번 덧칠한 것처럼 짙푸른 색이었다.

짧은 털은 비단처럼 부드러웠다.

바람이 불어올 때마다 최상급 비단으로 짠 옷처럼 영롱한 광택을 발했다.

자오진인은 자신도 모르는 사이에 탄성을 내뱉었다.

"공자님은 엄청난 선연을 타고 나신 분이 분명합니다!"

잠시 후, 자오진인은 규옥과 청랑이 머무르는 영목낭 안으로 들어갔다.

유건은 원래 따로 거처를 마련해 줄 생각이었다.

그러나 자오진인이 규옥 옆에서 수련하길 고집해 그렇게 하게 해 주었다.

아마 원기를 크게 상한 자오진인으로서는 영목이 있는 영목낭에서 수련하는 편이 더 좋은 모양이었다.

자리를 잡은 자오진인이 물었다.

"한데 신수 현무를 봉인한 법보가 혹시 무규신갑이 아닙니까?"

유건은 살짝 놀란 표정으로 물었다.

"그건 어떻게 알았소?"

"천구족도 칠선해와 교류가 전혀 없진 않습니다. 국경 지대에서는 서로 필요한 재료를 교환하는 경매회도 열리지요. 아마 그런 경매회에서 녹원대륙 출신 수사의 입을 통해 무규신갑과 관련한 이야기가 천구족에 흘러들어 왔을 것입니다."

유건은 한숨을 내쉬며 그간의 사정을 말해 주었다.

자오진인은 다시 한번 감탄했다.

"공자님이 그런 강대한 세력에 쫓기는 와중에도 여기까지 올 수 있었던 이유는 분명 선연이 따르기 때문일 것입니다."

유건은 그 얘기를 더 하고 싶지 않아 화제를 돌렸다.

"밖에 있는 적이 푸른 안개 진법을 뚫으면 위험하지 않겠소?"

자오진인은 껄껄 웃으며 자신 있게 대답했다.

"하하, 이 진법은 청무용봉대현진(靑霧龍鳳大玄陣)이라 합니다. 전에 말씀드린 초인족이 상고시대에 만든 아주 고명한 진법이지요. 이해하기가 아주 난해한 진법입니다. 저 정도의 실력을 보유한 진법 수사가 아니면 쉽게 뚫지 못합니다."

유건은 그래도 마음이 놓이지 않았다.

"적에게 영감보다 뛰어난 진법 수사가 있다면 위험하지 않겠소?"

자오진인은 자존심이 상한 말투로 대답했다.

"금갑족은 태생적으로 진법에 능한 종족입니다. 저는 태어나 지금까지 저보다 진법을 잘 쓰는 수사를 본 적이 없습니다."

"알겠소. 그럼 자오 영감만 믿겠소."

고개를 끄덕인 유건은 화제를 돌렸다.

"한데 좀 전에 말한 귀중한 정보란 건 대체 뭐요?"

자오진인은 신이 나서 대답했다.

"이곳에서 금속 막대를 떼어 낼 방법을 연구하던 중에 우연히 깨달은 사실이 하나 있습니다. 이곳이 반인족 건곤도조가 세운 청림해란 사실이지요. 생각해 보십시오. 공자님은 칠선에게 박해받은 경험이 있는 반인족이 칠선을 기리는 금지를 이렇게 오랫동안 방치했다는 게 좀 이상하지 않습니까?"

"청무용봉대현진을 뚫지 못해 그런 게 아니겠소?"

"그건 아닐 겁니다."

"그럼 그냥 둔 이유가 따로 있단 뜻이오?"

"제 생각엔 이곳 금지에 어떤 비밀이 숨겨져 있는 것 같습니다."

유건은 어차피 할 일이 없어 금지의 비밀을 풀어 보기로 하였다.

물론, 그 선봉에는 자오진인이 섰다.

자오진인은 그의 장담대로 진법에 아주 해박했다.

그는 심지어 금속 막대에 반서를 당한 상태에서도 청무용봉대현진을 조종할 정도로 진법에 능숙했다.

그 덕에 몽견의 독수에서 살아남은 유건은 자오진인이 하라는 대로 하였다.

자오진인은 금지를 조사하다가 중앙으로 이동했다.

"역시 이 금지 중앙 쪽의 기운이 어딘가 매끄럽지 못합니다."

"처음부터 중앙 쪽이 의심스러웠소?"

"그렇습니다. 다만, 그때는 금 속성 영기를 발산하는 금속 막대에 넋이 나가 자세히 조사할 생각을 미처 하지 못했지요."

"비밀을 풀 수 있겠소?"

"할 수는 있습니다만 도중에 진핵을 건드릴 위험이 있습니다. 진핵을 건드리면 청무용봉대현진에 영향을 줄 것입니다."

"그렇다면 내게 좋은 방법이 있소."

유건은 규옥을 불러 영선 비술로 비밀 공간을 찾아보게 하였다.

규옥은 곧 자오진인이 진법으로 감춰 둔 투명한 감옥을 찾아낼 때처럼 비술을 펼쳐 금지 중앙을 집중적으로 조사했다.

규옥이 뱉어 낸 녹색 연기가 금지 중앙 지하를 세밀하게 훑었다.

얼마 후, 규옥이 기뻐하며 소리쳤다.

"공자님, 비밀 공간을 찾아냈습니다!"

"오, 어떤 식의 공간이더냐?"

규옥은 녹색 연기로 조사한 내용을 상세히 보고했다.

한참 듣고 있던 자오진인이 반색하며 끼어들었다.

"진핵을 건드리지 않고 공간을 해제할 수 있을 것 같습니다."

유건은 기뻐하며 지시했다.

"그럼 당장 해제하시오."

자오진인은 법보낭에서 종류가 다양한 깃발을 꺼내 설치했다.

유건은 바라만 봐도 어지러울 정도로 복잡한 진법이었다.

반나절 후, 진법 설치를 마친 자오진인이 법결을 날렸다.

그 순간, 금지 중앙의 땅이 밑으로 푹 꺼지며 거대한 수직 동굴이 입을 쩍 벌린 모습으로 나타났다.

입구에는 예상대로 수사의 뇌력을 차단하는 강력한 진법

이 펼쳐져 있었다.

동굴 안을 내려다본 유건은 눈을 부릅떴다.

동굴 안에는 처음 보는 여덟 번째 조각상이 있었다.

◆ ◆ ◆

유건은 뇌력으로 동굴을 샅샅이 조사했다.

영기의 압력이 대단하단 점 외에는 괜찮아 보였다.

유건은 동굴 밑으로 천천히 내려갔다.

동굴은 상당히 깊어 거의 2천 장에 달했다.

동굴 바닥에 도착한 유건은 주변을 둘러보았다.

바닥은 전체가 복잡한 진법으로 이루어져 있었다.

원형, 삼각형, 사각형, 별 모양의 진법이 1천 장이 넘는 바
닥을 가득 채웠다.

진법의 각 진핵에는 최소 3품 이상의 오행석이 박혀 있었
다.

유건이 마지막에 확인한 진핵은 2천 개가 넘었다.

진법 설치에 3품 오행석이 무려 2천 개가 넘게 들어갔단
뜻이었다.

'3품 오행석은 돈 주고도 못 사는 물건인데 대단하군.'

자오진인은 바로 진법 연구에 몰두했다.

유건은 그사이 청랑을 타고 문제의 그 조각상을 조사했다.

여덟 번째 조각상은 동굴 바닥에서 200장쯤 위에 떠 있었다.

조각상을 지탱하는 기둥이나, 밧줄은 보이지 않았다.

'저 큰 조각상이 공중에 스스로 떠 있다니 굉장하군.'

유건은 올라가며 조각상을 전체적으로 살펴보았다.

음양 무늬 도포를 걸친 위맹한 인상의 중년 수사를 조각한 작품이었다.

중년 수사는 정수리 위로 틀어 올린 머리카락을 기린(麒麟)을 조각한 비녀로 정리했다.

광택이 흐르는 검은 수염은 가슴까지 내려와 있었다.

자세는 약간 특이했다.

오른손으론 선문이 번쩍이는 검은색 검을 들었다.

반면, 왼팔은 전쟁에서 승리한 장군처럼 하늘 위로 번쩍 들어 올린 자세였다.

중년 수사의 자세는 위맹한 인상을 더 돋보이게 하였다.

조각상일 뿐인데도 세상을 오시하는 절대자의 기운이 느껴졌다.

유건은 직감적으로 이 조각상 주인이 건곤도조임을 눈치챘다.

건곤도조 조각상은 크기가 1천5백 장을 상회했다.

칠선 조각상 크기가 1천 장임을 생각하면 약 500장 더 큰 셈이었다.

'칠선해의 금지에 건곤도조 조각상을 숨겨 둔 데는 그만한 이유가 있을 것이다. 더구나 건곤도조 조각상이 더 크기도 하고.'

조각상을 조사한 유건은 다시 바닥으로 내려갔다.

자오진인은 여전히 진법 연구에 흠뻑 빠져 헤어 나오지 못했다.

고개를 저은 유건은 조각상 밑으로 내려가며 생각했다.

'이 거대한 조각상은 무게가 얼마나 나갈까? 아마 작은 산정도 하겠지. 한데 어떻게 공중에 계속 떠 있을 수 있는 거지?'

유건은 조각상 바닥에서 그 실마리를 찾았다.

조각상 바닥에는 음양과 태극으로 만든 진법이 있었다.

특히, 진법 정 중앙에 있는 진핵이 대단했다.

유건은 진법을 건드리지 않기 위해 멀리서 관찰했다.

그런데도 짙은 음 속성 기운에 영향을 받아 몸이 으슬으슬 떨렸다.

유건은 거리를 벌리며 안력을 높였다.

그 순간, 진핵 모습이 선명하게 드러났다.

진핵에는 3품 오행석 천 개가 원을 그리며 박혀 있었다.

그러나 유건은 3품 오행석에는 별 관심이 없었다.

그는 진핵 가운데 박힌 송곳처럼 생긴 파란 법보에서 눈을 떼지 못했다.

'저 파란 송곳 법보에서 음 속성 기운이 흘러나오는군.'

그때, 자오진인이 올라와 조각상 바닥 진법을 조사했다.

잠시 후, 자오진인이 은발 수염을 쓸어내리며 고개를 끄덕였다.

"흠, 역시 그랬었군."

유건은 가까이 다가가 물었다.

"진법의 비밀을 알아냈소?"

"조각상 진법에 있는 파란 송곳 법보를 보셨습니까?"

"봤소."

"그럼 저를 따라오십시오."

자오진인은 유건을 데리고 바닥으로 내려가며 경고했다.

"공자님은 제 뒤만 따라오셔야 합니다."

"안심하시오. 아무것도 건들지 않을 테니."

유건은 조심하며 자오진인을 따라갔다.

그들은 곧 바닥 중앙에 있는 진법 상공에 도착했다.

유건은 그제야 자오진인이 그를 따라오라 한 이유를 깨달았다.

조각상 바닥과 똑같이 생긴 음양, 태극 진법이 중앙에 있었다. 다만, 진핵에 붉은 송곳이 박혀 있단 점만 다를 뿐이었다.

유건은 급히 물었다.

"조각상 바닥의 파란 송곳과 여기 있는 붉은 송곳이 한 쌍이오?"

"정확히 보셨습니다."

"자오 영감은 반인족이 여기다 진법을 만든 이유가 무엇 같소?"

자오진인이 과장 섞인 몸짓으로 대꾸했다.

"여기엔 아주 무시무시한 음모가 숨어 있는 것 같습니다."

"음모?"

"그렇습니다. 이 진법은 청무용봉대현진이 외부의 공격을 받아 부서지면 발동하도록 만들어져 있습니다. 생각해 보십시오. 청림해는 건곤도조 시절에 이곳을 금지로 못 박아 두었습니다. 청림해 수사들은 올 일이 없단 뜻이지요. 그렇다면 이 금지를 탈환하려는 세력은 자연스럽게 외부 수사들, 특히 칠선해 다른 종족일 가능성이 클 수밖에 없습니다."

유건은 미간을 찌푸리며 물었다.

"다른 종족이 왜 그들의 칠선을 기리는 금지를 친단 말이오?"

"칠선이 금지에 남겨 두었을지도 모르는 보물을 찾기 위해서지요. 저만 해도 천구조사의 유산을 찾기 위해 금지에 잠입하지 않았습니까? 다른 세력도 분명 그들의 조사가 남겼을지 모르는 유산을 찾기 위해 청림해를 정복하면 가장 먼저 이곳부터 조사하려들 겁니다. 한데 청무용봉대현진은 칠선이 만든 진법이 아니라, 초인족이 만든 진법이지요. 저 정도 실력을 보유한 진법 수사가 없다면 어떤 수사도 진법을 건드리지 않고 금지 안으로 들어오기란 사실상 불가능합니다."

일리가 있는 말이었다.

칠선해의 금지는 청림해에 있었다.

다른 종족이 금지를 조사하고 싶어도 청림해를 정복하기 전에는 다른 방법이 없었다.

유건은 고개를 끄덕이며 물었다.

"그럼 건곤도조는 칠선해의 다른 종족이 청림해에 쳐들어왔을 때를 대비해 이 조각상과 진법을 남겨 두었다는 말이오?"

"바로 그렇습니다."

"그럼 그 위력도 엄청나겠소?"

자오진인은 몸서리를 치며 대답했다.

"제가 지금까지 경험한 진법 중에서 위력으로만 따지면 족히 세 손가락에 들어가는 엄청난 진법입니다. 아마 진법을 발동하면 주변 300리 정도는 순식간에 날아가 버릴 겁니다."

유건은 짚이는 바가 있어 급히 물었다.

"혹시 진법의 원리가 음양 속성을 이용한 것이오?"

"역시 공자님은 총명하십니다."

유건은 칭찬을 받는 데 익숙하지 않아 얼른 물었다.

"그럼 음양 속성을 어떤 방식으로 이용하는 것이오?"

"조각상 바닥에 있는 푸른 송곳과 동굴 바닥에 있는 붉은 송곳은 건곤도조 법보로 유명한 음양태극쌍침(陰陽太極雙針)입니다. 음 속성과 양 속성을 띤 극히 희귀한 재료 100여 가지를 조합해 연성하는 법보지요. 다만, 그 연성 과정이 워낙 까다로워 건곤도조 이후에는 음양태극쌍침을 완성한 수사가 없습니다. 진법은 이 음양태극쌍침의 위력을 극대화해 만든 음양구(陰陽球)로 혼돈 폭풍을 만들어 냅니다."

유건은 긴장한 표정으로 입술에 침을 발랐다.

그도 전에 자하선부에서 우연히 음양구를 경험한 적이 있었다.

당시 백진이 원기를 소모해 가며 막지 않았으면 자하선부 전체가 음양구 폭발에 휘말려 들어가 사라졌을지 몰랐다.

유건은 마음이 절로 급해졌다.

오성도나, 팔화련이 그를 잡기 위해 금지로 쳐들어온다면 적과 같이 음양구가 만든 혼돈 폭풍에 휩쓸릴 수밖에 없었다.

유건은 동굴 밖으로 날아가며 소리쳤다.

"이곳을 빠져나갈 방법을 서둘러 찾아야겠소!"

자오진인은 유건을 따라가며 물었다.

"밖에 있는 오성도 수사들 때문에 그러십니까?"

"오성도만이 아니오. 팔화련과 북십자성 수사들도 나를 쫓는 중이오. 청림해가 대륭해보다 강하다고는 하지만 그들이 전력을 다해 공격해 오면 막기가 벅찰 것이오. 언젠가는 그들이 나를 추적해 이 금지를 찾아낼 수도 있다는 말이오."

자오진인은 기뻐하며 소리쳤다.

"그렇다면 오히려 우리에게 기회가 있을지도 모릅니다!"

유건은 깜짝 놀라 물었다.

"어떤 기회가 있단 거요?"

"혹시 음양 속성을 지닌 법보나, 재료가 있으십니까?"

유건은 은월자가 남겨 놓은 법보와 재료를 떠올리며 대답했다.

"꽤 있소."

"저도 마침 음양 속성 재료를 몇 가지 가지고 있습니다."

자오진인은 신이 나서 그가 세운 계획을 설명했다.

꽤 복잡해 보이는 계획이었다.

원래 계획은 복잡할수록 실패할 확률이 높았다.

한데 자오진인이 이 계획에 워낙 강한 자신감을 보이는 바람에 결국, 그가 하자는 대로 하였다.

전에 장선 중기 최고봉이던 자오진인과 공선 중기인 그를 비교하긴 어려웠다.

더욱이 진법에 관해서는 아예 하늘과 티끌 정도의 차이였다.

지금은 그를 믿어 보는 수밖에 없었다.

그날부터 자오진인은 건곤도조가 남긴 진법을 신중하게 개조해 일거양득의 효과가 있는 새 진법을 창조해 냈다.

유건은 옆에서 자오진인을 보조했다.

그는 옆에서 자오진인의 진법 작업을 보조하는 것만으로도 꽤 많은 깨달음을 얻었다.

몇 달을 꼬박 매달려 작업한 자오진인은 그와 유건이 모아 둔 음양 속성 법보와 재료를 사용해 모든 준비를 완료했다.

한편, 금지 밖은 심상치 않은 분위기가 감도는 중이었다.

전황은 예상대로 흘러갔다.

북십자성은 곤라쌍도 전투에서 뒤늦게 끼어들어 전공을 독차지했다.

곤라쌍도 회전에 참여한 곤라산, 창룡방, 복심회는 거의 전멸했다.

곤라산을 지원 나온 교인족 수사는 1할만 살아 도망쳤다.

반대로 소슬령, 팔화련, 귀음도 연합세력은 북십자성의 개입 덕에 간신히 체면을 유지할 수 있었다.

전투가 끝난 후에 팔화련 련주 자의노조, 이곡도 도주 합합상인(合合上人), 삼녀궁 궁주 금향(金香)은 북십자성 세력을 지휘하는 삼성주(三城主) 농원선사(濃院禪師)를 방문했다.

북십자성의 지원에 적당히 사의(謝儀)를 표하면서 그들이 이번 전투에 갑자기 끼어든 진짜 의도를 알아내기 위해서였다.

농원선사는 거침이 없었다.

그는 북십자성이 이번 전쟁에 끼어든 목적이 무규신갑 회수임을 그들 앞에서 분명히 밝혔다.

북십자성이 무규신갑을 노리고 개입했단 말을 들은 자의노조 등은 철수를 결정했다.

북십자성을 상대론 승산이 없었다.

그때, 농원선사가 그들에게 제안을 하나 했다.

"팔화련이 우릴 도와 무규신갑을 회수하는 데 성공하면 전쟁 중에 차지한 칠선해 지역을 팔화련에 기꺼이 양도하겠소."

물론, 농원선사는 적절한 협박 역시 잊지 않았다.

자의노조 등은 결국 농원선사가 한 제안을 따르기로 하였다.

전쟁은 그때부터 규모가 훨씬 커졌다.

북십자성은 팔화련, 귀음도, 소슬령 등을 지휘해 대륭해에 남아 있는 곤라산, 창룡방, 복심회 잔당을 소탕했다.

뒤를 단단히 굳힌 다음에는 본격적으로 청림해 침공에 들어갔다.

이에 맞서 교인족은 청림해 나머지 4대 종족과 연합해 적을 저지했다.

그러나 북십자성은 녹원대륙에서 두 번째로 큰 종파였다.

청림해 혼자 감당하기에는 여러모로 부족했다.

청림해는 결국, 한 달 전에 벌어진 대규모 전투에서 대패했다.

그 결과, 교인족의 전 영역이 적의 수중으로 들어갔다.

교인족을 쫓아낸 북십자성 연합세력은 곧장 칠선해의 금지 쪽으로 쳐들어갔다.

귀음도가 운용하는 가짜 나녀혈침반에 진짜 나녀혈침반이 칠선해의 금지에 있다고 나온 탓이었다.

금지 전체를 새카맣게 뒤덮은 북십자성 연합세력 선두에는 불장(佛杖)을 든 장대한 체구의 중년 노승이 자리해 있었다.

중년 노승이 바로 북십자성 삼성주 농원선사였다.

북십자성은 장선 후기 최고봉 수사를 무려 열다섯이나 거느린 초대종문이었다.

그중 열한 명은 그 고하에 따라 일성주(一城主)부터 십일성주(十一城主)라는 호칭으로 불렸다.

남은 네 명 중 한 명은 당연히 북십자성 대성주(大城主)였다.

대성주를 제외한 세 명은 각각 부성주(副城主), 좌성주(左城主), 우성주(右城主)로 불리며 대장로 임무를 수행했다.

북십자성의 대외 업무는 일성주 등이 나눠 처리했다.

대성주와 대장로 세 명은 봉선방에 대비해 본성을 떠나지 않았다.

농원선사 옆에는 면사를 쓴 여인, 노란 갑옷을 걸친 거인, 화려한 옷을 입은 동자, 허리가 구부정한 노파가 서 있었다.

그들, 네 명도 북십자성 성주였다.

면사 여인은 오성주(五城主) 화화린(花花麟), 노란 갑옷을 걸친 거인은 칠성주(七城主) 철황(鐵皇), 화려한 옷의 동자는 팔성주(八城主) 오색동자(五色童子), 노파는 십일성주 등 고문(登高門)이었다.

북십자성 세력과 약간 떨어진 오른쪽엔 팔화련 수사들이

있었다.

그중 몸에 보라색 보의를 걸친 청수한 중년 수사는 자의노조였다.

자의노조 옆에는 비쩍 마른 몸에 비해 머리가 너무 커 위태로워 보이는 이곡도의 합합상인이 있었다.

그 반대편에 있는 절색을 자랑하는 중년 부인은 삼녀궁 궁주 금향이었다.

이들 세 명은 장선 후기 최고봉 수사였다.

팔화련 다른 종파의 장교와 장로들은 그들 뒤에 서 있었다.

물론, 지금까지 추격부대의 주축을 이루던 일심관 관주 융풍, 이곡도 부도주 광세록, 삼녀궁 부궁주 경요, 귀음도 도주 안교진인 또한 그들 틈에 섞여 금지를 관찰하는 중이었다.

북십자성 수사들 왼쪽에는 소슬령에서 나온 고계 수사들이 있었다.

그들을 이끄는 수사는 소슬령 령주 차냉심이었다.

차냉심은 복잡한 표정으로 금지를 바라보는 중이었다.

융풍, 광세록 형제 등의 꼬임에 넘어가 곤라산, 창룡방, 복심회를 밀어붙일 때까지는 좋았다.

한데 갑자기 생각지도 못한 북십자성이 나타나면서 소슬령의 입지가 위태로워졌다.

지금은 급기야 북십자성의 산하 종문처럼 변해 있었다.

그녀는 뒤늦게 이번 전쟁에서 빠져나가려 하였다.

그러나 소용없었다.

이미 발을 너무 깊이 담가 빠져나갈 틈이 없었다.

그때, 농원선사가 갑자기 뇌음을 보내왔다.

"저 금지를 칠선이 직접 건설했다는 말이 사실인가?"

차냉심은 최대한 조심스러운 어투로 대답했다.

"그렇습니다."

"그럼 저 안에 칠선의 유산이 있을지도 모르겠군."

"정확히 아는 수사는 없습니다. 반인족의 조사 건곤도조가 청림해를 세우면서 금지를 약탈했다는 소문이 있었으니까요."

"있으면 좋고, 없으면 또 없는 대로 좋은 법이지."

고개를 끄덕인 농원선사가 가볍게 손짓했다.

그 순간, 진법 수사 수백 명이 금지 진법 쪽으로 쏘아져 갔다.

2장. 일거양득

2장. 일거양득

유건은 숨어서 금지를 공격하는 적을 지켜보았다.

적은 처음에 진법 수사로 청무용봉대현진을 돌파하려 들었다.

그러나 자오진인의 말이 옳았다.

적에게는 그런 실력을 지닌 진법 수사가 없었다.

참다못한 적은 결국, 진법을 직접 공격했다.

비행 전함 천여 척이 닻처럼 생긴 법보를 발사했다.

닻은 진법 파괴용 법보가 분명했다.

닻이 파란 안개에 틀어박힐 때마다 지진이 일어난 것처럼 금지 전체가 흔들렸다.

그러나 청무용봉대현진도 당하고 있지만은 않았다.

파란 안개 속에서 용과 봉황 수백 마리가 용솟음치며 올라와 반격했다.

용은 거대한 몸통으로 비행 전함을 휘감아 동강 냈다.

봉황은 날갯짓으로 만든 칼날로 닻을 묶은 닻줄부터 잘라냈다.

용과 봉황을 포위한 수사 수만 명이 맹렬한 공격을 퍼부었다.

그러나 용과 봉황은 진법이 만든 일종의 허상이었다.

피해를 볼 때마다 안개처럼 흩어졌다가 원래대로 돌아왔다.

적은 한 달에 걸쳐 진법을 공격했다.

그러나 용과 봉황의 숫자만 약간 줄였을 뿐, 별 소용이 없었다.

더구나 피해는 갈수록 늘어났다.

벌써 1만 명이 전사했다.

농원선사는 후회막급했다.

그는 북십자성 진법 수사와 진법 파괴용 법보라면 칠선이 세운 금지라도 넉넉잡아 보름이면 돌파할 수 있을 거라 믿었다.

한데 그렇지 않았다.

농원선사는 청림해 수사를 닥치는 대로 붙잡아 진법에 관한 정보를 알아냈다.

청림해 내부에 있는 금지인 만큼, 청림해 수사들이 진법에 대해 아는 게 있을 거란 생각에서였다.

그러나 청림해 수사들도 진법의 정체를 모르기는 마찬가지였다.

청림해 수사들은 심지어 금지의 정확한 위치조차 몰랐다.

그저 극극도 북서쪽으론 절대 나가지 않을 뿐이었다.

농원선사는 결국 결단을 내렸다.

"십자천락진법(十字天落陣法)으로 금지의 진법을 깨트리겠소."

면사를 쓴 여인, 오성주 화화린이 걱정하며 물었다.

"십자천락진법은 봉선방을 치기 위해 만든 진법이에요. 여기서 사용하면 봉선방 귀에 들어가 후환이 생기지 않겠어요?"

칠성주 철황은 쇠북을 치는 듯한 목소리로 말했다.

"난 십자천락진법을 써야 한단 쪽이오. 우리는 여기서 시간을 허비해선 안 되오. 보물을 가진 놈이 더 멀리 도망치기 전에 진짜 나녀혈침반을 되찾아 무규신갑을 추적해야 하오."

농원선사는 고개를 돌려 오색동자와 등고문을 보았다.

팔성주 오색동자는 귀찮다는 듯 하품을 길게 하였다.

"난 원래 지루한 건 질색이요. 할 거면 빨리합시다."

등고문은 그런 오색동자를 보며 혀를 끌끌 찼다.

"쯧쯧, 팔성주는 어째 점점 더 어린애 같아집니다."

오색동자가 도끼눈을 뜨고 등고문을 노려보았다.

"이 할망구야, 지루한 게 질색인 거와 아이 같은 게 무슨 관계가 있다고 이러는 거야? 내 비록 수련한 공법이 독특해 이런 꼴로 살기는 하지만 겉모습만 아이 같은 거뿐이라고."

등고문은 낄낄거리며 웃었다.

"금세 발끈하는 모습이 정말 어린 아이 같습니다그려."

"이 할망구가 보자 보자 하니까."

그때, 농원선사가 끼어들었다.

"그래서 십일성주는 어떻게 하겠다는 거요?"

"이 노파야 언제나처럼 중립이지요."

고개를 끄덕인 농원선사가 화화린 쪽을 보며 물었다.

"오성주는 끝까지 생각을 바꾸지 않으실 게요?"

화화린은 한숨을 내쉬며 고개를 저었다.

"다른 성주의 의견이 이렇다면 본녀도 더는 반대하지 않겠어요."

"이런 일은 빨리 처리할수록 좋소. 당장 시작합시다."

농원선사는 진법 수사들을 불러 십자천락진법을 펼치게 했다.

진법의 운용은 다섯 성주가 직접 맡았다.

닷새 후, 중앙 진핵을 맡은 농원선사가 먼저 법력을 방출했다.

곧 그를 중심으로 피어오른 황금빛 불광이 진법 위에 거대한 십자(十字) 형상을 만들어 냈다.

십자의 꼭짓점을 맡은 네 성주도 법력을 방출해 형상을 좀 더 선명하게 만들었다.

농원선사는 수결을 맺은 손으로 법결을 연달아 날렸다.

그 순간, 거대한 십자 형상이 진법 위에서 수백 장 높이로 떠올라 금지로 순간 이동하듯 날아갔다.

곧 파란 안개 속에서 용과 봉황 수십 마리가 튀어나와 십자 형상을 공격했다.

그러나 북십자성 진법 수사들이 몇천 년을 고심해 만든 십 자천락진법은 과연 그 위력이 대단했다.

거대한 십자 형상은 용과 봉황에 뜯어 먹히면서도 이동 속 도가 거의 줄지 않았다.

십자 형상은 마침내 금지 상공 중앙에 도착했다.

우우웅!

십자 형상은 곧 강렬한 오색 빛을 방출하며 금지로 쇄도했 다.

마치 빛에 휩싸인 십자 인두가 금지를 내려찍는 듯했다.

마침내 십자 형상과 파란 안개가 정면으로 충돌했다.

쿠우우웅!

엄청난 굉음과 파동이 해역을 뒤집어엎었다.

금지를 중심으로 반경 10리 바다가 순간적으로 깊은 바닥 을 드러냈다.

공기는 다 타 버려 일대가 잠시 진공상태로 변했다.

쉬이익!

그때, 바람 빠지는 소리가 들리며 파란 안개가 흩어졌다.

안개가 흩어진 곳에는 열십자 모양의 구멍이 선명히 뚫려 있었다.

유건은 급히 동굴 밑으로 내려가 자오진인을 찾았다.

전송진을 점검하던 자오진인이 그를 보며 물었다.

"청무용봉대현진이 뚫렸습니까?"

유건은 자오진인 옆으로 날아가며 대답했다.

"조금 전에 뚫렸소."

자오진인은 탄성을 터트리며 물었다.

"제 예상보다 최소 한 달은 빠르군요. 대체 어떻게 뚫은 겁니까?"

"십자 형태의 거대한 공성 진법으로 공격해 뚫었소."

유건은 그가 본 광경을 상세히 설명했다.

자오진인은 그제야 뭔가 알겠다는 듯 고개를 끄덕였다.

"그 정도 공성 진법을 펼칠 수 있는 종문은 거의 없을 겁니다. 아마 녹원대륙에서는 봉선방이나, 북십자성 정도나 가능하겠지요. 더욱이 그런 위력을 지닌 공성 진법은 멸문의 위기에 처하기 전까지 숨겨 두는 게 상식입니다. 그래야 적에게 피해를 최대한 많이 입힐 수 있으니까요. 한데 놈들이 그런 진법을 금지 진법을 깨는 용도로 사용했다는 말은 무규신갑을 끝까지 추적하겠다는 의지의 표현 아니겠습니까?"

"같은 생각이오. 장선 후기 최고봉 수사를 다섯이나 동원해 펼치는 진법이라면 다른 종문은 엄두조차 내지 못할 거요."

유건은 건곤도조 조각상을 올려다보며 물었다.

"시기가 좀 앞당겨진 것 같은데 계획에 차질을 빚진 않겠소?"

자오진인은 자신 있는 목소리로 대답했다.

"염려 놓으십시오. 이미 준비는 한참 전에 끝났습니다."

그때, 바닥의 진법이 갑자기 윙윙거리며 진동했다.

이어 각각의 진법을 형성하는 수만 개의 선과 수십만 자의 선문이 차례대로 빛을 반짝거렸다.

마치 혈관에 피가 도는 것 같았다.

자오진인은 흥분해 소리쳤다.

"음양태극쌍진(陰陽太極雙陣)이 마침내 발동하기 시작했습니다!"

그들은 짠 것처럼 동시에 건곤도조 조각상을 살폈다.

그 순간, 건곤도조 조각상 바닥에 설치한 진법도 강렬한 빛을 쏟아 냈다.

마치 바닥에 있는 진법과 공명하는 것 같았다.

음양태극쌍진은 곧 3품 오행석 수천 개의 영기를 엄청난 속도로 흡수했다.

흡수한 영기는 바닥과 건곤도조 조각상 사이의 공간에 전부 집결해 거대한 구체 형태로 응집되었다.

처음에는 구체의 지름이 100장에 달했다.

한데 오행석의 영기를 흡수할수록 지름은 오히려 반대로 줄어들었다.

즉, 압축기로 누르는 것처럼 흡수한 영기를 응축하는 중이 었다.

지름이 100장이던 구체는 순식간에 1장으로 줄어들었다.

물론, 담긴 힘은 전보다 몇백 배 더 강해진 상태였다.

유건과 자오진인은 전력을 다해 구체가 가하는 압력에 저항했다.

유건은 보호막이 형편없이 찌그러지는 모습을 보며 감탄했다.

'정말 두려운 위력이군.'

그때, 푸른 송곳과 붉은 송곳이 양쪽에서 광선을 발사해 1장으로 줄어든 구체를 관통했다.

광선에 뚫린 구체는 곧 한쪽은 붉은색, 한쪽은 푸른색으로 변해 태극 문양을 이루었다.

'음양구다!'

오행석의 남은 영기를 모조리 빨아들인 음양구는 천천히 떠올라 건곤도조 조각상이 든 검은색 검으로 흘러 들어갔다.

그 순간, 건곤도조 조각상 눈에 빛이 번쩍 들어왔다.

놀라운 일은 그뿐만이 아니었다.

조각상은 살아 있는 사람처럼 머리, 팔, 다리를 차례대로 움직였다.

56

심지어 검을 든 손을 크게 휘저어 보이기까지 했다.

그때, 조각상이 두 발을 크게 굴러 지상으로 솟구쳤다.

유건은 감탄한 눈빛으로 그 모습을 쫓았다.

한편, 금지에 들어온 북십자성 연합세력 수사 수만 명은 동굴을 몇 겹으로 포위했다.

말 그대로 물 샐 틈 없는 포위였다.

한데 그 순간, 누구도 예상하지 못한 일이 벌어졌다.

쿠쿠쿠쿠쿵!

작은 산만한 조각상이 지축을 뒤흔들며 지상으로 부상했다.

조각상을 본 수사들은 벌어진 입을 쉽게 다물지 못했다.

그들은 칠선 조각상의 웅장한 규모에 소스라치게 놀랐다.

한데 지금 튀어나온 여덟 번째 조각상은 그보다 더 거대했다.

여덟 번째 조각상이 위풍당당한 자세로 공중에 우뚝 선 모습은 보는 사람들에게 경이감을 안겨 주기에 충분했다.

조각상의 배치 또한 기이하기 이를 데 없었다.

칠선 조각상은 금지를 빙 둘러 서 있었다.

반면, 건곤도조 조각상은 금지 가운데 떡 버티고 서 있었다.

마치 칠선 조각상이 건곤도조 조각상을 우두머리로 인정한 듯한 모습이었다.

지상으로 올라온 조각상은 금지 전체를 천천히 둘러보았다.

그 눈빛에는 형언할 수 없는 광폭한 기운이 담겨 있었다.

겁을 먹은 북십자성 연합세력 수사들은 급히 거리를 벌렸다.

그때, 건곤도조 조각상이 오른손에 든 검을 힘차게 휘둘렀다.

콰콰콰콰콰콰쾅!

금지를 둘러싼 칠선 조각상이 처참히 박살 났다.

칠선 조각상의 거대한 파편이 땅과 바다에 폭포수처럼 떨어졌다.

땅에서는 먼지가 풀썩 치솟았다.

바다에서는 파도가 들썩였다.

도망치던 북십자성 연합세력 수사 수백 명도 검은 검에 맞아 벌레처럼 짓이겨졌다.

심상치 않단 판단을 내린 농원선사는 북십자성 성주와 팔화련 자의노조 등에게 협공을 명했다.

그때, 조각상이 양손으로 검을 잡아 하늘을 겨누었다.

곧 검은 검 안에서 태극 무늬가 있는 음양구가 튀어나왔다.

"아뿔싸, 큰일 났다!"

얼굴이 하얘진 농원선사가 맹렬한 속도로 달아나며 외쳤다.

"모두 금지에서 최대한 멀리 벗어나라!"

금지는 금세 아비규환으로 변했다.

수만 명이 넘는 북십자성 연합세력 수사가 각양각색의 빛줄기 휩싸여 달아났다.

금지 밖을 포위 중이던 수십만 명도 동료들이 겁에 질려 도망치는 모습을 보고 같이 달아났다.

한편, 유건은 뇌력으로 상황을 파악하며 물었다.

"언제 시작할 거요?"

"지금 시작할 생각입니다."

자오진인은 음양태극쌍진에 법결을 던져 넣었다.

그 순간, 음양태극쌍진에서 음 속성을 지닌 파란 광선이 쏘아져 나와 벽에 설치해 둔 전송진 진핵을 강타했다.

진핵을 강타당한 전송진은 계속 깜빡거리며 불안정한 모습을 보였다.

그때, 자오진인이 다양한 형태의 법결을 연달아 던져 넣었다.

그 즉시, 빛이 깜빡거리던 전송진이 점차 안정을 찾아갔다.

전송진 준비를 마친 자오진인은 음양태극쌍진으로 날아갔다.

오행석 영기를 거의 다 소모한 음양태극쌍진은 전처럼 강대한 압력을 발산하지 않았다.

진법에 가까이 접근한 자오진인은 금빛 손을 두 개 만들어 위와 아래, 양쪽으로 날렸다.

자오진인은 금빛 손을 조종하며 고함을 질렀다.

"뽑아내라!"

금빛 손 두 개는 진핵에 박힌 음양태극쌍침 두 개를 틀어쥐어 위로 뽑아 당겼다.

그러나 음양태극쌍침은 쉽게 뽑히지 않았다.

오랜 세월을 진법과 한 몸으로 지내 온 탓이었다.

자오진인은 법결을 계속 바꿔가며 금빛 손을 조종했다.

음양태극쌍침은 뽑힐 듯하면서도 좀처럼 뽑히지 않았다.

그때, 갑자기 귀가 멍해지며 엄청난 충격파가 동굴을 덮쳐 왔다.

충격파는 가공하기 짝이 없었다.

동굴 전체가 위에서부터 가루로 변했다.

공기는 마치 엄청나게 큰 거인이 훅 빨아들인 것처럼 순식간에 자취를 감추었다.

공간 자체가 혼돈 속으로 빨려 들어가는 느낌이었다.

유건은 전송진 발동 법결을 준비한 상태에서 다급하게 외쳤다.

"그냥 돌아오시오!"

그러나 자오진인은 좀처럼 포기하려 들지 않았다.

이를 악문 유건은 강제로 자오진인을 끌어당기려 했다.

충격파가 벌써 1천 장 밑에 있는 그곳까지 덮쳐 오고 있었다.

그때, 자오진인이 금색 빛줄기로 변해 전송진으로 날아왔다.

"뽑아냈습니다!"

그러나 유건은 기뻐할 틈이 없었다.

벌써 충격파가 코앞까지 다가와 있었다.

유건은 뇌력으로 자오진인을 당기며 전송진에 법결을 던졌다.

그 순간, 유건과 자오진인은 투명한 빛에 휩싸여 자취를 감췄다.

그로부터 불과 촌각이 채 지나기도 전에 충격파가 전송진을 가루로 만들었다.

그뿐만이 아니었다.

충격파는 온 세상을 빨아들일 것처럼 금지 전체를 빨아들여 먼지로 만들었다.

이번에는 충격파가 진동하며 밖으로 퍼져 나갔다.

하늘을 부수고 바다를 헤집는 엄청난 파괴력이었다.

곧 그 일대 300리 전체가 무형의 공간으로 변했다.

무형의 공간에서 살아남을 수 있는 수사는 별로 없었다.

◆ ◈ ◆

자오진인의 진법 실력은 과연 명불허전이었다.

그가 만든 전송진은 제시간에 정확히 발동했다.

전송진은 그들을 아주 멀리 떨어진 어떤 장소에 안전하게 데려다주었다.

전송진은 공간의 힘을 지닌 재료가 필요한 까다로운 진법이었다.

종문이 괜히 전송진 관리를 까다롭게 하는 게 아니었다.

한데 자오진인은 공간의 힘을 지닌 재료를 거의 사용하지 않고도 완벽한 전송진을 만들어 내는 수완을 발휘했다.

자오진인은 그들이 지닌 음양 속성 재료로 전송진을 만들었다.

그러나 공간의 힘이 없으면 전송진은 발동하지 않았다.

자오진인은 놀랍게도 이를 음양태극쌍진이 지닌 힘으로 대체했다.

원래 음 속성 기운은 태생적으로 공간의 힘을 지녔다.

반대로 양 속성 기운은 태생적으로 시간의 힘을 지닌다.

그런 이유로 두 속성이 결합해 탄생한 음양구는 시간과 공간의 힘을 모두 지닌 혼돈 폭풍을 만들어 내는 것이 가능했다.

이는 만물의 탄생 원리를 보면 쉽게 알 수 있었다.

혼돈 폭풍이 폭발한 직후에 시간과 공간이 처음 생겼다.

자오진인은 음양태극쌍진이 발동할 때 생긴 공간의 힘 일부를 교묘히 끌어와 전송진의 진핵을 가동하는 데 성공했다.

유건은 비틀거리며 일어났다.

초장거리 전송은 역시 쉽지 않았다.

머리가 빠개질 것처럼 아팠다.

속은 뒤집혀 구토가 치밀었다.

뼈마디는 수백 명이 동시에 방망이로 때린 것처럼 아팠다.

삭신이 쑤신다는 표현이 이럴 때 쓰는 듯했다.

유건은 지끈거리는 골을 문지르며 주변을 둘러보았다.

바로 옆에 자오진인이 엎드려 있었다.

유건은 자오진인을 흔들어 깨웠다.

"괜찮으시오?"

그러나 자오진인은 반응이 없었다.

유건은 급히 자오진인을 바로 눕혔다.

"이런!"

자오진인은 코와 귀, 입, 눈에서 모두 피가 흘러나왔다.

당황한 유건은 급히 자오진인을 진맥했다.

다행히 초장거리 전송의 후유증일 뿐, 내상을 크게 입진 않았다.

자오진인은 예상대로 얼마 안 가 정신을 차렸다.

"역시 단방향 초장거리 전송은 후유증이 심하군요."

전송진은 두 종류가 있었다.

하나는 두 전송진 사이를 오가는 양방향 전송진이었다.

다른 하나는 출발과 도착 하나만 가능한 단방향 전송진이었다.

양방향 전송진은 전송진 양쪽에서 모두 보호를 받아 후유증이 그다지 크지 않았다.

그러나 단방향 전송진은 반대쪽에서 보호를 받지 못해 후유증이 컸다.

심지어 경지가 낮은 수사는 단방향 전송진을 쓰다가 전송 중에 죽기까지 했다.

얼굴에 묻은 피를 닦은 자오진인은 내상 치료에 좋은 단약을 복용하며 유건을 살폈다.

그러나 유건은 의외로 멀쩡했다.

자오진인은 지금 상황이 이해 가지 않았다.

그는 몸이 단단하기로 유명한 구족이었다.

더욱이 금갑족은 구족 중에서도 특출나 웬만한 압력으론
몸이 상하지 않았다.

그러나 단방향 전송진을 쓴 데다, 거리까지 멀어 그조차
후유증이 심했다.

자오진인은 자연히 유건이 걱정되었다.

본인이 이럴진대 그보다 경지가 떨어지는 유건이야 오죽
하겠는가.

한데 오히려 걱정한 유건이 그보다 훨씬 멀쩡해 보였다.

전송진의 압력을 견뎌 내는 방법은 단단한 신체 하나밖에
없었다.

전송진에서는 법보, 법술, 비술 등이 통하지 않았다.

그렇단 말은 유건의 몸이 그보다 더 단단하단 뜻이었다.

'설마 공자님이 나보다 몸이 더 단단하단 말인가?'

그러나 자오진인은 물어보지 않았다.

수사의 비밀을 캐묻는 건 선도에서 금기 사항이었다.

'같이 지내다 보면 언젠간 그 이유를 알 날이 오겠지.'

유건은 약간 놀란 표정으로 주변을 둘러보는 중이었다.

자오진인도 자연히 관심이 주변 풍경으로 옮겨갔다.

"설마 이곳은?"

다른 세계와 온 듯한 신기한 느낌을 주는 장소였다.

잎이 붉은 나무는 따뜻한 분홍빛을 발산했다.

공중에는 푸르스름한 형광을 내는 꽃술 같은 물체들이 먼지처럼 떠다녔다.

신기한 광경은 그뿐만이 아니었다.

바닥의 흙은 짙은 녹색이었다.

바위는 짙은 노란색이었다.

심지어 시내에서는 하얀 물이 흘렀다.

마치 조물주가 자연에 색을 잘못 입힌 듯했다.

유건은 자오진인에게 물었다.

"몸은 좀 괜찮으시오?"

"몸뚱이가 튼튼한 덕에 금방 나았습니다."

"다행이오. 한데 자오 영감은 이곳이 어딘지 알겠소?"

자오진인은 심각한 표정으로 고개를 끄덕였다.

"칠선해에서 이런 풍경을 가진 곳은 한 군데뿐이지요."

"그곳이 어디요?"

"등선도(登仙島)입니다."

유건은 숨을 깊이 들이마시며 고개를 끄덕였다.

"확실히 신선이 등선할 법한 곳이오. 많은 곳을 돌아다녀 보지는 못했으나 여기처럼 천기가 짙은 장소는 처음 보았소."

자오진인은 약간 비애가 느껴지는 표정으로 대꾸했다.

"등선도가 별천지로 변한 데는 가슴 아픈 사연이 숨어 있지요."

유건은 흥미를 보이며 물었다.

"어떤 사정이오?"

"혹시 쇄갑족에 대해 들어 보신 적이 있습니까?"

유건은 백락장 구곡동이 떠올라 자기도 모르게 소리를 질렀다.

"아!"

자오진인은 약간 의외라는 눈빛으로 물었다.

"들어 보셨나 보군요?"

유건은 그가 백락장 구곡동에서 겪은 일을 이야기해 주었다.

백락장 구곡동에서 쇄갑족의 뼈를 운 좋게 취해 홍쇄검으로 연성한 일, 나중에 만난 다른 수사에게 쇄갑족 수사가 백락장 구곡동에 죽어 있던 이유를 알아낸 일 등이었다.

다만, 다른 수사가 누구인지에 대해서는 자세히 밝히지 않았다.

자오진인은 다행히 다른 수사가 누구인지 묻지 않았다.

그의 관심은 오로지 유건이 연성했다는 홍쇄검에만 가 있었다.

"홍쇄검을 보여 주실 수 있겠습니까?"

"물론이오."

유건은 홍쇄검을 꺼내 건넸다.

자오진인은 홍쇄검을 살펴보며 탄성을 터트렸다.

"정말 쇄갑족의 뼈로 제련한 훌륭한 비검이군요. 비검에서 희미하긴 하지만 우리 구족의 기운이 느껴집니다. 진짜 쇄갑족 뼈가 아니면 구족의 기운이 느껴지지 않았을 것입니다."

유건은 눈을 부릅뜨며 물었다.

"쇄갑족이 구족이었소?"

자오진인은 홍쇄검을 돌려주며 씁쓸하게 대답했다.

"선조에게서 쇄갑족은 혈통이 아주 복잡하다는 말을 들었습니다. 하지만 구족이 그중 일정부분 차지하고 있는 것은 사실입니다. 그 바람에 쇄갑족 수사가 녹원대륙으로 쳐들어갔을 때, 천구족 수사가 칠선해에서 가장 많이 참여했지요."

유건은 소언의 말을 떠올리며 고개를 끄덕였다.

당시 쇄갑족 수사는 녹원대륙 침공에 앞서 먼저 칠선해부터 정복했다고 하였다.

그때, 같은 혈통을 지닌 천구족 수사들이 쇄갑족 수사를 가장 적극적으로 지원했음이 분명했다.

유건은 홍쇄검을 챙기며 물었다.

"그럼 백락장 결전 당시에 천구족이 가장 큰 손해를 입었겠소?"

"공자님 말씀대로 그때 천구족은 원기를 크게 상했지요. 아마 그 원기를 회복하는 데만 족히 수만 년은 걸렸을 것입니다."

유건은 선가도에서 어떤 수사가 했던 말이 떠올랐다.

대륙해 남서쪽에 자리한 복심회는 몇만 년 전까지 거령대륙과 활발히 교류했었다.

복심회는 그때 거령대륙 수사에게 배운 기선술로 지금도 각종 기선을 제작해 오는 중이었다.

한데 지금은 천구족이 천구해를 다시 틀어막아 교류가 끊어졌다.

즉, 복심회는 천구족이 원기를 회복하는 동안은 거령대륙과 교류를 할 수 있었다.

그러나 원기를 회복한 천구족이 예전의 강대한 성세를 되찾은 다음에는 그러지 못했다.

유건은 다시 처음으로 돌아갔다.

"등선도가 이렇게 변한 일에 쇄갑족 수사가 관련 있단 거요?"

"쇄갑족 수사는 상계의 고계 수사였습니다. 그 바람에 하계인 삼월천에서는 쇄갑족 수사가 수련할 방도가 없었지요. 상계와 비교하면 천지 영기의 농도가 아주 낮기 때문입니다."

유건은 깜짝 놀랐다.

그가 살던 지구에 비해 이곳 삼월천은 천지 영기의 농도가 아주 짙은 편이었다.

한데 상계는 그보다 더한 모양이었다.

자오진인의 설명이 이어졌다.

"등선도는 원래 칠선해에서 천지 영기의 농도가 가장 높은 장소로 유명했습니다. 등선도의 존재를 알아낸 쇄갑족 수사는 그때부터 이곳에 상계의 진법을 설치해 수련했습니다. 주변의 천지 영기를 등선도로 끌어들이는 진법이었지요. 한데 그 바람에 주변 1만 리 영맥이 혼탁해졌습니다. 등선도가 이런 기이한 모습으로 변한 데는 그런 이유가 크지요."

유건은 기대감을 드러내며 물었다.

"쇄갑족 수사가 수련한 장소였다면 당연히 보물도 꽤 있었겠소?"

자오진인은 말도 말라는 듯 손을 내저었다.

"보물만이 아닙니다. 천지 영기의 농도가 높아 다른 지역에서는 보기 힘든 희귀한 영초, 영목, 영균 등이 자생하지요."

등선도에 보물과 영초 등이 그렇게 허다하다면 칠선해 수사로 바글거릴 거라는 생각이 문득 들었다.

그러나 뇌력을 아무리 넓게 펼쳐도 수사는커녕, 악수 한 마리 보이지 않았다.

유건은 약간 실망한 투로 물었다.

"보물과 영초 등에 누구나 접근할 수 있는 게 아닌 모양이오?"

자오진인은 껄껄 웃었다.

"하하, 역시 공자님은 총명하십니다."

"그 총명하다는 말 좀 그만하시오. 남부끄럽소."

"하하, 총명해서 총명하다고 말하는 건데 왜 부끄러우십니까?"

얼굴이 약간 붉어진 유건은 얼른 화제를 돌렸다.

"그보다 정말 그런 거요?"

"이 등선도는 아주 절묘한 위치에 자리해 있지요."

"절묘한 위치?"

자오진인은 손가락으로 금빛을 뿜어 공중에 그림을 그렸다.

"전에 말씀드렸다시피 칠선해는 크게 두 바다로 나뉘어 있습니다. 왼쪽은 우리 구족이 사는 천구해지요. 반대로 오른쪽은 우리가 지금 있는 일곱 종족의 해역입니다. 녹원대륙 수사들이 칠선해라 착각하는 그 해역이지요. 일곱 종족의 해역은 남극 가까운 곳에 대릉해, 청림해가 위아래로 붙어 있습니다. 북극 가까운 곳에는 그 유명한 혈심해가 있고요."

"그럼 그 사이에 네 종족이 옹기종기 모여 있단 거요?"

"그렇습니다. 북서쪽에 석모해(石母海), 북동쪽에 녹사해(綠沙海), 남서쪽에 주동해(朱洞海), 남동쪽에 향옥해(香玉海)가 각각 있지요. 한데 정확히 그 네 바다가 갈라지는 정중앙에 이 등선도가 있습니다. 그 바람에 네 종족이 이 등선도를 차지하기 위해 수천 년 동안 피비린내 나는 전투를 치렀지요. 한데 네 종족 모두 끝내 등선도를 차지하지 못했습니다. 네 종족 수뇌부는 이러다가 공멸할 것이 두려워 협정을 하나 맺었습니다. 바로 네 종족이 등선도를 공동으로 관리한

다는 협정이었지요. 네 종족은 그때부터 등선도 외곽에 방어
진법을 겹겹이 펼쳐 놓고 백 년마다 한 번씩 진법을 해제해
등선도 보물과 영초 등을 수확해 오고 있습니다."

유건은 섬 중앙으로 이어진 울창한 산맥을 보며 물었다.

"그럼 저 어딘가에 방어 진법이 있단 뜻이오?"

"그렇습니다. 이곳은 진법 바깥에 있는 등선도의 해안이지
요."

"진법을 뚫을 수 있겠소?"

"당연히 뚫을 수야 있지요. 하지만 방어 진법을 전부 다 뚫
으려면 최소 10년 이상 걸립니다. 한데 제가 알기로 네 종족
이 방어 진법을 해제하는 시기가 앞으로 10년쯤 남았을 것입
니다. 애써 방어 진법을 뚫어봐야 소용이 없다는 뜻이지요."

유건은 곰곰이 생각하다가 물었다.

"혹시 말이오. 금지에서 우리를 공격한 적이 이곳까지 올 가
능성이 있겠소? 건곤도조 음양태극쌍진에 당해 많이 죽었을
테지만 적이 끝까지 포기하지 않을 가능성이 있지 않겠소?"

"그들이 이곳으로 오려면 우선 주동해와 향옥해를 돌파해
야 합니다. 한데 제가 보기에는 쉽지 않은 일입니다. 주동해
는 그렇다 쳐도 향옥해는 요 몇천 년 동안 뛰어난 수사를 많
이 배출해 네 종족 중에서 단연 수위를 차지해 왔으니까요."

유건은 마침내 결정을 내렸다.

"그럼 네 종족이 진법을 해제하기 전까지 여기서 수련을

해야겠소. 진법을 해제한 후엔 상황을 봐가며 움직이면 될 거요."

자오진인도 반대하지 않았다.

그 역시 불안정한 경지를 안정시킬 시간이 필요했다.

경지를 다시 끌어올리는 일은 경지를 안정시킨 다음에나 가능했다.

자오진인이 급히 수련하려는 이유는 그뿐만이 아니었다.

음양태극쌍침을 연성하기 위해선 한동안 공을 들일 필요 가 있었다.

유건은 규옥에게 적당한 곳을 골라 지하 동부를 만들게 했 다.

동부를 완성한 다음에는 자오진인이 방어 진법을 펼쳤다.

"제가 아는 가장 강력한 진법을 펼쳐 두었습니다. 아마 장 선 후기 최고봉이 와도 최소 한 달은 버텨 줄 것입니다. 석실 에는 뇌력 차단 금제를, 주변엔 눈을 속이는 장안(藏眼) 결계 를 설치해 적이 동부를 염탐하지 못하도록 해놓았습니다."

유건은 새삼 자오진인의 합류가 든든하기 짝이 없었다.

전에는 항상 마음 졸이며 수련했다.

그러나 자오진인 덕분에 동부 안에서 수련할 때만큼은 걱 정을 약간 덜 수 있었다.

준비를 마친 그들은 연공실에 들어가 각자 수련했다.

유건은 가장 먼저 공선 후기 돌파를 시도했다.

규옥이 준비한 영약을 먹으며 수련한 지 꽤 오랜 시간이 지났을 때였다.

마침내 후기 경지를 돌파할 조짐이 보였다.

연공실 공중에 각기 다른 기운을 지닌 비검 세 자루가 회전했다.

반장 길이의 수수한 갈색 비검은 목정검이었다.

그 뒤에서 날카로운 기운을 발산하는 붉은 비검은 홍쇄검이었다.

홍쇄검은 그동안 열심히 연성한 덕에 언제든 108자루를 한 자루로 합칠 수 있었다.

홍쇄검의 뒤를 쫓는 푸른 비검은 팔뚝만 한 길이의 빙혼검이었다.

원래 오행검에는 물 속성 비검이 필요했다.

그러나 빙혼검이 지닌 얼음 속성 기운은 물 속성 기운의 하위에 속해 오행검으로 써도 문제없었다.

유건은 진종자를 통해 배운 모검술로 세 자루 비검에 가득 찰 때까지 천지 영기를 계속 밀어 넣었다.

몇 달 후, 마침내 세 자루 비검이 마구 요동치며 강렬한 기운을 발산했다.

◆ ◆ ◆

목정검은 거대한 연공실을 울창한 숲으로 바꾸었다.

풀과 꽃이 만발한 들판에 갈색 거목 수십 그루가 치솟았다.

옆에선 관목과 덤불이 싹을 틔우고 가지를 뻗느라 바빴다.

꽃향기를 맡은 나비와 잠자리가 여기저기서 날아들었다.

땅에 닿을 듯 늘어진 가지 위에서는 새들이 목청 높여 우짖었다.

평화로운 풍경이었다.

그때, 평화로운 풍경을 해치는 불청객이 찾아왔다.

하늘 위에서 빙혼검이 변한 함박눈이 세차게 쏟아졌다.

함박눈은 곧 강풍을 만나 거센 눈 폭풍으로 변했다.

목정검이 만든 숲은 눈 폭풍 속에서 금세 얼어붙어 빙산으로 변했다.

그런 극한의 빙산에서는 생명체가 살지 못했다.

얼음에 뒤덮인 나비와 잠자리가 빙판 위에 떨어져 산산조각이 났다.

새들은 날갯짓하며 날아오르다가 눈 폭풍에 휘말려 동사했다.

관목과 덤불, 넝쿨이 차례대로 말라붙어 죽어갔다.

그러나 모든 생명체가 죽은 것은 아니었다.

거목만은 거센 눈 폭풍 속에서도 쉽게 항복하지 않았다.

비록 잎은 떨어지고 가지는 말라붙었을지언정, 그 자리를 꼿꼿이 지켰다.

그저 눈 폭풍 속에서 숨을 죽일 뿐이었다.

거목은 생명이 움트는 봄을 기다리며 인내하고 또 인내했다.

그때, 또다시 예상치 못한 불청객이 숲을 찾아왔다.

붉은 비검 108자루로 이루어진 나무꾼이 바닥에서 솟구쳤다.

나무꾼은 눈 폭풍을 헤치며 걸어가 거목을 도끼로 찍었다.

"크윽!"

유건은 신음을 뱉으며 급히 기운을 흩어 버렸다.

아마 그대로 버텼으면 거목의 밑동이 잘려 심한 내상을 입었을지 몰랐다.

목정검, 홍쇄검, 빙혼검은 그가 단전 속에서 배양하는 독문 법보였다.

원래 독문 법보가 상하면 주인도 무사하지 못했다.

내상 치료 단약을 복용한 유건은 바로 운기조식에 들어갔다.

내상은 무려 한 달을 끌었다.

커다란 난관을 만난 셈이었다.

유건은 남주봉 석실에서 읽은 오행검 관련 내용을 다시 떠올렸다.

그러나 헌월선사가 남주봉에 넣어 둔 서적은 대부분 수박 겉핥기식 내용이었다.

그런 서적으로 오행검처럼 중요한 독문 법보를 연성하는 행동은 아무리 봐도 위험했다.

'대체 뭐가 문제일까? 물 속성 대신에 얼음 속성 비검을 사용해서? 아니면 애초에 두 속성이 빠진 금 속성, 나무 속성, 얼음 속성 비검만 이용해서는 경지를 돌파할 수 없어서?'

유건은 자오진인과 상의해 볼 요량으로 대청을 찾았다.

마침 찾고 있던 자오진인이 규옥, 청랑과 함께 대청에 있었다.

규옥은 높은 돌의자에 앉아 요조숙녀처럼 조용히 선차를 마셨다.

그러나 자오진인이 있는 반대쪽은 꽤 소란스러웠다.

자오진인은 솜씨를 부려 청랑에게 뜨거운 기운을 발산하는 붉은 과일을 던져 주었다.

그러면 청랑은 매번 자세를 바꿔가며 과일을 받아먹었다.

청랑이 멋들어진 묘기를 부리며 과일을 받아먹을 때마다 자오진인은 너털웃음을 터트렸다.

승리욕이 도진 자오진인은 과일 두 개를 전혀 다른 방향으로 동시에 던져 보았다.

그러나 화륜차를 발동한 청랑을 이기긴 어려웠다.

청랑은 과일이 바닥에 떨어지기 전에 재빨리 좌우를 오가며 과일을 받아 냈다.

마치 순간 이동 같았다.

"호오라, 그렇게 나온단 말이지."

자오진인은 과일 여섯 개를 동시에 던졌다.

과일은 날아가는 방향과 속도가 제각각이었다.

어떤 과일은 포물선을 그리며 천천히 날아갔다.

또, 어떤 과일은 청랑을 향해 섬광과 같은 속도로 쏘아져 갔다.

속도와 방향이 절묘해 청랑이라도 과일을 전부 받는 일은 불가능해 보였다.

그때, 흥하고 콧방귀를 뀐 청랑이 꼬리 세 개를 살짝 흔들었다.

그 순간, 청랑이 세 마리로 늘어나 과일 여섯 개를 눈 깜짝할 사이에 전부 받아먹었다.

좌중을 놀라게 한 분신술을 선보인 청랑은 다시 꼬리를 흔들어 한 마리로 돌아왔다.

"고놈 참, 재주도 많구나."

자오진인은 기특하다는 표정으로 청랑의 머리를 쓰다듬었다.

청랑도 자오진인이 싫지 않은 모양이었다.

청랑은 머리를 같이 비비며 기분 좋을 때만 들려주는 울음소리를 내었다.

유건은 대청으로 걸어가며 물었다.

"웬 과일이오?"

자오진인은 인사하며 대답했다.

"심심해서 밖을 돌아다니다가 찾은 소양과(小陽果)입니

다. 청량 같은 불 속성 영수가 먹으면 기운을 왕성하게 해 주지요."

의자에 앉은 유건은 규옥이 따라 준 선차를 마셨다.

"전보다 경지가 훨씬 안정적으로 보이오."

"다행히 요 몇 년 동안 성취가 제법 있었습니다."

"음양태극쌍침은 연성을 마쳤소?"

유건 앞에 앉은 자오진인은 쓴웃음을 지으며 대답했다.

"대단한 양반이 쓰던 거라 그런지 시간이 좀 필요할 듯합니다."

유건의 안색을 살피던 자오진인이 조심스럽게 물었다.

"표정이 좋지 않으십니다. 혹시 수련하다가 문제가 생겼습니까?"

"안 그래도 자오 영감에게 가르침을 청하려던 참이었소."

자오진인은 멋쩍은 얼굴로 손을 저었다.

"가르침이라니 당치 않으십니다. 그래, 어떤 문제에서 막히신 것입니까? 제가 아는 문제라면 해결할 수 있을 것입니다."

유건은 좀 전의 일을 상세히 설명하며 물었다.

"자오 영감이 보기에는 뭐가 문제 같소?"

"으음, 제 생각에는 세 비검의 기운이 균형을 이루지 못해 벌어진 문제 같습니다. 아무래도 만년혈빙석의 정수를 흡수한 빙혼검의 기운이 목정검과 홍쇄검을 압도하는 거겠지요."

"해결할 방법이 있겠소?"

자오진인은 은발 수염을 쓸어내리며 대답했다.

"두 가지가 있습니다."

"경청하겠소."

"첫 번째는 진법으로 빙혼검의 기운을 억누르고 반대로 홍쇄검과 목정검의 기운은 키워 세 비검이 서로 조화를 이루게 하는 방법입니다. 그러나 이 방법은 수사가 기운의 조화를 세밀하게 조정하지 못하면 실패할 가능성이 아주 큽니다."

유건은 첫 번째 방법의 장단점을 생각하며 물었다.

"두 번째 방법은 무엇이오?"

자오진인은 규옥과 청랑을 힐끗 보며 대답했다.

"두 번째도 진법을 사용하는 방법입니다. 다만, 이번에는 규옥과 청랑이 공자님을 도와줘야 한단 점이 좀 다를 뿐이지요."

규옥은 바로 끼어들었다.

"공자님을 도울 수만 있다면 어떤 일도 마다하지 않겠습니다."

청랑도 그렇다는 듯 캉캉 크게 짖었다.

유건은 규옥과 청랑을 나무랐다.

"아직 어떤 방법인지 듣지 않았다. 섣불리 결정하지 말아라."

자오진인은 규옥과 청랑을 보며 흐뭇하게 웃었다.

"둘 다 공자님에 대한 충성심이 대단하구나."

유건은 자오진인이 쓸데없는 말을 못 하게 얼른 물었다.

"그보다 이 둘이 나를 어떻게 도와준다는 거요?"

"염려하실 필요 전혀 없습니다. 도움을 주었으면 주었지, 나쁜 영향을 주는 일은 결코 없을 테니까요. 공교롭게도 오행검 중에 없는 불 속성과 흙 속성을 이 둘이 가지고 있습니다. 진법으로 이 둘의 속성을 오행검 속성에 맞게 바꾸면 공자님이 후기 경지를 돌파하는 데 큰 공을 세울 것입니다."

유건은 미간을 찌푸리며 물었다.

"정말 이 둘에게 도움이 되는 일이요?"

"그렇습니다. 공자님이 끌어들인 천지 영기를 이 둘이 나눠 가질 수 있으니까요. 아마 몇십 년의 고행과 맞먹을 겁니다."

그제야 안심한 유건은 자오진인에게 두 번째 방법에 필요한 진법을 설치해 달라 부탁했다.

얼마 후, 유건의 연공실에 오행의 기운을 조화시키는 특수 진법이 만들어졌다.

자오진인은 진법의 운용 방법을 설명해 주고 혼자 밖으로 나갔다.

유건은 진법 중앙에 가부좌하였다.

그사이 규옥은 흙 속성 진핵에, 청랑은 불 속성 진핵 위에 가서 섰다.

규옥과 청랑이 제 위치에 선 모습을 본 유건은 비검을 꺼내 날려 보냈다.

곧 목정검은 나무 속성 진핵에, 홍쇄검은 금속 속성 진핵에, 빙혼검은 물 속성 진핵에 각각 위치해 준비를 모두 마쳤다.

유건은 다시 천지 영기를 세 비검에 밀어 넣었다.

규옥과 청랑은 진법의 도움을 받아 천지 영기를 알아서 받아들였다.

그렇게 석 달이 지났을 무렵, 마침내 비검에 변화가 생겼다.

유건은 자오진인이 알려준 방법대로 진법을 운용했다.

우선 목정검이 변한 숲에 불을 질러 청랑의 불 속성 기운을 크게 키웠다.

청랑은 진법의 도움으로 숲이 불타며 뿜어내는 불 속성 기운을 전부 흡수했다.

청랑은 곧 연공실 천장으로 올라가 태양처럼 뜨거운 열기를 사방으로 발산했다.

유건은 침착하게 목정검의 나무 속성 기운이 느껴지지 않을 때까지 숲을 태워 청랑의 불 속성 기운을 계속 북돋웠다.

곧 연공실 천장이 뜨거운 열기로 가득 차 펄펄 끓었다.

그러나 아래쪽의 분위기는 천장과 전혀 달랐다.

바닥에는 숲이 타버리며 생긴 갈색 잿더미가 산처럼 쌓여 가는 중이었다.

그때, 유건의 뇌음을 들은 규옥이 흙 속성 공법을 운용했다.

규옥을 중심으로 녹색 흙이 솟아 갈색 잿더미를 흡수했다.

마치 녹색 먹물이 갈색 종이를 적시는 듯한 모습이었다.

갈색 잿더미를 흡수하며 성장한 녹색 흙은 금세 연공실 바닥을 가득 채웠다.

색깔은 좀 더 진해져 짙은 암녹색을 띠었다.

유건은 그사이 금속 속성 진핵에 있는 홍쇄검에 법결을 날렸다.

법결을 맞은 홍쇄검은 암녹색 흙이 지닌 흙 속성 기운을 흡수해 몸집을 점점 불려 갔다.

홍쇄검은 곧 10장 크기의 거대한 금속 기둥으로 불어나 짙은 금 속성 기운을 발산했다.

유건은 끝으로 물 속성 진핵에 있는 빙혼검에 법결을 날렸다.

빙혼검은 곧 금속 기둥이 지닌 금 속성 기운을 흡수했다.

금 속성 기운을 흡수한 빙혼검에 영롱한 빛이 흐르는 파란 물방울이 맺혔다.

점점 크기를 키워가던 물방울은 결국 무게를 이기지 못하고 재만 남은 목정검의 숲속으로 떨어졌다.

재만 남은 숲은 떨어진 물방울을 정신없이 빨아들였다.

마치 사막에서 죽기 전에 녹지를 발견한 여행자를 연상케 했다.

빙혼검은 계속 숲에 물방울을 떨어트렸다.

숲은 떨어진 물방울을 바로 흡수해 재만 남은 곳에 갈색 새싹을 틔워 냈다.

그러나 물방울의 양이 너무 적었다.

새싹이 잘 자라지 못했다.

유건은 법결을 날려 빙혼검을 좀 더 자극했다.

그 순간, 빙혼검 속에서 폭포수와 같은 물줄기가 펑펑 쏟아졌다.

충분한 물을 공급받은 숲은 대나무처럼 쑥쑥 성장했다.

숲은 어느새 불에 타기 전과 같은 모습으로 되돌아갔다.

유건은 쉬지 않고 같은 과정을 다시 반복했다.

원래 모습으로 돌아온 숲을 불태워 청랑의 불 속성 기운을 더 북돋웠다.

불길이 커지면서 숲은 다시 잿더미로 변했다.

녹색 흙은 그 잿더미를 흡수해 암녹색 흙으로 바뀌었다.

암녹색 흙은 줄어든 금속 기둥을 다시 키웠다.

빙혼검은 금속 기둥의 기운을 흡수해 만든 물로 잿더미로 변한 숲을 살렸다.

두 번째 상생(相生)을 마친 유건은 세 번째, 네 번째 상생으로 가면서 속도를 점점 빨리했다.

그렇게 수백 번을 반복했을 무렵, 마침내 완벽한 오행상생진(五行相生陣)이 완성되었다.

진법은 등선도의 영기를 엄청난 속도로 빨아들였다.

흡수한 천지 영기를 목정검에 계속 주입하는 한, 상생의 고리는 끊어질 일이 없었다.

이는 곧 만물이 윤회함을 의미했다.

그러나 유건이 신이 아닌 이상, 오행 상생을 계속할 방법은 없었다.

상생을 반복하면서 끌어들인 천지 영기의 양이 그가 현재 감당할 수 있는 수준을 넘길 위험이 항상 존재했다.

유건은 한계에 도달하기 직전에 모아 둔 천지 영기를 흡수했다.

엄청난 양의 농도 짙은 천지 영기가 유건의 천령개를 뚫고 온몸으로 흘러 들어갔다.

그렇게 한 달을 했을 무렵, 유건의 코에서 오색 빛줄기가 흘러나와 몸 주위를 한 바퀴 돌았다.

한 바퀴를 돈 오색 빛줄기는 입으로 들어갔다가 눈으로 다시 빠져나왔다.

눈으로 빠져나온 오색 빛줄기는 이어 귀로, 심장으로, 뇌로, 팔과 다리로 들어갔다가 다시 빠져나왔다.

그렇게 온몸 구석구석을 제집처럼 드나들던 오색 빛줄기는 점점 색이 옅어지다가 단전으로 들어가 자취를 감추었다.

눈을 번쩍 뜬 유건은 몸을 점검해 보았다.

공선 중기 때와 비교해 법력이 세 배 이상 늘어났다.

공선 후기에 도달했다는 증거였다.

흥분을 억누른 유건은 일어나서 규옥과 청랑을 살폈다.

규옥과 청랑에게 도움이 될 거란 자오진인의 말은 사실이었다.

규옥은 공선 중기 최고봉을 앞둔 상태였다.

청랑도 몸집이 좀 더 커졌다.

무엇보다 오랫동안 세 개에 머물던 꼬리가 네 개로 늘어나 전보다 강한 기운을 발산했다.

규옥과 청랑이 미소를 지으며 그에게 달려왔다.

"공선 후기 진입을 감축드립니다, 공자님."

유건은 흐뭇한 눈빛으로 규옥과 청랑을 바라보았다.

"너희 둘의 도움이 없었으면 절대 불가능했을 일이다."

"아닙니다. 오히려 큰 진전을 이룬 저희가 더 감사를 드려야지요. 아마 자오진인 선배가 저희를 보면 깜짝 놀랄 것입니다."

규옥의 말대로였다.

자오진인은 유건이 공선 후기에 진입할 거라 확신해 별로 놀라지 않았다.

그러나 규옥과 청랑의 기운이 전보다 훨씬 강해진 모습을 보았을 때는 참지 못하고 탄성을 터트렸다.

"오행상생진이 썩 괜찮은 진법이기는 하나 이 정도 성과를 낼 만한 진법은 결코 아닙니다. 아마 공자님이 흡수한 천지영기가 아주 순수해 이 둘에게 선연이 닿은 것 같습니다."

표정을 바로 한 유건은 정식으로 감사의 인사를 올렸다.

"자오 영감의 도움이 없었으면 성공하기 어려웠을 거요."

"마음 쓰실 필요 없습니다. 공자님이 대도의 완성에 좀 더 가까이 다가갈수록 저 역시 얻는 것이 적지 않을 테니까요."

그들은 축하의 의미로 규옥이 담가 둔 선주를 마시며 상의했다.

자오진인은 유건의 빈 잔에 선주를 따라 주며 물었다.

"네 종족이 등선도의 방어 진법을 해제할 날이 그리 머지않았습니다. 공자님은 이 문제를 어떻게 처리하실 생각입니까?"

"정보를 좀 더 확보한 후에 결정하겠소."

"그건 맞는 말씀입니다."

유건은 자오진인 등과 등선도 문제를 어찌 처리할지 논의했다.

보름 후, 마침내 네 종족 수사들이 등선도를 방문했다.

3장. 모여드는 수사들

등선도를 방문한 수사들은 대부분 진법과 관련 있었다.

그들은 섬 북서쪽, 북동쪽, 남서쪽, 남동쪽에 전송진을 설치했다.

유건은 은신 법보로 숨은 상태에서 그들을 관찰했다.

그들은 생김새와 복장이 특이해 인족이 아님을 바로 알아보았다.

'자오 영감이 말한 네 종족의 수사들이군.'

완벽하게 의인화한 고계 수사들은 인족과 외형이 같아 차이가 없었다.

그러나 몸에 흐르는 거친 기운이 그들이 인족 수사가 아님

89

을 말해 주었다.

기운이 인족보다 훨씬 난폭했다.

반대로 경지가 낮은 수사들은 종족 본연의 특성이 잘 드러나 있었다.

물론, 그들도 의인화한 상태였다.

그러나 완벽하지 않아 인간과 다른 종족을 반씩 섞어 놓은 모습이었다.

얼마 후, 전송진을 통해 네 종족의 수사 수만 명이 속속 도착했다.

등선도 해안이 수사들로 새까맣게 뒤덮일 정도였다.

집결을 완료한 네 종족은 수뇌부를 파견해 회의를 열었다.

회의에 참석한 수뇌부 대부분이 장선 후기 이상의 강자였다.

유건은 최대한 멀리 떨어져서 그들의 움직임을 관찰했다.

그때, 영목낭에 들어가 있는 자오진인이 뇌음을 보냈다.

"저 대머리 수사들이 북서쪽 석모해를 장악한 뇌문족(腦鮫族)입니다. 머리가 좋고 부적을 잘 쓰기로 유명한 종족이지요. 원래 석모해는 10여 개의 문족(鮫族)이 치열한 다툼을 벌였는데 뇌문족이 3천 년쯤 전에 석모해를 통일했습니다."

상아색의 매끄러운 살갗을 지닌 뇌문족은 몸에 털이 전혀 없었다.

영특한 젊은 스님의 모습을 떠올리게 하는 외모였다.

자오진인은 뇌문족과 약간 떨어져 앉은 다른 문족을 가리켰다.

"저들은 석모해 이인자인 철문족(鐵文族)입니다. 몸이 금강석처럼 단단하지요. 그들은 천성적으로 욕심이 많아 항상 뇌문족에 시비를 겁니다만 실속을 차리는 꼴을 못 봤습니다."

철문족은 뇌문족보다 두 배 이상 커서 키가 2장에 달했다.

그들은 거친 성격을 지닌 듯 흉흉한 살기를 대놓고 발산했다.

몸이 금강석보다 단단하단 자오진인 말처럼 검은 광택이 흐르는 살갗은 찔러도 피 한 방울 나오지 않을 듯했다.

그 외에도 문족으로 보이는 종족이 몇 개 더 있었다.

고계 수사의 경우에는 문족의 몇 가지 특징을 제외하면 인간과 거의 흡사했다.

그러나 경지가 낮은 수사는 목과 팔, 다리 뒤에 빨판이 달려 있어 다른 종족과 쉽게 구분할 수 있었다.

유건의 시선이 문족 왼편에 자리한 종족으로 향했다.

그의 시선을 감지한 자오진인이 바로 설명에 들어갔다.

"북동쪽 녹사해에서 온 비어족(飛魚族)입니다. 비행술이 뛰어나기로 유명하지요. 비어족에도 30곳이 넘는 하위 종족이 있습니다. 그러나 남시족(藍翅族) 세력이 워낙 강해 다른 종족은 감히 그들에게 대항할 엄두를 못 내는 실정입니다."

비어족은 머리에 휘어진 지느러미가 있었다.

무엇보다 겨드랑이에 부챗살을 닮은 날개가 있단 점이 가장 큰 특징이었다.

자오진인이 말한 남시족은 금방 찾을 수 있었다.

남색 날개와 지느러미를 지닌 남시족은 다른 비어족보다 체구가 컸다.

자오진인은 이어 비어족 왼편에 있는 종족에 대해 설명했다.

"저들은 남서쪽 주동해에서 나온 표해족(彪蟹族)입니다. 성질이 워낙 더러워서 주동해에 살던 다른 해족(蟹族)을 다 죽이고 주동해를 장악했지요. 다만, 그 바람에 숫자에서 크게 밀려 석모해와 향옥해 양쪽의 위협에 시달리는 중입니다."

표해족은 몸이 붉은 표범 무늬로 덮여 있었다.

물론, 해족 특성인 바닷게 집게처럼 생긴 손과 발도 지녔다.

자오진인의 말처럼 성격이 아주 사나워 자기들끼리도 계속 다투었다.

고개를 절레 저은 유건은 표해족 왼편을 보았다.

그곳에는 황금 진주로 만든 면사를 쓴 여인들이 있었다.

"향옥해에서 온 수사들이오?"

"맞습니다. 향옥해 패족(貝族)이지요."

유건은 놀란 눈빛으로 물었다.

"패족이면 본신이 조개란 뜻이오?"

"그렇습니다. 공자님도 선도 특성상, 인간과 신체 구조가 다를수록 영성을 깨우치기 어렵다는 사실을 잘 아실 것입니다."

유건은 고개를 끄덕였다.

물론, 가장 일어나기 힘든 경우는 생명이 없는 돌이나, 공기, 흙, 물이 영성을 얻는 경우였다.

그다음은 역시 식물이었다.

그런 점에서 보면 본신이 영목인 규옥은 엄청난 선연을 만난 셈이었다.

한데 패족도 영성을 얻기가 아주 힘들었다.

수명이 인족과 비교해 훨씬 길기는 하지만 천적이 너무 많았다.

그런 조개가 선연을 만나 영성을 얻는 것은 그야말로 하늘의 별 따기였다. 더구나 패족은 다른 종족과 비교해 수련 진도가 엄청 느렸다.

대신, 그 덕에 얻는 장점도 있었다.

패족은 다른 종족의 동급 수사보다 훨씬 강한 면모를 보였다.

자오진인의 설명이 이어졌다.

"향옥해의 패족은 서로 사이가 좋은 편입니다. 가장 세력이 강한 패족 열 개가 다수결의 원칙에 따라 공정하게 종족을 이끌지요. 그런 패족의 가장 큰 단점은 수련 속도가 너무 느려 장선 수사 한 명을 기르는 데 수천 년씩 걸린단 점이었습니다. 그 바람에 두각을 드러내지 못했지요. 한데 향옥해 심해에 수련 자원이 풍부한 광산이 잇따라 발견되며 상황이 바뀌었습니다. 지금은 강자의 수가 다른 종족과 비교해 빠지지 않습니다. 덕분에 다른 세 종족을 압도할 뿐만 아니라, 청림해를 호시탐탐 노리기까지 하는 중입니다."

그때, 회의를 마친 네 종족 수뇌부가 모습을 드러냈다.

유건은 수뇌부를 피해 멀찍이 물러났다.

무광무영복과 건마종을 믿긴 하지만 장선 수사의 감각을 완벽히 속일 순 없었다.

유건은 경지가 낮은 수사 사이에 숨어 정보를 확보했다.

그는 곧 네 종족의 수뇌부가 회의에서 결정한 내용을 알아냈다.

네 종족은 각각 1천 명의 수사를 등선도로 들여보내는 데 합의했다.

저번 개방이 300명이었단 점을 생각하면 세 배 넘게 늘어난 셈이었다.

그러나 달라지지 않은 점도 있었다.

그건 바로 오선 최고봉 이상의 수사는 들어가지 않는다는 점이었다.

즉, 등선도에 들어가는 수사는 오선 후기부터 공선 초기까지였다.

이는 등선도를 네 종족이 관리하기 시작할 때부터 대대로 이어진 전통이라 이번에도 깨지지 않았다.

마지막으로 각각의 경지마다 들여보낼 수 있는 숫자가 정해져 있었다.

오선 후기는 10명, 오선 중기는 30명, 오선 초기는 50명씩 하는 식으로 늘어나 정확히 천 명을 채웠다.

등선도에 들어가는 수사들은 사전에 엄격한 검사를 거쳤다.

법술이나, 비술로 경지를 속이는 일이 불가능하단 의미였다.

유건은 정보를 모으면서 새로운 사실도 알아냈다.

놀랍게도 칠선해의 금지에서 벌어진 사고로 인해 북십자성 연합세력 수사 11만 명이 사망하는 대참사가 벌어졌다.

그야말로 엄청난 피해여서 북십자성과 팔화련의 손해가 극심했다.

이 소문을 들은 청림해 다섯 종족은 즉시 대대적인 반격을 가했다.

그 결과, 지금으로부터 8년 전쯤에 청림해가 북십자성 연합세력을 다시 대륙해로 쫓아내는 대승을 거두었다.

물론, 북십자성과 팔화련은 수사를 더 투입할 여력이 있었다.

그러나 북십자성은 봉선방을 견제해야 했다.

팔화련도 월추의 황혈소가 언제 쳐들어올지 몰라 조심할 필요가 있었다.

그 바람에 전쟁은 그때부터 지지부진한 상태였다.

유건은 자오진인을 불러 물었다.

"네 종족이 들여보내는 수사의 숫자를 늘린 이유를 뭐라 보시오? 내 생각에는 대룡해를 장악한 녹원대륙 때문인 듯한데."

"같은 생각입니다. 대룡해와 이곳 사이에 청림해가 있긴 해도 청림해가 무너지면 다음 목표는 공자님이 계신 이곳일 테니까요. 그 전에 등선도를 크게 개방해 원기를 비축하려는 의도일 겁니다. 한데 어떻게 할 건지 결정을 하셨습니까?"

"안에 들어가면 다른 종족끼리 보물을 두고 다투오?"

"물론입니다. 심지어 같은 종족끼리 다투는 일도 허다합니다. 저번 개방에서는 비어족 사이에 큰 분쟁이 일어났었지요."

유건은 곰곰이 생각했다.

그 앞에 놓인 선택은 크게 세 가지였다.

하나는 이곳을 떠나 다른 해역으로 달아나는 방법이었다.

그러나 그 생각은 바로 머릿속에서 지웠다.

여기서 갈 수 있는 해역이라 해 봐야 네 종족이 다스리는 바다가 전부였다.

복신술을 쓰기 어려운 상태에서는 오래 머물기 어려웠다.

서쪽의 천구해나, 녹원대륙이 있는 동쪽은 갈 수 없었다.

이곳과 녹원대륙 사이에는 무시무시한 해양 악수가 잔뜩 살았다.

대륙해 사이에 사는 악수가 피라미처럼 느껴질 정도였다.

물론, 마족이 사는 북쪽의 혈심해는 아예 꿈도 꾸지 않았다.

두 번째는 네 종족 수사가 돌아갈 때까지 지금처럼 숨어 지내는 선택이었다.

그러나 두 번째도 불안하긴 마찬가지였다.

이번 개방을 위해 네 종족에서 수십 명이 넘는 장선 후기 수사가 총출동했다.

자오진인이 펼쳐 둔 뇌력 금제와 위장 결계가 그들을 완벽하게 속일 수 있다고 장담하기 어려웠다.

그렇다면 가장 좋은 방법은 역시 세 번째 선택이었다.

네 종족 수사 사이에 끼어 등선도 내부로 들어가는 선택이었다.

그들 사이에 끼어 움직이면 오히려 네 종족 강자의 시선을 어느 정도 피할 수 있단 계산에서였다.

더욱이 이번에는 숫자가 4천 명이었다.

전보다 끼어들기 쉬운 상황이었다.

물론, 등선도 내부에서 다른 수사와 마주칠 가능성은 컸다.

그러나 그중 가장 강한 수사는 오선 후기였다.

자오진인이 합류한 덕에 오선 후기 수사에게 죽을 위험은 많지 않았다.

'상대가 안 될 때는 도망치면 된다.'

마침내 결정을 내린 유건은 자오진인을 보며 물었다.

"내가 익힌 복신술이 다른 종족에게는 통하지 않을 것 같아 그러는데 저들 사이에 끼어 안으로 들어갈 방법이 있겠소?"

자오진인은 기뻐하며 물었다.

"안으로 들어가실 생각입니까?"

"그래야겠소."

"잘 생각하셨습니다. 이곳에 있으면 네 종족의 노괴 때문에 노심초사하며 지내야 할 뿐입니다. 그럴 바에야 차라리 안으로 들어가 감시도 피하고 보물도 챙기는 편이 현명합니다."

"방법이 있겠소?"

자오진인은 미리 생각해 둔 방도가 있는 모양이었다.

그는 씩 웃으며 자신 있게 대답했다.

"이럴 땐 부적이 최고지요."

"자오 영감은 부적도 잘 다루는 거요?"

"부적도 깊이 들어가면 그 안에 진법이나, 결계, 금제를 펼쳐 둔 것과 비슷하다고 할 수 있습니다. 당연히 잘 다루지요."

"어떤 부적을 쓸 생각이오?"

"이 기생부(寄生符)입니다."

자오진인은 금빛이 번쩍이는 동그란 부적 두 개를 건네주었다.

유건은 부적을 받아 살펴보았다. 부적 안에는 구족이 사용하는 선문이 빼곡하게 적혀 있었다.

무엇보다 부적에서 느껴지는 영기의 강도가 대단했다.

최소 3품 이상의 부적이었다.

자오진인은 자랑스러운 표정으로 부적에 관해 설명했다.

"제가 고대 비방을 보고 백 년 전에 간신히 완성한 3품 부적입니다. 기생부의 장점은 다른 수사의 몸에 기생하듯 달라붙어 본인의 흔적을 완벽히 없앤다는 데 있습니다. 심지어 숙주로 쓰이는 수사는 자기 몸에 다른 수사가 붙어 있단 사실자체를 모릅니다. 물론, 단점이 아예 없지는 않습니다."

"어떤 단점이오?"

"장선 수사는 숙주로 쓰지 못합니다. 그들의 감각은 보통예민한 게 아니어서 기생부를 쓰면 들킬 위험이 있습니다. 두번째 단점은 기간이 하루 정도라는 점입니다. 하루가 지나면기생이 풀리지요. 한데 제가 보기엔 이번에는 두 단점이 전혀영향을 주지 못할 겁니다. 공자님이 기생부를 공선 후기에게쓰면 문제 될 게 없습니다. 두 번째 단점도 하루면 충분히 안으로 들어가고도 시간이 남을 것입니다."

유건은 마음이 기생부로 기우는 것을 느끼며 물었다.

"장선 후기 최고봉 수사의 뇌력도 속일 수 있소?"

"물론이지요."

"한데 이렇게 귀한 부적을 그냥 줘도 괜찮은 거요?"

"전 주인님의 종복인데 아까울 게 뭐가 있겠습니까?"

"그렇다면 잘 쓰겠소."

유건은 장선 후기 수사가 가장 적은 표해족 쪽으로 이동했다.

표해족은 등선도 남서쪽에서 진문을 개방할 예정이었다.

다음 날, 표해족은 진법 수사를 보내 진문을 개방했다.

진문 뒤에는 안으로 들어갈 표해족 수사 천여 명이 늘어서 있었다.

그러나 표해족은 질서정연하게 기다리는 다른 종족의 수사들과 달랐다.

그들은 서로 몇 장씩 떨어져서 으르렁거렸다.

잠시 후, 진문이 완전히 열렸다.

표해족 수사들은 서로 먼저 들어가려고 진문 앞에서 싸웠다.

말 그대로 시장 바닥이 따로 없었다.

'표해족을 고른 건 잘한 선택 같군.'

유건은 기생부를 몸에 붙였다.

그는 곧 작은 벌레처럼 작아져 땅속으로 파고 들어갔다.

숙주로 삼을 수사는 이미 점찍어 둔 상태였다.

미간에 검은 점이 있는 공선 후기 사내였다.

유건이 그를 고른 이유는 간단했다.

그가 유난히 다른 수사들을 견제하기 때문이었다.

다른 수사에게 정신이 팔린 상태라면 좀 더 안전하게 접근할 수 있었다.

땅속에서 수사의 발밑으로 이동한 유건은 자오진인이 알려준 진언을 외웠다.

그 순간, 작은 벌레가 수사의 바지 밑단 안으로 쏙 들어갔다.

수사는 전혀 눈치채지 못한 상태였다.

유건은 두 번째 진언을 외워 수사의 발목을 파고 들어갔다.

수사는 여전히 다른 수사들을 견제하느라 바빠 자기 몸에서 지금 무슨 일이 일어나는 중인지 전혀 알아채지 못했다.

그때, 전혀 예상하지 못한 변수가 일어났다.

그가 기생한 수사가 서두르다가 다른 공선 후기 수사와 싸움이 벌어졌다.

"야, 이번엔 내 차례야!"

"웃기는군. 여기에 차례 지키는 놈이 얼마나 있다고 그러나?"

"오, 들어가기 전부터 한바탕 해보자는 거야?"

"원한다면 그렇게 해 주지."

두 수사는 당장이라도 들러붙을 것처럼 살벌한 기세를 발했다.

그때, 등 뒤에서 날카로운 목소리가 들려왔다.

"둘 다 그만하지 못하겠느냐?"

유건은 움찔했다.

수사의 목소리에 실린 기운은 장선 중기 이상이었다.

자오진인은 장선 후기 최고봉도 속일 수 있을 거로 장담했다.

그러나 그도 실전에서 기생부를 사용해 본 경험은 없었다.

장선 수사의 목소리가 다시 들려왔다.

"싸울 거면 들어가서 보물을 찾은 다음에 싸워라."

"예, 장로님."

"알겠습니다."

유건이 기생한 수사가 먼저 진문 안으로 들어갔다.

그는 장선 수사의 기척이 사라진 후에야 안심했다.

어쨌든 기생부 덕에 등선도 안으로 들어가는 데까진 성공했다.

진문은 매우 좁았다.

한 번에 한 명씩밖에 들어가지 못할 정도였다.

진문을 통과하는 데는 일각 이상 걸렸다.

그 바람에 표해족 수사 1천 명이 다 들어가는 데 보름 가까이 걸렸다.

그런 점에서 유건은 운이 좋았다.

그는 성격이 급한 공선 후기 수사에게 기생한 덕에 첫날 일찍 들어가는 데 성공했다.

유건이 등선도 내부로 들어간 직후였다.

갑자기 방대한 뇌력이 해안을 훑었다.

그러나 누굴 찾는 뇌력인진 명확하지 않았다.

다만, 네 종족 수사를 찾는 뇌력은 아닌 게 분명했다.

등선도 서쪽 해안에는 봉황의 머리를 닮은 절벽이 있었다.

수사들은 곧 이 절벽에 봉두벽(鳳頭壁)이라는 이름을 붙였다.

봉두벽 정상에는 사방이 뚫려 있는 3층 정자가 있었다.

그 3층 꼭대기에는 옥으로 만든 원형 탁자와 의자 네 개를 놓았다.

탁자 위에는 선차가 담긴 찻잔이 네 개 있었다.

그러나 의자에 앉은 네 수사 중 누구도 손을 대지 않아 차갑게 식어갔다.

네 수사 모두 비선을 코앞에 둔 장선 후기 최고봉의 강자였다.

이마에 불꽃 문양이 선명하게 새겨진 청년은 살기가 뚝뚝 떨어지는 난폭한 기운을 발산해 다른 이들을 불편하게 하였다.

마치 먹잇감이 걸려들기만 기다리는 육식 동물 같았다.

그때, 몸집이 다른 수사에 비해 세 배는 족히 넘을 듯한 중년 수사가 쾌활하게 웃으며 식은 찻잔을 용감하게 집어 들었다.

"맹화수사(猛火修士)가 살기등등하게 앉아 있는 바람에 다들 불편해하지 않소? 그러지 말고 뭐가 불만인지 말해 보시오."

중년 수사가 찻잔을 집을 땐 분명 식어 있었다.

그러나 찻잔을 집어 입에 가져갈 땐 뜨거운 김이 펄펄 났다.

맹화가 중년 수사를 잡아먹을 듯이 쏘아보았다.

"와순(渦盾), 그댄 본좌가 왜 화가 났는지 모른단 거요?"

맹화는 질문에 대답한 사람은 와순이 아니었다.

와순 옆에 앉아 있는 잘생긴 소년이었다.

소년은 머리카락과 눈썹이 전혀 없었다.

그러나 상앗빛 피부와 정갈한 이목구비가 괴이한 외모를 신비스럽게 바꿔주었다.

소년은 약간 퉁명스러운 목소리로 대꾸했다.

"화가 난 사람이 말해야 알지, 남인 우리가 어찌 안단 거요?"

맹화가 벌떡 일어나 고함을 질렀다.

"상왕(喪王), 그댄 본좌를 바보로 아는 건가!"

상왕도 지지 않고 맹화를 쏘아보았다.

"맹화, 그대야말로 우릴 무시하는 처사가 아닌가!"

맹화는 어이가 없단 표정으로 물었다.

"본좌가 언제 그대들을 무시했단 거요?"

"이 회의를 소집한 자는 맹화 그대요. 한데 살기만 흘려 대며 입을 꾹 다물고 있는데 우리가 그 이유를 어찌 안단 거요?"

맹화는 다른 참석자들을 돌아보며 콧방귀를 뀌었다.

"그대들은 본좌가 화난 이유를 정말 모른단 거요? 좋소. 계속 모른 체한다면 본좌가 직접 이유를 말해 주지. 이번 등선도 개방에 우리 몰래 외부 수사를 참여시킨 이유가 무엇이오?"

선차를 마시던 와순이 어깨를 으쓱거리며 물었다.

"그게 정말이라면 그대가 화낼 만하구려. 하지만 증거가 없잖소?"

맹화는 이를 으드득 갈았다.

"본좌가 놀면서 이 경지까지 오른 줄 아시오?"

찻잔을 내려놓은 와순은 의외로 쉽게 인정했다.

"맹화수사를 놀리려 한 말은 아니오. 맹화수사가 꼬투리를 잡은 마당에 계속 모른 체하면 그거야말로 수사를 놀리는 일이 되겠지. 인정하겠소. 수사의 말대로 우리 녹사해는 이번 개방에 외부 수사를 몇 명 들여보냈소. 하지만 본좌의 뜻은 결코 아니었소. 오히려 본좌는 뜯어말린 편에 가까웠지."

"그럼 누가 그런 짓을 했단 거요?"

와순은 맹화가 그런 질문을 할 줄 알았던 모양이었다.

그는 막힘없이 대답했다.

"비어족의 다른 종족이 벌인 짓이오."

맹화는 어이가 없다는 듯 콧방귀를 뀌었다.

"녹사해를 그대의 남시족이 꽉 잡고 있음을 모르는 이가 없는데 어디서 어린애도 믿지 않을 거짓부렁을 늘어놓는 거요?"

와순은 피식 웃었다.

"믿고 안 믿고는 모두 당신의 자유요. 한데 맹화수사의 말을 들어 보니 그런 짓을 한 게 우리 녹사해만은 아닌 모양이오?"

와순은 그러면서 문족에서 나온 상왕을 힐끗 보았다.

상왕은 태연한 표정으로 대꾸했다.

"맞소. 우리도 녹사해처럼 이번 개방에 외부 수사를 몇 명 들여보냈소. 하지만 등선도 개방 규정에는 외부 수사를 들여보내선 안 된다는 규정이 없는 것으로 아오만. 즉, 안으로 들여보내는 숫자만 정확히 지킨다면 별 상관없단 뜻이지."

"흥, 결국 오만한 뇌문족 나리께서도 인정하는군."

상왕을 차갑게 노려보던 맹화가 고개를 돌렸다.

"등농수사(登濃修士)는 왜 말씀이 없으시오?"

등농수사는 네 수사 중 유일한 여인이었다.

그녀는 황금 진주로 만든 비단 면사와 꽃이 그려진 붉은 상의를 입었다. 무엇보다 허리와 엉덩이 윤곽이 그대로 드러나는 꽉 끼는 녹색 치마를 입은 모습이 무척 매혹적이었다.

그녀는 실력이 대단한 듯했다.

앞뒤 재지 않고 성난 들소처럼 들이받던 맹화조차 조심스러워하며 그녀를 대했다.

등농은 그가 그럴 만한 실력자였다.

등농은 향옥해 패족의 삼인자였다.

그러나 물 속성 공법을 익혀 물과 가까이 있을 때는 그녀를 이길 수사가 많지 않았다.

맹화의 질문을 받은 등농은 물처럼 고요한 눈빛으로 되물었다.

"맹화수사는 우리 세 종족이 외부 수사가 신성한 등선도 내부에 발을 들여놓도록 허락한 이유를 정말 모르시는 건가요?"

맹화는 흥하고 콧방귀를 뀌었다.

"역시 향옥해도 외부 수사를 끌어들였군."

등농은 한숨을 쉬며 다시 물었다.

"우리가 외부 수사를 끌어들인 이유를 정말 모르시는 건가요?"

"수사는 이유를 아는 듯한데 이 우매한 놈을 깨우쳐 주시구려."

등농은 상왕, 와순을 힐끗 보고 나서 입을 열었다.

"외부에서 온 수사들은 어떤 인족 수사를 쫓고 있어요."

"인족 수사?"

"그들이 애타게 찾고 있는 어떤 보물을 훔쳐 간 인족 수사예요. 애초에 대륭해에서 녹원대륙 수사들과 대륭해 인족 수사들이 다툰 이유 또한 그 인족 수사를 찾기 위해서였어요. 그 인족 수사가 그다음엔 청림해로 도망치는 바람에 청림해까지 말려든 거고요. 한데 그 인족 수사가 지금은 우리가 있는 이 등선도에 숨어 있어 그들이 접촉해 온 거예요."

맹화가 의문을 드러냈다.

"그 인족 수사가 여기에 있다는 걸 그들이 어찌 알았단 거요?"

"그들만이 보유한 어떤 비밀 수단을 동원했을 테지요. 녹원대륙 수사들이 얼마나 영악한데 그런 수단 하나 없겠어요."

"정말 숨어 있다면 우리가 잡아서 보내 준다고 하면 될 거 아니오? 외부 수사를 끌어들이는 것보다 그게 훨씬 낫지 않겠소?"

등농은 미간을 찌푸렸다.

"만약, 우리가 찾지 못하면 어떻게 되겠어요? 그들은 우리가 그 인족 수사를 붙잡아 보물을 가로채려 한다고 의심할 거예요. 아마 그걸 빌미 삼아 대군을 이끌고 쳐들어오겠죠."

맹화는 콧방귀를 뀌었다.

"그들이 칠선해의 금지에서 크게 당했다는 소문을 본좌도 들었소. 한데 그런 상황에서 여기까지 쳐들어올 여력이 있단 거요? 그들은 청림해조차 제대로 이기지 못하고 있지 않소?"

등농은 고개를 저었다.

"그들이 청림해를 그냥 두는 이유는 하나뿐이에요."

"그게 뭐요?"

"그 인족 수사가 청림해를 떠났기 때문이죠. 이런 상황에서 우리가 취할 수 있는 가장 좋은 선택은 저들이 직접 들어와 잡아가게 하는 거예요. 성공하든, 실패하든 그들이 알아서 할 테니까요. 물론, 이번 기회를 이용해 우리 네 종족 바다를 어떻게 해 보려들 수도 있을 테지만 외부 수사의 숫자를 제한한 상태에서 엄격히 감시하면 그럴 틈이 없을 거예요."

맹화가 의자에 털썩 앉으며 물었다.

"그 인족 수사가 등선도에 숨어 있다면 그들은 왜 진작 그런 제의를 하지 않은 거요? 그들에겐 그편이 더 쉬웠을 텐데."

"그 인족 수사가 칠선해의 금지에서 놀랍게도 단방향 전송진을 써서 도망치는 바람에 행적을 추적하는 데 애를 먹었다고 하더군요. 아마 여기 숨어 있단 사실을 최근에야 알았을 거예요."

맹화가 집요하게 캐물었다.

"그 인족 수사가 등선도 해안에 숨어 있을 수도 있지 않겠소?"

"그들은 그렇지 않아도 등선도 해안을 샅샅이 수색했어요. 하지만 결국 그 인족 수사를 찾아내지 못했죠. 그렇다면 그 인족 수사가 등선도 내부에 있단 결론이 나와요. 그가 어떤 수단으로 우리 네 종족이 설치한 고명한 방어 진법을 뚫었는지 모르지만 어쨌든 그가 내부에 있는 것은 분명해요."

맹화가 냉소하며 물었다.

"그래서 외부 수사를 세 종족 수사로 위장시켜 안으로 들여보낸 거요? 그들에게 인족 수사를 직접 찾아보라고 말이오?"

"맞아요."

"검사는 제대로 한 거요?"

"물론이에요. 그들 중에 장선 수사는 없어요. 본녀가 보장하죠."

맹화가 고개를 돌려 상왕과 와순을 보았다.

"당신들 쪽은?"

상왕과 와순이 고개를 끄덕였다.

"우리 녹사해도 마찬가지요. 장선 수사는 없소."

"석모해 역시 같소. 내가 직접 검사했소. 실수는 있을 수 없소."

등농은 한숨을 내쉬며 물었다.

"맹화수사, 이제 다 된 건가요?"

"아직 하나 남았소."

"이번엔 또 뭐죠?"

"그들이 등선도 보물이나, 영초를 훔쳐 가면 어떻게 할 거요?"

"들어가기 전에 그들이 지닌 법보낭을 검사했어요. 물론,

110

나올 때도 당연히 검사할 생각이고요. 그들이 성공하든, 실패하든 등선도의 물건을 가지고 돌아가는 일은 결코 없을 거예요."

맹화는 알았다는 듯 고개를 끄덕였다.

등농은 맹화가 생각보다 쉽게 수긍하는 게 마음에 걸렸다.

그러나 그녀가 할 수 있는 일은 다 했단 생각에 금세 잊었다.

네 수사는 등선도 개방을 비롯해 그들 앞에 놓인 산적한 문제를 논의했다.

등선도 개방 시기에 맞춰 네 종족 수뇌부가 모여 껄끄러운 문제를 해결하는 관례는 오랜 전통이었다.

등선도 개방이 아니면 모이기 쉽지 않은 탓이었다.

맹화는 다른 수사의 말에 열심히 귀를 기울이는 듯했다.

그러나 그건 겉모습일 뿐이었다.

그는 속으로 다른 세 수사를 비웃는 중이었다.

'흥, 머저리 같은 놈들이 내 연기에 속아 넘어간 모양이군. 우리 표해족이 네놈들의 꿍꿍이속을 정말 모를 거로 생각했느냐? 그건 표해족을 우습게 봐도 너무 우습게 본 거지.'

맹화는 식은 선차를 다시 덥히며 생각을 계속했다.

'우린 네놈들이 녹원대륙 수사와 접촉할 때부터 그 사정을 훤히 꿰고 있었다. 하지만 진짜 문제는 그게 아니라고. 너희들은 우리가 저 안에 누굴 들여보냈는지 알면 거품을 물고 쓰

러질 것이다. 다른 건 몰라도 그거 하난 확실하지.'

한편, 유건은 기생한 공선 후기 수사에게서 떨어져 나와 조심스럽게 움직였다.

표해족 수사 중에는 은신 법보로 은신한 그를 찾아낼 실력자가 없었다.

그러나 그는 방심하지 않았다.

선도의 세계에서 방심은 절대 금물이었다.

유건은 섬 중앙으로 이동하며 주변을 둘러보았다.

등선도 해안 풍경과 비슷했다.

다만, 안쪽은 천지 영기가 좀 더 짙었다.

유건은 곧 또 한 가지 다른 점을 찾아냈다.

바로 해안과 달리 이곳에는 악수가 산단 점이었다.

고계 악수는 아니지만 미리 조심해서 나쁠 일은 없었다.

유건은 끊임없이 이동하며 뇌력을 퍼트렸다.

공선 중기 때보다 뇌력이 미치는 범위가 반 배 정도 늘어나 있었다.

법력이 세 배 넘게 늘어났단 점을 생각하면 아쉬운 수준이었다.

다만, 유건의 뇌력은 천조역정망을 거친 뇌령은수를 흡수한 덕에 오선 중기와 맞먹었다.

지금은 거기서 반 배 늘어나 오선 후기와 비슷했다.

남들이 들으면 기절초풍할 일이었다.

그렇게 사흘쯤 이동했을 때였다.

멀리서 수사들이 싸우는 소리가 들렸다.

유건은 들키지 않게 조심하며 날아갔다.

곧 전장이 드러났다.

문족 수사 100여 명이 패족 수사 50명을 상대로 전투 중이었다.

유건은 전장 주변을 둘러보았다.

반원형 절벽 위에서 거대한 폭포가 쏟아지는 곳이었다.

폭포가 만든 하얀 거품은 마치 연꽃처럼 꽃봉오리를 피워 올렸다.

유건은 곧 폭포 안에서 잎이 투명한 꽃 10여 송이를 발견했다.

거리가 멀었음에도 짙은 꽃향기가 여기까지 전해졌다.

규옥은 탄성을 질렀다.

"백엽자골화(白葉磁骨花)입니다!"

"어떤 영화지?"

"보기 힘든 자석 속성을 지녀 중요한 법보 재료로 쓰입니다."

유건은 전장을 슬쩍 둘러보았다.

패족 수사가 훨씬 적음에도 문족이 점차 밀리는 중이었다.

오래지 않아 백엽자골화는 패족의 손에 떨어질 게 분명했다.

유건은 발길을 돌려 다시 섬 중앙으로 이동했다.

청랑은 보물이나, 영초의 냄새를 귀신같이 찾아내는 재주를 지녔다.

덕분에 영초와 영목 10여 종류를 쉽게 찾아냈다.

청랑은 쓰러진 붉은 나무 옆에서 사람 얼굴을 닮은 검은 영균을 찾아냈다.

규옥에 따르면 귀형묵균(鬼形墨菌)이란 영균으로 영약의 재료였다.

유건은 규옥에게 귀형묵균 10여 그루를 법술로 파내 영균낭(靈菌囊)에 보관하라 지시했다.

유건은 규옥이 법술을 펼치는 동안, 주변을 경계했다.

한데 그때, 근처에서 말다툼하는 소리가 들렸다.

유건은 작업을 마친 규옥을 회수한 후에 그쪽으로 이동했다. 노란빛을 내는 거대한 바위 앞에 수사 네 명이 모여 있었다.

유건은 그중 한 명의 얼굴을 보고 깜짝 놀랐다.

바로 곤라쌍도에서 그에게 의도적으로 접근해 온 관승이었다.

당시 유건은 관승이 누군가의 사주를 받고 그를 조사하는 중임을 직감했다.

만약, 그가 관승을 만나 주지 않으면 상대가 그를 더 의심할 것이 뻔했다.

그는 관승을 적당히 상대하면서 그녀가 의심할 만한 내용을 절대 발설하지 않았다.

한데 그런 관승을 이곳 등선도에서 다시 만났다.

'외부 수사인 그녀가 이곳에 있다니! 이거 뭔가 있는 모양이군.'

유건은 숨어서 그들의 대화를 엿들었다.

그들은 거대 바위에 뚫린 구멍 앞에서 옥신각신하는 중이었다.

오선 중기로 보이는 사내는 계속 구멍을 조사하길 원했다.

그러나 다른 수사들은 누군가를 찾는 게 중요하다며 그를 말렸다.

관승은 경지가 낮아 대화에 거의 끼어들지 못했다.

잠시 후, 오선 중기 사내가 논쟁에서 이겼다.

그들은 구멍 안으로 들어갔다.

그러나 그들은 얼마 안 가 되돌아 나왔다.

곧 구멍 안에서 머리가 여섯 개 달린 백사 한 마리가 튀어나왔다.

백사는 오선 중기의 기운을 뿜어냈다.

네 수사는 진작 백사의 존재를 감지한 듯했다.

바로 백사를 포위했다.

유건은 기회를 엿보며 그들의 싸움을 지켜보았다.

◆　◇　◆

관승 일행은 백사를 시종일관 밀어붙여 승리를 목전에 두었다.

특히, 오선 중기 사내가 펼치는 부적술이 절묘했다.

사내가 던진 삼각형 부적에서 난쟁이들이 나와 불화살을 발사했다.

백사는 불화살 수백 대에 뒤덮여 고통스러워했다.

마치 불화살이 가시처럼 박힌 고슴도치 같았다.

오선 중기 사내의 분전에 다른 수사들도 힘을 냈다.

오선 초기 여수사는 향로를 꺼내 백사를 끌어당겼다.

공선 후기 사내와 관승은 반대편 하늘 위에서 백사를 향로로 몰아갔다.

앞뒤에서 몰이를 당한 백사는 향로로 들어가기 직전이었다.

백사를 생각보다 쉽게 제압한 관승 일행은 환호성을 질렀다.

"쯧쯧."

그때, 자오진인이 혀를 차는 소리가 들렸다.

유건은 뇌음으로 물었다.

"왜 그러시오?"

"제가 혀를 차는 이유를 곧 아실 겁니다."

자오진인이 마치 그 말을 하길 기다린 듯했다.

갑자기 땅속에서 20장 길이의 거대한 흑사(黑蛇)가 튀어나왔다.

흑사는 백사와 생김새가 똑같았다.

다만, 색깔이 칠흑처럼 검고 머리에 사슴뿔이 달렸다는 점이 다를 뿐이었다.

흑사는 백사가 붙잡힌 모습을 보고 분통을 터트렸다.

"크아아아!"

포효를 지른 흑사가 꼬리를 세차게 흔들었다.

그 즉시, 꼬리가 100개의 허상으로 변해 관승 일행을 후려쳤다.

허상이 날아드는 속도가 엄청나게 빨랐다.

말 그대로 전광석화였다.

관승 일행은 고함을 지르며 사방으로 달아났다.

그러나 그들 중 오선 중기 사내만 간신히 피했다.

다른 세 수사는 허상에 얻어맞아 피를 뿌리며 날아갔다.

다급해진 오선 중기 사내는 파란 부적 1천 장을 뿌렸다.

그 즉시, 창을 든 푸른 병사 1천 명이 튀어나와 흑사를 포위했다.

흑사는 끊임없이 달려드는 푸른 병사들을 상대하느라 바빠 내상을 입은 나머지 세 수사를 처리할 틈을 내지 못했다.

그러나 오선 중기 사내도 법력 소비가 심했다.

그는 푸른 병사의 숫자가 줄어들 때마다 입에서 피를 쏟으며 비틀거렸다.

"크아아!"

다시 포효를 터트린 흑사가 입을 벌려 검은 구름을 토했다.

지독한 독기를 머금은 구름이었다.

몸이 구름에 닿은 푸른 병사는 어김없이 검은 연기에 휩싸여 눈 녹듯 녹아내렸다.

그때, 몸을 추스른 세 수사가 날아와 오선 중기 사내와 합류했다.

그러나 화가 머리끝까지 치솟은 흑사를 말리진 못했다.

관승 일행은 광분한 흑사의 공격에 맥을 추지 못했다.

유건은 뇌음으로 물었다.

"자오 영감은 저 악수가 원래부터 한 쌍임을 알았소?"

"예, 흑백비익사(黑白神益蛇)라 불리는 희귀한 악수지요. 암수가 정이 지극히 깊어 반려가 죽으면 따라 죽는 습성으로 유명합니다. 즉, 암컷 백사가 있단 말은 그 근처에 반드시 수컷 흑사가 있단 뜻이지요. 한데 저들은 칠선해 수사가 아니어서 저 악수의 습성을 몰랐나 봅니다. 품계가 낮아 그나마 다행입니다. 그렇지 않았으면 진작 전멸했을 것입니다."

그때, 오선 초기 여수사가 고통스러운 비명을 내지르며 떨어졌다.

흑사의 사슴뿔 하나가 여수사의 가슴을 관통해 있었다.

흑사는 그래도 분이 풀리지 않은 듯했다.

혹사는 고개를 흔들어 사슴뿔에 꿰인 여수사를 공중으로 띄웠다.

마치 물소가 뿔로 사람을 들이받아 공중으로 띄워 올리는 모습 같았다.

여수사는 기절한 듯 움직임이 없었다.

쫓아간 혹사가 커다란 입으로 기절한 여수사를 덥석 잡아채 잘근잘근 씹어 먹었다.

여수사가 죽으면서 향로를 통제하던 법결이 사라졌다.

향로는 즉시 붙잡고 있던 백사를 놓아주고 서쪽 하늘로 달아났다.

영험한 법보는 주인을 잃으면 인적이 없는 곳으로 달아나려는 습성이 있었다.

조용한 장소를 찾아 수련하기 위해서였다.

물론, 영성을 깨우치기 전에 수사에게 붙잡히면 허사였다.

남은 세 수사는 안타까운 눈으로 달아나는 향로를 지켜보았다.

그러나 그들을 향로를 쫓아갈 엄두를 내지 못했다.

풀려난 백사가 혹사와 합류해 맹공을 퍼붓기 시작한 탓이었다.

백사에게 허리가 감긴 공선 후기 사내가 몸통이 터져 즉사했다.

이제 남은 수사는 오선 중기 사내와 관승 두 명이었다.

피 맛을 본 백사는 가장 약한 관승을 노렸다.

'이러다가 흑백비익사에 전부 당하겠군.'

쓴웃음을 지은 유건은 자오진인에게 뇌음을 보냈다.

자오진인은 바로 영목낭에서 뛰쳐나와 오선 중기 사내에게 빗살처럼 쏘아져 갔다.

유건은 그 틈에 정혈을 주입해 금룡과 자하, 묵귀를 동시에 불러냈다.

세 영물을 동시에 소환한 적은 처음이었다.

곧 정혈 부족으로 머리가 핑 돌았다.

이를 악문 유건은 뇌력으로 금룡과 자하에게 명령을 내렸다.

금룡은 오선 중기 사내를 공격하는 흑사 쪽으로 곧장 날아가 벼락을 뿜었다.

자하도 관승을 쫓는 백사를 막아섰다.

자하 덕분에 목숨을 건진 관승은 재빨리 주변을 둘러보았다.

근처 허공에 공선 후기 사내가 그녀를 바라보며 떠 있었다.

한데 사내의 기운이 어딘지 모르게 익숙했다.

그를 보기 무섭게 어떤 사내의 얼굴이 떠올랐다.

그러나 그녀가 떠올린 사내는 공선 중기 수사였다.

공선 후기 기운을 발산하는 낯선 수사와는 경지가 맞지 않았다.

관승은 반대편 상황을 살펴보며 입술을 깨물었다.

낯선 수사의 동료로 보이는 은발 수염 노인이 오선 중기 사내를 무서운 기세로 몰아붙이는 중이었다.

낯선 수사도 그들에게 호의를 지니고 접근한 게 아니라는 명백한 증거였다.

관승은 은신 공법을 펼쳐 허공에 숨었다.

마치 허공에 녹아드는 것 같은 은신술이었다.

그녀를 가르친 사부가 서북 최고의 은신 공법을 익혔단 소문이 허언이 아닌 모양이었다.

그러나 관승이 낯선 수사라 생각하는 유건은 당황하지 않았다.

유건은 금룡이 혀로 얼굴을 핥아 준 다음부터 오감이 발달했다.

그의 눈에는 은신술을 펼쳐 달아나는 관승의 모습이 보였다.

물론, 관승이 펼친 은신 공법의 위력이 크게 떨어진단 말은 아니었다.

관승이 멀리 떨어진 거리에서 은신술을 펼친다면 그도 찾아내기 어려웠다.

그러나 지금은 고작 10장 거리였다.

이 거리에서는 그의 안력을 완벽히 속이기 어려웠다.

유건은 전광석화로 따라붙어 사자후를 펼쳤다.

사자후의 음파 고리가 은신술을 펼친 관승의 팔다리를 찾아내 결박했다.

은신술이 풀린 관승은 귀신을 본 사람처럼 얼굴이 하얗게 질렸다.

그러나 관승도 쉽게 포기하지 않았다.

그녀는 갑자기 입을 벌려 녹색 깃이 달린 작은 화살을 유건에게 쏘았다.

녹색 눈썹처럼 생겨 녹미항마선시(綠眉降魔仙矢)라 불리는 불가의 영험한 법보였다.

그녀의 사부는 법보를 주며 목숨이 정말 경각에 처한 경우에만 사용하라고 신신당부했었다.

유건도 녹미항마선시가 심상치 않은 법보임을 한눈에 알아보았다.

그러나 당황한 기색은 없었다.

그는 방패처럼 쥔 왼손의 묵귀를 몸 앞으로 끌어당겨 녹미항마선시를 막아 갔다.

유건은 원래 전광석화로 피할 생각이었다.

한데 묵귀가 자기가 막겠다고 성화를 부리는 바람에 한번 맡겨 보기로 하였다.

녹미항마선시는 과연 불가의 영험한 법보다운 위력을 지녔다.

녹색 화살이 순식간에 묵귀의 몸통을 뚫고 파고들었다.

미간을 찌푸린 유건은 뇌음으로 물었다.

"묵귀 수사(墨鬼修士), 정말 적의 법보를 막아 낼 수 있는 거요?"

한데 묵귀는 여전히 자신만만한 태도를 보였다.

오히려 자길 믿지 못하는 유건에게 짜증을 내기까지 하였다.

유건은 결국, 묵귀가 하고 싶은 대로 하게 놔두었다.

그는 이미 금강부동공을 끌어 올려 둔 상태였다.

묵귀가 막지 못하면 금강부동공으로 시간을 끌다가 전광석화로 내뺄 참이었다.

그때, 묵귀의 암녹색 뱀 머리가 진언을 외우는 소리가 들렸다.

자오진인과 대화할 때 사용하던 말과 비슷한 진언이었다.

그 순간, 묵귀의 몸통이 암녹색 등딱지로 변했다.

등딱지를 뚫으려고 용을 쓰던 녹미항마선시가 곧장 뒤로 튕겨 나갔다.

원래 도천현무패가 변한 묵귀는 상대의 공격을 반사하는 재주를 지녔다.

지금도 마찬가지였다.

튕겨 나간 녹미항마선시가 날아올 때보다 더 빠른 속도로 관승에게 쏘아져 갔다.

눈을 부릅뜬 관승은 사자후의 음파 고리에서 벗어나기 위해 수명을 깎는 비술을 썼다.

그러나 유건이 미리 법결을 날려 음파 고리를 더 강화해 두는 바람에 별 소용이 없었다.

무정한 녹미항마선시는 주인도 알아보지 못하고 그대로 틀어박혔다.

관승은 비명을 지르며 저항 의지를 완전히 상실했다.

"하라는 건 뭐든 할게요! 몸을 바치라면 바칠게요! 등선도에 잠입한 이유를 말하려면 말할게요! 제발 목숨만 살려 주세요!"

유건은 냉담한 표정으로 듣다가 손가락을 튕겨 법결을 날렸다.

법결에 맞은 관승은 그대로 혼절해 바닥으로 추락했다.

뇌력으로 추락하는 관승을 붙잡아 으슥한 곳에 숨겨 둔 유건은 자하 쪽으로 날아갔다.

자하는 백사를 몰아붙여 끝장을 보기 직전이었다.

그는 목정검을 날려 자하를 도와주었다.

목정검은 곧 거대한 숲으로 변신해 백사를 찍어 눌렀다.

한데 공선 중기 때와는 그 위력이 천지 차이였다.

오행상생진이 흡수한 천지 영기를 목정검도 같이 흡수한 덕분이었다.

거대한 숲에 갑자기 거센 돌풍이 불었다.

그 순간, 나뭇잎과 산새, 나비, 애벌레 등이 숲에서 날아올라 백사를 뒤덮었다.

백사는 비명을 지르며 달아나려 들었다.

유건은 뇌력으로 포위망을 느슨하게 만들었다.

백사는 기다렸다는 듯 느슨해진 방향으로 돌진했다.

그러나 그런 백사 앞에는 입을 쩍 벌린 자하가 대기 중이었다.

뒤늦게 함정임을 깨달은 백사가 내단의 힘으로 발악했다.

그러나 자하는 우습다는 듯 콧김을 흥 뿜었다.

자하는 곧 콧구멍을 벌리며 숨을 크게 들이마셨다.

그 즉시, 내단과 백사가 자하의 입으로 동시에 빨려 들어가 자취를 감추었다.

내단과 백사를 우걱우걱 씹어 먹은 자하가 팔뚝 길이로 작아졌다.

금빛을 발산하는 눈은 술에 취한 사람처럼 흐릿했다.

기분이 좋아 보이는 자하는 유건의 몸을 오르락내리락했다.

그는 자하의 머리를 쓰다듬어 주며 금룡 쪽으로 날아갔다.

금룡과 흑사의 대결이 가장 치열했다.

흑사는 검은 구름을 해일처럼 내뿜어 금룡을 가두려 들었다.

금룡은 그 해일 위를 파도처럼 비행하며 금빛 벼락을 내리쳤다.

금빛 벼락이 지나가는 곳은 검은 구름이 악취를 풍기며 흩어졌다.

지금까진 어느 쪽도 승기를 확실히 잡지 못했다.

그때, 혼백 감응으로 반려의 죽음을 확인한 흑사가 발광했다.

흑사의 몸이 순식간에 세 배 넘게 불어났다.

마치 검은 강줄기를 보는 듯했다.

내단의 원기를 끌어다 쓰는 게 분명했다.

보라색 콧김을 흥 뿜은 금룡도 천지 영기를 빨아들여 몸을 키웠다.

그러나 흑사 정도로 몸을 불리진 못했다.

금룡은 자존심이 상한 듯 포효를 지르며 흑사 쪽으로 쏘아져 갔다.

그때, 갑자기 사라진 흑사가 금룡 뒤에서 나타났다.

당황한 금룡은 급히 돌아서며 벼락 다발을 터트렸다.

마치 공중에 황금 벼락으로 이루어진 불꽃이 피어오르는 것 같았다.

그러나 흑사는 피하지 않았다.

오히려 벼락을 맞으며 전진했다.

결국, 흑사는 몸통으로 금룡의 허리를 감는 데 성공했다.

흑사도 무사하지 못했다.

벼락이 맞은 자리에 살이 깊게 파여 검은 피가 강물처럼 흘러내렸다.

극독이 든 피가 바닥에 떨어질 때마다 흙과 나무가 검은 연기를 내며 녹아내렸다.

흑사는 금룡의 허리를 감은 몸통에 힘을 잔뜩 주었다.

그 순간, 금속이 부딪치는 쇳소리가 연달아 들려오며 금룡의 허리가 조금씩 찢겨 나갔다.

대단한 힘이 아닐 수 없었다.

분노한 금룡은 앞다리 발톱으로 흑사의 가죽을 긁었다.

곧 벌어진 상처에서 피가 치솟았다.

그러나 흑사는 끝까지 몸통을 풀지 않았다.

금룡은 입을 크게 벌려 흑사의 목을 물었다.

흑사는 목이 잘려 거의 덜렁거렸다.

그러나 여전히 몸통을 풀지 않았다.

마치 어떻게든 금룡과 같이 죽겠다는 듯했다.

화들짝 놀란 유건은 급히 금룡을 도와주러 달려갔다.

그러나 금룡은 오지 말라는 듯 앞발을 크게 저었다.

유건은 어쩔 수 없이 그 자리에 멈춰 대결을 계속 지켜보았다.

그때, 금룡이 고개를 홱 돌리며 흑사의 목을 문 입을 떼어냈다.

그런 금룡의 이빨에는 흑사의 검은 내단이 박혀 있었다.

내단을 삼킨 금룡이 분노의 포효를 지르며 몸에 힘을 주었다.

그 즉시, 흑사의 거대한 몸뚱이가 수천 조각으로 찢겨 나갔다.

유건의 목에 감겨 있던 자하가 뛰쳐나갔다.

곧 전장에 도착한 자하는 입을 벌려 흑사의 피와 살을 남김없이 먹어 치웠다.

유건은 금룡을 불러 허리의 상처를 살펴보았다.

다행히 상처는 저절로 아무는 중이었다.

안도한 유건은 금룡과 자하를 회수했다.

내친김에 묵귀도 회수해 발목으로 돌려보냈다.

자오진인과 오선 중기 수사의 대결은 진작에 끝나 있었다.

자오진인은 전에 장선 중기 최고봉의 수사였다.

지금은 상대와 같은 경지일지라도 공법과 법술에서 적수가 되지 못했다.

유건은 시체가 지닌 법보낭을 챙기는 자오진인을 불러들였다.

그때, 청랑을 탄 규옥이 포선대를 어깨에 걸머지고 돌아왔다.

"시키신 대로 도망치던 향로를 붙잡아 왔습니다, 공자님!"

"고생이 많았다. 이제 들어가서 쉬어라."

"예, 공자님."

주변을 둘러본 유건은 지상으로 곧장 내려갔다.

잠시 후, 숨겨 둔 관승을 짊어진 유건은 곧장 그 자리를 떠나 자취를 감췄다.

그가 떠나고 한 시진이 지났을 무렵이었다.

녹원대륙 수사의 복장을 한 40여 명이 그 자리에 나타났다.

그들은 싸움이 벌어진 장소를 샅샅이 수색했다.

주걱턱을 지닌 중년 사내가 볼멘소리를 하였다.

"쳇, 우리보다 먼저 오성도 놈들을 해치운 자가 있었군."

원숭이를 닮은 사내가 회색 과일을 씹어 먹으며 물었다.

"뭐 우리의 수고를 덜어 준 셈이니 더 좋지 않습니까?"

중년 사내는 원숭이 사내 입에서 흘러내리는 질펀한 과즙을 보며 미간을 찌푸렸다.

그러나 원숭이 사내의 말이 맞았다.

누군지는 몰라도 덕분에 일이 한결 쉬워졌다.

그때, 얼굴이 예쁘장한 여수사가 원형 은패를 보며 소리쳤다.

"동쪽으로 한 시진 거리에 오성도 놈들이 더 있어요!"

"그럼 어서 갑시다!"

중년 사내는 부하들을 데리고 동쪽으로 날아갔다.

300리를 벗어난 유건은 적당한 동굴을 찾아 들어갔다.

눈치 빠른 자오진인은 재빨리 동부에 결계를 설치했다.

"한동안은 우릴 찾아내지 못할 것입니다."

"수고했소."

자오진인은 회수한 법보낭 네 개를 유건에게 바쳤다.

"이번 전투의 수확물입니다. 확인해 보시지요."

"오선 중기 사내의 법보낭은 자오 영감이 가지시오."

자오진인은 사양하지 않았다.

"허허, 그럼 잘 쓰겠습니다."

유건은 자오진인의 기색을 살폈다.

그러나 자오진인은 방금 얻은 법보낭을 살펴보는 데 여념이 없는 모습이었다.

그는 분명 유건이 자하와 금룡을 소환하는 모습을 보았다.

한데 그 일에 대해 일절 캐묻지 않았다.

유건으로서는 다행이었다.

그는 거짓말을 하고 싶진 않았다.

한데 정작 자오진인은 자하와 금룡의 정체가 궁금해 죽을 지경이었다.

그가 보기에 자하와 금룡은 묵귀에 못지않았다.

세 영물 중 어느 하나라도 다른 수사 눈에 띄면 세상이 뒤집힐 거란 확신이 들었다.

그는 한 사람이 그렇게 많은 영물을 소유할 수 있다는 사실에 속으로 놀라움을 금치 못했다.

그러나 자오진인은 영물의 정체를 캐묻지 않았다.

유건이 직접 말해 주기 전에는 모르는 척하는 게 낫단 판단에서였다.

그때, 규옥이 포선대 안에서 향로를 꺼내 바쳤다.

향로는 오선 초기 여수사가 백사를 가둘 때 사용한 영험한 법보였다.

유건은 향로를 받아 자세히 조사했다.

검은 고래를 본떠 제작한 신비한 향로였다.

향로 입구는 이빨이 숭숭 난 고래 주둥이를 닮았다.

땅을 받치는 다리 두 개는 영락없이 고래 꼬리지느러미였다.

향로의 전체적인 모습은 고래가 꼬리지느러미로 땅을 딛고 서서 벌린 주둥이로 하늘을 삼키려는 자세를 연상케 했다.

'으음, 생김새는 확실히 범상치 않군.'

유건은 향로를 뒤집어 바닥을 보았다.

상형문자를 닮은 기이한 선문이 바닥에 있었다.

'처음 보는 선문인데.'

그때, 자오진인이 흥미롭단 표정으로 가까이 다가왔다.

"오!"

"아는 선문이오?"

"전부는 아니지만, 아는 선문이 몇 글자 있습니다."

유건은 관심을 드러내며 물었다.

"뭐라 적혀 있소?"

"이 향로는 마경함천로(魔鯨含天盧)라 불리는 듯합니다."

"그럼 초인족과 공멸했다는 그 마경족의 보물이오?"

"그렇습니다. 고래를 닮은 향로의 형태. 적혀 있는 이름. 이 모두 마경족 고계 수사가 연성했다는 증거나 다름없습니다."

유건은 그 자리에서 마경함천로에 법결을 던져 넣었다.

그 즉시, 마경함천로가 검은 광채를 쏟아 내며 공중으로 부상했다.

유건은 법결의 종류를 바꿔가며 시험했다.

웅웅웅!

마경함천로가 곧 묵직한 바람 소리를 내며 진동했다.

맞는 법결을 찾아낸 유건은 강도를 좀 더 높였다.

그 순간, 마경함천로가 엄청난 힘으로 주위 공기를 빨아들였다.

엄청난 위력이었다.

결계를 설치한 동굴 전체가 흔들렸다.

유건 등은 마경함천로의 강력한 흡입력에 저항하기 위해 급히 법력으로 몸을 보호했다.

한데 그때 마경함천로가 그 틈을 타 검은 바람을 타고 동굴 입구로 쏜살같이 달아났다.

그러나 유건은 당황하지 않았다.

마경함천로는 예상대로 자오진인이 입구에 설치한 결계에 막혀 버둥거렸다.

유건은 뇌력으로 마경함천로를 회수했다.

끌려온 마경함천로는 몇 번 더 탈출 기회를 엿보았다.

그러나 그때마다 유건이 뇌력으로 감싸는 바람에 모두 실패했다.

마경함천로는 힘없이 바닥에 내려앉아 더는 움직이지 않았다.

마치 항복을 선언한 패장 같았다.

"잘 생각했다."

고개를 끄덕인 유건은 정혈을 뿌려 마경함천로를 완전히

제압했다.

마경함천로는 순순히 유건을 주인으로 인정했다.

법결을 날려 마경함천로를 단전으로 흡수한 유건은 원신에게 법보 연성을 맡겼다.

원신은 기뻐하며 마경함천로를 조몰락거렸다.

마치 새로운 장난감을 받은 어린아이 같았다.

자오진인은 은발 수염을 쓸어내리며 고개를 갸웃거렸다.

"평범한 인족 여수사가 마경족의 보물을 가지고 있는 게 아무래도 수상쩍습니다. 필시 우리가 모르는 곡절이 있을 겁니다."

"다행히 알아볼 방법이 있소."

자오진인은 그제야 생각이 났다는 듯 자기 손바닥을 '탁' 쳤다.

"아, 그 살려서 데려온 공선 중기 여수사가 있었지요."

"그렇소."

"제가 처리할까요?"

유건은 고개를 저었다.

"이번 일은 내가 직접 해야 하는 일이오."

유건은 시각, 청각 금제를 설치하고 관승을 깨웠다.

눈을 뜬 관승은 땀을 비 오듯 흘리며 고통스러워했다.

그녀는 자신이 틀렸다는 사실을 직감적으로 알았다.

녹미항마선시에 당한 상태에서 시간이 오래 지난 탓에 이젠 살아날 방도가 없었다.

관승은 자포자기한 심정으로 말했다.

"죽, 죽일 거면 빨리 죽여라."

"그 녹색 화살이 주는 고통이 심한 모양이오, 관 수사."

관승은 눈을 희번덕거리며 물었다.

"당, 당신이 어떻게 내 이름을 알지?"

유건은 복신술을 써서 경제경으로 변신했다.

"이러면 내가 누군지 알아보겠소?"

관승은 고통마저 잊을 정도로 놀랐다.

"이, 이럴 수가. 당신은 분명 공, 공선 중기였는데."

"그동안 적잖은 기연을 얻었소."

관승은 탄식을 터트렸다.

"어쩐지 조금 전에 당신을 처음 봤을 때, 경제경이 머릿속에 떠오르라더니. 우리가 조사한 정보에 따르면 경제경은 불과 15년 전에 공선 중기에 도달한 별 볼 일 없는 수사였지. 그래서 경제경이 불과 15년 만에 공선 후기에 도달할 수 없을 거라 짐작해 당신은 결코 아니라 믿었던 거야. 하지만 애초에 당신이 경제경이 아니라면 상관없는 얘기지."

유건은 담담한 표정으로 권했다.

"선자도 원신을 고문하면 윤회가 쉽지 않다는 사실을 잘 알 거요. 내가 묻는 말에 사실대로 대답하면 고문하지 않겠소."

관승은 이를 악물며 고개를 끄덕였다.

유건은 법결을 날려 그녀의 고통을 완화해 주었다.

"어느 종문에서 나왔소?"

"서북 오성도예요."

유건은 칠선해의 금지에서 그를 죽이려 한 수사가 떠올랐다.

"오성도 수사 중에 삼두선학을 부리는 자가 있소?"

"몽견 장로예요. 도주의 사제죠."

"곤라좌도에서 나에게 일부러 접근한 이유는 뭐요?"

"당신에게 나녀혈침반이 있는지 알아보기 위해서였어요."

유건은 법보낭에서 나녀혈침반을 꺼냈다.

"이것 말이오?"

"맞아요. 처음 듣는 얘기일 테지만 귀음도에는 나녀혈침반을 추적할 수 있는 가짜 나녀혈침반이 있어요. 그 때문에 당신이 지금까지 쫓긴 거고요. 한데 지금은 상황이 변했어요."

유건은 몽견과의 대결을 떠올리며 대답했다.

"내가 몽견 앞에서 보물을 사용하는 바람에?"

"맞아요. 보물을 사용하지 않았으면 영원히 몰랐겠죠. 하지만 지금은 무규신갑과 빙혼정이 당신에게 있단 사실을 알아요."

유건은 탄식하며 물었다.

"다른 종파도 그 사실을 알고 있소?"

"모르겠어요."

"오성도는 내가 등선도에 있음을 어떻게 알아냈소?"

"북십자성이 녹사해 비어족과 접촉해 등선도에 들어가려 했기 때문이에요. 우리는 그동안 북십자성 수뇌부의 움직임을 줄곧 감시해 왔어요. 덕분에 그 사실을 알아낼 수 있었죠."

관승은 팔화련과 귀음도가 북십자성의 명령을 듣는 하수인이나 마찬가지란 얘기를 덧붙였다.

진짜 나녀혈침반을 추적할 수 있는 유일한 수단이 북십자성 관리하에 있단 뜻이었다.

유건은 쓴웃음을 지으며 물었다.

"그럼 당연히 북십자성도 이 안에 들어와 있겠구려?"

"그럴 거예요."

"오성도도 네 종족 중 하나를 구워삶아 등선도에 들어온 거요?"

"우린 석모해의 문족을 설득해 등선도에 들어왔어요."

유건은 마경함천로에 관해 물었다.

관승의 말에 따르면 마경함천로는 오선 초기 여수사가 우연히 발견한 보물이었다.

그러나 시간이 없어 대충 수습한 상태에서 유건을 찾아 떠났다.

한데 오선 초기 여수사가 등선도 안에서 보물을 발견한 일에 자극을 받은 자가 있었다.

바로 일행을 이끌던 오선 중기 사내였다.

그는 백사가 웅크린 동굴 안을 기어코 확인해 보려 들었다.

그 바람에 그들은 횡액을 만나 목숨을 잃거나, 잃기 전이었다.

유건은 궁금하던 내용을 몇 가지 더 물었다.

관승은 힘들어하면서도 아는 내용을 다 말해 주었다.

잠시 후, 한계에 달한 관승은 숨을 거칠게 몰아쉬었다.

"궁금한 건 다 풀렸나요?"

"어느 정도는."

"약속은 지키겠죠?"

"물론이오."

관승은 안심한 표정으로 눈을 감았다.

유건은 법결을 날려 편안한 죽음을 선사했다.

그녀의 원신은 이미 녹미항마선시에 당해 그가 따로 손을 쓸 필요가 없었다.

일각 후, 관승의 시체에서 투명한 혼백이 올라왔다.

혼백은 이번 삶에 미련이 많은 듯했다.

물기 어린 시선으로 시체를 바라보던 혼백은 이내 고개를 저으며 돌아섰다.

혼백은 약속을 지켜 주어 고맙다는 뜻으로 머리를 숙여 보였다.

유건도 일어나 망자에게 예를 표했다.

혼백은 동굴 천장을 통과해 서쪽 하늘로 사라졌다.

유건은 시체를 태워 화장했다.

시체를 태운 곳엔 녹색 화살만이 정광을 번쩍이며 남아 있었다.

녹색 화살도 대단히 영험한 법보였다.

주인과의 혼백 연결이 끊어지기 무섭게 바로 도망치려 들었다.

그러나 미리 대비하고 있던 유건에게 붙잡혀 실패했다.

금제를 푼 유건은 녹색 화살을 규옥에게 주었다.

"녹미항마선시라 불리는 불가의 영험한 법보다. 이걸 지닌 수사의 말에 따르면 불가의 비선 한 분이 본인 눈썹으로 만든 독문 법보라 하더구나. 수사의 원신을 전문적으로 참하는 대단한 재주를 지녔지. 이걸 지닌 수사는 아직 제대로 배양하지 못해 자기 법보로 만들지 못한 상태였다. 네게 아직 마땅한 공격 법보가 없다는 점이 줄곧 마음에 걸렸다. 앞으로는 이 녹미항마선시를 이용해 적을 상대하거라."

규옥은 뛸 듯이 기뻐하며 녹색 화살을 받았다.

"감사합니다, 공자님!"

자오진인은 옆에서 법보를 구경하며 탄성을 터트렸다.

"과연 정광이 예사롭지 않구나. 오랜 시간을 들여 제대로 배양하면 어떤 원신이든 단숨에 베어 내겠어. 특히, 지닌 기운이 요사한 무리에게는 말 그대로 사형집행인이나 다름없겠군."

규옥은 귀여운 눈을 반짝이며 물었다.

"그게 정말인가요, 영감님?"

자오진인은 규옥의 머리를 쓰다듬으며 웃었다.

"하하, 내가 언제 거짓말을 하는 것을 봤느냐!"

녹색 화살이 마음에 쏙 든 규옥은 바로 영목낭으로 들어가 수련했다.

유건은 그사이, 관승에게 들은 이야기를 자오진인에게 해 주었다.

자오진인은 눈을 크게 뜨며 어이없어했다.

"그 독고일괴란 선배가 선의에서 준 나녀혈침반에 그런 비밀이 있을 줄은 정말 몰랐습니다. 사실 따지고 보면 공자님이 위기에 처한 이유가 모두 이 나녀혈침반 탓이 아닙니까?"

유건은 한숨을 내쉬며 손에 쥔 나녀혈침반을 내려다보았다.

"일괴 선배도 그런 속사정이 있을 줄은 몰랐을 거요."

"나녀혈침반은 바로 없애는 게 좋겠습니다."

유건은 눈을 반짝이며 물었다.

"혹시 이 나녀혈침반을 개조할 방법이 있겠소?"

"어떤 식으로 말입니까?"

"나녀혈침반에 도천현무패와 빙혼검이 나타나지 않게 말이오."

"법보를 조사해 봐야 알 수 있습니다."

"그럼 서둘러 주시오."

유건은 나녀혈침반을 자오진인에게 건넸다.

지금도 북십자성, 팔화련, 귀음도 수사들은 가짜 나녀혈침반을 이용해 그를 추적 중일 가능성이 컸다.

개조가 힘들다면 최대한 빨리 없애야 했다.

그게 살아남는 지름길이었다.

자오진인은 다행히 그가 원하는 대답을 들려주었다.

"개조가 가능합니다."

"좋소. 그럼 바로 개조해 주시오."

자오진인은 바로 나녀혈침반을 개조했다.

"나녀혈침반과 같은 법보도 어찌 보면 그 내부에 추적 진법을 축소해 넣어 둔 형태라 볼 수 있습니다. 그런 이유로 추적 진법을 약간 훼손해 두면 제 기능을 하기가 어렵지요."

자오진인은 순식간에 개조를 마쳤다.

유건은 개조한 나녀혈침반을 들고 동굴을 나섰다.

그의 손에는 둥그런 원형 은패가 들려 있었다.

원형 은패 앞면은 거울처럼 반짝였다.

한데 자세히 살펴보면 그 거울에 하얀 점 몇 개가 반짝거리는 모습을 볼 수 있었다.

하얀 점은 오성도 수사가 있는 장소였다.

원래 등선도에 들어온 오성도 수사 100명은 네댓 명씩 조를 이루어 유건을 찾아다녔다.

관승이 속한 조는 그중 7조였다.

유건을 발견한 조는 원형 은패로 다른 조에 신호를 보내기로 되어 있었다.

그게 오성도가 세운 전술이었다.

물론, 오성도 수사끼리 위치를 파악하는 데도 이 원형 은패를 사용했다.

유건은 가장 가까운 오성도 수사를 찾아 나섰다.

북쪽으로 50리를 날아갔을 무렵, 찾던 오성도 수사가 보였다. 한데 그들은 인족 수사로 보이는 일행과 대치 중이었다.

유건은 숨어서 지켜보았다.

오성도 수사는 숫자가 많아 30명이 넘었다.

'네댓 명씩 모아 조를 만들었단 관승의 얘기와 다르군.'

그 이유는 금방 밝혀졌다.

오성도 수사 중 유일하게 오선 후기인 여수사가 적에게 물었다.

"당신들이 우리 오성도 수사를 살해했나요?"

얼굴이 심하게 주걱턱인 중년 사내가 껄껄 웃었다.

"하하, 실력은 몰라도 눈치는 제법 있구나. 자신들을 죽이고 돌아다니는 자들이 있단 사실을 알기 무섭게 뭉쳐 다니다니."

"북십자성인가요? 아니면 팔화련?"

"그건 저승에 가서 알아보게나."

중년 사내의 눈짓을 받은 원숭이 얼굴 사내와 예쁘장하게 생긴 여수사가 오성도 여수사를 협공했다.

그사이, 중년 사내는 부하들을 지휘해 나머지 오성도 수사들을 공격했다.

중년 사내 일행은 실력이 뛰어났다.

결국, 거의 다 죽고 오선 후기 여수사만 끝까지 남아 중상을 입은 상태로 저항했다.

치명상을 입은 오선 후기 여수사가 죽어가며 물었다.

"이, 이러는 이유가 뭐죠? 보물을 차지하기 위해선가요?"

예쁘장하게 생긴 여수사가 콧방귀를 뀌었다.

"흥, 우린 그딴 보물에 관심 없어."

"그, 그럼 대체 왜?"

원숭이 얼굴 사내가 히죽 웃었다.

"오성도 수사가 전부 사라져야 일이 제대로 돌아가기 때문이지."

오선 후기 여수사는 이번 일에 음모가 숨어 있다는 사실을 직감했다.

그러나 죽어가는 그녀가 할 수 있는 일은 없었다.

오성도 수사들을 다 죽인 중년 사내 일행은 곧 자리를 떠났다.

◆ ◇ ◆

수사의 경지가 높아지면 법보의 위력도 같이 늘어났다.

무광무영복과 건마종도 마찬가지였다.

실력이 대단한 중년 사내도 유건을 찾아내지 못했다.

덕분에 유건은 그들이 하는 말을 전부 엿들었다.

자오진인이 뇌음으로 물었다.

"대륙해나, 녹원대륙 쪽의 인족 수사일까요?"

"아직 속단하긴 어렵소."

"다른 가능성이 있을 거라 보십니까?"

"왠지 느낌이 좋지 않소. 좀 더 쫓아다녀 봐야겠소."

유건은 중년 사내 일행을 은밀히 쫓았다.

원래 목표는 중년 사내 일행이 아니었다.

오성도 수사였다.

그러나 중년 사내 일행을 쫓다 보면 오성도 수사들을 만날 수 있을 거란 예감이 들었다.

그의 예감은 맞아떨어졌다.

중년 사내 일행도 빼앗은 원형 은패를 이용해 상대를 추격했다.

그들은 곧 울창한 숲속에 매복해 누군가를 기다렸다.

잠시 후, 오성도 수사 20여 명이 숲 위를 지나갔다.

그들이 가는 방향을 봐서는 좀 전에 당한 동료를 찾아가는 듯했다.

그때, 매복해 있던 중년 사내 일행이 오성도 수사들을 급습했다.

오성도 수사들은 빠져나갈 기회가 없었다.

적이 그들의 일거수일투족을 아는 상황에서 살아남기는 쉽지 않았다.

중년 사내 일행은 금세 오성도 수사들을 전멸시켰다.

자오진인이 심각한 목소리로 뇌음을 보냈다.

"정말 오성도 수사들을 전부 죽일 작정이군요."

유건은 원형 은패를 확인했다.

원형 은패에 하얀 점은 두 개였다.

그중 유건과 가까운 거리의 하얀 점은 중년 사내 일행이 지닌 은패였다.

그가 지닌 원형 은패도 하얀 점으로 나타났다.

그러나 유건이 지닌 원형 은패는 중년 사내 일행과 가까워 티가 나지 않았다.

이를테면 그는 달빛에 숨은 별이었다.

'그래도 모르는 일이지.'

조심성이 많은 유건은 원형 은패를 가루로 만들었다.

상대에게 그를 추적할 빌미를 제공할 필요는 없었다.

나녀혈침반 같은 경우는 한 번이면 족했다.

유건은 중년 사내 일행을 은밀히 쫓았다.

중년 사내 일행의 다음 목표는 원형 은패에 찍힌 두 번째 하얀 점이 분명했다.

'마지막 오성도 수사인가?'

그러나 이번에는 예측이 틀렸다.

두 번째 하얀 점은 중년 사내 일행의 동료였다.

따로 움직이던 부대 두 개가 뭉치면서 이제는 수사가 90명을 넘어갔다.

주걱턱 중년 사내가 어떤 여인에게 날아가 머리를 조아렸다.

"팔밀주(八密主)님, 오성도 작업을 모두 마쳤습니다."

유건은 안력을 높여 팔밀주라 불린 여인을 자세히 살펴보았다.

팔밀주는 아주 아름다운 미녀였다.

다만, 회색 눈동자에 흐르는 살기가 그녀의 아름다운 외모를 깎아 먹는 면이 있었다.

팔밀주는 나직한 음성으로 물었다.

"피해는?"

"아홉 명이 죽었습니다."

"시체는?"

"양쪽 다 깨끗이 처리했습니다."

고개를 끄덕인 팔밀주가 갑자기 오른쪽으로 고개를 홱 돌렸다.

놀란 주걱턱 사내가 물었다.

"왜 그러십니까?"

미간을 좁힌 팔밀주가 붉은 입술을 오물거리며 비술을 펼쳤다.

안력을 올려 주는 비술이었다.

유건은 팔밀주가 갑자기 고개를 돌려 그를 정확히 쳐다보았을 때 심장이 덜컥 내려앉았다.

그러나 그는 당황하지 않았다.

유건은 본인의 은신 법보를 믿었다.

'무광무영복과 건마종은 팔밀주의 눈을 충분히 속일 수 있다.'

예상대로였다.

팔밀주는 안력을 높이는 비술을 계속 펼쳤다.

그러나 그를 찾는 데는 실패했다.

그녀는 평소에 과도할 정도로 자신감이 넘치는 성격이었다.

이번에도 그런 성격이 한몫하였다.

팔밀주의 머릿속에 그녀의 안력이 통하지 않는 상대가 등선도에 있을지 모른다는 가정 따위는 전혀 들어 있지 않았다.

그녀는 종파에서 가장 강한 오선 후기 중 하나였다.

등선도 같은 곳에서 그녀는 여왕과 다름없었다.

네 종파의 협정 덕에 장선과 오선 후기 최고봉은 이곳에 들어오지 못했다.

긴장을 푼 팔밀주가 주걱턱 사내에게 물었다.

"본녀가 약간 과민반응한 모양이군. 그래, 다음은 북십자성인가?"

"그렇습니다."

"위치는?"

"북동쪽으로 두 시진 거리에 있습니다."

그때, 팔밀주가 갑자기 고공으로 솟구쳤다.

주걱턱 사내가 당황한 표정으로 급히 그녀를 쫓아갔다.

팔밀주가 북동쪽을 주시하며 서늘한 목소리로 물었다.

"북십자성이 두 시진 거리에 있다고 하지 않았나?"

주걱턱 사내가 약간 자신 없는 투로 대답했다.

"마지막으로 확인했을 땐 두 사진 거리였습니다."

팔밀주가 냉랭한 눈빛으로 주걱턱 사내를 쏘아보았다.

"앞으로 보고할 땐 정확한 사실만을 말하게. 그렇지 않으면 본녀의 마혈식령잠(魔血食靈蠶)에 뜯어 먹히게 될 것이야."

주걱턱 사내는 식은땀을 흘리며 머리를 조아렸다.

"명, 명심하겠습니다."

팔밀주가 밑으로 내려와 명령했다.

"북십자성 놈들이 어떻게 알았는지 정확히 우리가 있는 이곳으로 오는 중이다. 즉시 칠염구풍진(七炎九風陣)을 펼쳐라."

"예, 팔밀주님!"

대답한 수사들은 흩어져 칠염구풍진을 펼쳤다.

유건은 그 모습을 지켜보며 실소를 흘렸다.

그는 북십자성 수사들이 이곳으로 오는 이유를 알았다.

'내가 지닌 나녀혈침반을 추적하는 거겠지. 원래는 오성도 수사에게 넘겨 북십자성과 오성도가 충돌하게 할 생각이었는데 상황이 여의치 않군. 일단, 좀 더 지켜보는 편이 좋겠어.'

곧 북십자성 수사 100여 명이 모습을 드러냈다.

유건은 그들의 면면을 자세히 살펴보았다.

그러나 팔화련이나, 귀음도 수사는 보이지 않았다.

'이번에는 북십자성만 나섰나 보군.'

가짜 나녀혈침반도 북십자성 수사의 손에 있었다.

오선 후기 노인이 가짜 나녀혈침반을 내려다보며 명령했다.

"놈은 틀림없이 이곳에 있다! 모두 흩어져 찾아라!"

북십자성 수사들은 곧 사방으로 흩어져 유건을 찾았다.

노인은 가짜 나녀혈침반에서 시선을 떼지 않으며 계속 외쳤다.

"놈은 알려진 거와 달리 오선 중기 수사일 확률이 높다! 칠선해의 금지에서 본성 성주님이 뇌력으로 직접 확인한 사항이다!"

유건은 그 모습을 보며 고개를 갸웃거렸다.

'왜 갑자기 오선 중기 수사를 찾는 거지?'

그때, 자오진인이 뇌음을 보냈다.

"저들은 저를 공자님으로 착각한 것 같습니다."

유건은 그제야 이해가 갔다.

당시 칠선해의 금지 지하에는 유건과 자오진인 두 명밖에 없었다.

그들은 그 정보를 바탕으로 진짜 나녀혈침반을 지닌 수사를 자오진인으로 착각했음이 분명했다.

전에 소슬령 연합세력이 유건을 최소 장선 이상의 강자로 착각한 상황과 같았다.

그때, 매복해 있던 팔밀주 일행이 마침내 행동에 나섰다.

쿠르르릉!

땅속에서 돌기둥 열여섯 개가 치솟으며 굉음이 터져 나왔다.

"아뿔싸, 함정이다! 모두 달아나라!"

노인은 가장 먼저 달아나면서 부하에게 경고했다.

그러나 기둥이 발사한 쇠사슬에 발목이 묶여 도주에 실패했다.

노인은 지팡이 법보로 쇠사슬 위를 힘껏 내리쳤다.

그러나 쇠사슬을 둘러싼 누런 보호막이 지팡이를 가볍게 튕겨 냈다.

다른 북십자성 수사들은 달아날 기회조차 얻지 못했다.

돌기둥에 조각한 싯누런 선문이 번쩍였다.

그 순간, 강력한 압력이 그들을 진법 안으로 몰아넣었다.

그제야 모습을 드러낸 팔밀주가 부하들에게 명령했다.

"진법을 발동하라!"

그 즉시, 돌기둥 일곱 개가 시뻘겋게 달아올라 화염을 분사했다.

남은 돌기둥 아홉 개는 강풍을 몰아쳐 화염을 더 키웠다.

그 일대 전역이 곧 불 폭풍에 휩싸여 타들어 갔다.

북십자성 수사들이 비명을 지르며 재로 변했다.

그중 실력이 고강한 30여 명만이 간신히 법보 등으로 버텨 낼 뿐이었다.

팔밀주가 냉랭히 소리쳤다.

"법력을 더 주입해라!"

"예!"

수사들은 시키는 대로 진법에 법력을 더 주입했다.

곧 불 폭풍은 화룡으로 변해 살아남은 북십자성 수사를 집어삼켰다.

한데 유건은 그때 다른 곳을 쳐다보는 중이었다.

'대단한 실력자들 같은데 대체 누구지?'

진법과 10여 리 떨어진 구름에 인족 수사 100명이 숨어 있었다.

'감쪽같은 위장술이군.'

유건이 아니었으면 발견하기 쉽지 않을 정도로 뛰어난 위장술이었다.

그는 안력을 높여 보았다.

곧 머리카락이 은발인 노파와 등에 혹이 달린 청년이 속닥거리는 모습이 보였다.

잠시 후, 등에 혹이 달린 청년이 고개를 끄덕였다.

등에 혹이 달린 청년이 수장인 듯했다.

은발 노파가 바로 움직였다.

은발 노파는 제 자리에서 한 바퀴 돌아 은빛 두꺼비로 변했다.

은빛 두꺼비는 입을 크게 벌려 천지 영기를 빨아들였다.

은빛 두꺼비는 배가 불룩하다 못해 거의 터질 때까지 빨아들인 천지 영기를 칠염구풍진이 있는 방향으로 힘껏 뱉었다.

그 순간, 영기가 1장 길이의 고드름으로 변해 화룡을 꿰뚫었다.

고드름에 꿰뚫린 화룡은 비명을 지르며 금세 흩어졌다.

은빛 두꺼비가 날린 고드름 덕에 기사회생한 북십자성 수사 몇 명이 비술을 써서 달아났다.

반대로 은빛 두꺼비의 방해 탓에 적을 놓친 팔밀주 등은 구름으로 곧장 쇄도했다.

그때, 등에 혹이 난 청년이 수결을 맺으며 진언을 외웠다.

그 즉시, 구름이 수사들을 휘감아 동북 방향으로 달아났다.

구름은 속도가 엄청났다.

팔밀주 등이 도착했을 때는 이미 100리 밖에 있었다.

그들은 소득 없이 자리로 돌아왔다.

주걱턱 사내가 걱정하며 물었다.

"북십자성의 방수일까요?"

"놈들의 방수는 아니다."

"그럼 대체 어떤 자들일까요?"

팔밀주는 짜증이 난 표정으로 소리를 빽 질렀다.

"그걸 내가 어찌 알겠느냐!"

주걱턱 사내가 설설 기며 물었다.

"그럼 계획을 수정하실 생각입니까?"

팔밀주는 잠시 생각해 본 후에 대답했다.

"아니다. 계획은 그대로 진행한다."

"알겠습니다."

주걱턱 사내는 부하들을 10명씩 나눠 사방으로 보냈다.

유건은 그 무리 중 하나를 쫓아가 보았다.

어차피 팔밀주와 주걱턱 사내는 움직일 기미가 없었다.

유건이 쫓는 무리는 원숭이 얼굴을 한 사내가 이끄는 조였다.

원숭이 얼굴을 한 사내는 가끔 멈춰 서서 뇌력을 퍼트렸다.

무언가를 찾는 모양새였다.

얼마 지나지 않아 원숭이 얼굴을 한 사내가 조원들을 데리고 북동쪽으로 방향을 틀었다.

북동쪽에서 철문족이 비어족 수사와 영목 쟁탈전을 벌이는 중이었다.

원숭이 얼굴을 한 사내는 숨어서 그 모습을 조용히 지켜보았다.

한 시진이 지났을 무렵, 철문족 수사들이 비어족 수사들을 쫓아냈다.

영목은 철문족의 차지였다.

원숭이 얼굴을 한 사내가 재빨리 악귀 가면을 얼굴에 덮어 썼다.

그를 따라온 조원들도 악귀 가면을 얼굴에 썼다.

그 순간, 악귀 가면이 소용돌이치다가 전혀 다른 얼굴로 변했다.

유건은 흠칫했다.

그들의 얼굴은 죽은 오성도 수사와 똑같았다.

변신을 마친 원숭이 얼굴을 한 사내 등은 희희낙락하며 영목을 수거 중인 철문족을 급습했다.

유건은 또 한 번 놀랐다.

원숭이 얼굴을 한 사내 등이 공격할 때 사용한 공법과 법보 등이 오성도 수사들이 사용하던 것과 차이가 거의 없었다.

맹렬히 저항하던 철문족은 두 명만 간신히 살아남아 도망쳤다.

원숭이 얼굴을 한 사내 등은 쫓는 시늉만 살짝 하다가 다른 방향으로 날아갔다.

그들의 다음 목표는 패족이었다.

패족 여수사 다섯 명이 영석 위에 똬리를 튼 6품 악수를 공격 중일 때 몰래 기습해 여수사 한 명만 살려 돌려보냈다.

"이제 북십자성 수사들을 흉내 낼 차례다."

원숭이 얼굴을 한 사내 등은 다시 한 번 악귀 가면으로 모습을 바꿨다.

이번엔 그들이 불에 태워 죽인 북십자성 수사였다.

북십자성 수사로 위장한 그들은 연달아 표해족, 뇌문족, 비어족의 남시족, 패족 등을 기습해서 한, 두 명만 살려 보냈다.

유건은 그제야 그들이 이런 짓을 하는 이유를 눈치챘다.

그러나 더 확실한 증거가 필요했다.

섣부른 판단은 금물이었다.

유건은 팔밀주 등이 있는 방향으로 돌아갔다.

그 시각, 가까스로 도망친 북십자성 수사들은 동굴에 숨어 요상 중이었다.

다들 화상을 크게 입어 몰골이 말이 아니었다.

가짜 나녀혈침반을 든 노인도 마찬가지였다.

노인은 몸에 생긴 화상을 치료하느라 진땀을 흘렸다.

그때, 바람 소리가 크게 울리며 입구를 봉한 결계가 깨졌다.

적의 급습임을 눈치챈 노인은 급히 지팡이를 앞으로 던졌다.

빗살처럼 날아간 지팡이가 날개가 여섯 개 달린 독수리로 변신해 적과 맞서 갔다.

그 순간, 입구에서 튀어나온 은색 채찍 하나가 독수리를 단숨에 휘감아 바닥에 세차게 내려쳤다.

영기를 잃은 독수리가 산산조각나 흩어졌다.

독수리를 없앤 은색 채찍이 동굴 안을 마구 휘저었다.

그 바람에 요상 중이던 북십자성 수사들이 속절없이 죽어
나갔다.

노인은 은색 채찍의 정체를 깨닫고 고함을 질렀다.

"은합모(銀蛤母), 네년이 이러고도 무사할 줄 아느냐!"

은색 채찍은 바로 은빛 두꺼비의 긴 혀였다.

"흐흐흐."

냉소를 흘린 은빛 두꺼비가 입에서 고드름을 발사해 노인
의 단전을 단숨에 꿰뚫었다.

노인은 몸이 얼어붙어 죽어갔다.

노인은 숨이 끊어지기 직전, 분노에 몸을 부르르 떨었다.

"아, 아직 봉아지약 기간이 2천 년이나 남았거늘! 봉, 봉선
방 네놈들은 약조를 깬 대가를 반드시 치를 날이 올 것이다!"

그러나 은빛 두꺼비는 대답이 없었다.

그저 바닥에 떨어진 가짜 나녀혈침반을 조용히 챙길 뿐이
었다.

같은 경지라도 당연히 실력에 고하가 있기 마련이었다.

봉선방이 이번 일에 파견한 두 오선 후기 수사가 그러했다.

등에 혹이 달린 청년 독타(毒駝)가 은합모보다 약간 강했다.

은합모가 가짜 나녀혈침반을 독타에게 주며 물었다.

"사용 방법을 아시오?"

독타는 코를 찡긋하며 대답했다.

"이런 법보는 수사의 정혈을 쓰는 경우가 대부분이오."

독타는 바로 가짜 나녀혈침반에 정혈을 뿌려 확인했다.

곧 진짜 나녀혈침반의 위치가 드러났다.

"흠, 여전히 북십자성 수사들이 당한 지역에 있군."

은합모가 주름진 미간을 찌푸리며 물었다.

"진짜 나녀혈침반이 그 정체가 수상한 자들에게 있다는 거요?"

"아무래도 그런 모양이오."

두 수사가 대화하는 동안, 부하들은 동굴을 가루로 만들었다. 봉선방이 북십자성을 쳤단 사실을 누구도 알아서는 안 되었다.

독타와 은합모는 은밀히 시선을 주고받았다.

이번 일이 끝나면 부하들도 같이 처리해야 했다.

이런 일은 아는 사람이 적을수록 좋았다.

물론, 두 수사도 같은 이유로 수뇌부에 의해 제거될 수 있었다.

그러나 두 수사는 북십자성 수사들을 공격했다는 사실을 끝까지 함구할 계획이었다.

그러면 봉선방 수뇌부도, 북십자성 수뇌부도 이번 일의 자초지종을 알아낼 방법이 없었다.

이 등선도는 백 년에 한 번, 딱 한 달만 개방했다.

이번 일을 조사하고 싶어도 그들에게는 시간이 없었다.

독타의 머릿속에 지난 몇 년간의 고생이 주마등처럼 지나
갔다.

북십자성이 칠선해에서 무규신갑 단서를 추적 중이란 정보
를 극비리에 입수한 봉선방은 방 전체에 일급 비상이 걸렸다.

언제부턴가 녹원대륙에는 기이한 소문이 하나 돌았다.

무규신갑의 비밀을 풀면 비선 관문을 돌파할 수 있단 소문
이었다.

봉선방 수뇌부는 소문을 소문으로 치부했다.

그러나 언제나 만에 하나라는 게 있었다.

무규신갑에 정말 그런 비밀이 숨어 있다면 절대 북십자성
손에 들어가게 해선 안 되었다.

북십자성이 비선을 키워 낸다면 봉선방은 그날로 멸문의
길을 걸어갈 수밖에 없었다.

봉선방은 즉시 최고 수뇌부 한 명을 칠선해에 파견했다.

마침 그때는 칠선해의 금지 참사로 전황이 완전히 뒤바뀐
상황이었다.

봉선방도 오성도처럼 북십자성 수뇌부의 움직임을 은밀히
감시했다.

그 덕에 진짜 나녀혈침반을 지닌 수사가 등선도에 있다는
사실을 알아냈다.

봉선방은 즉시 행동에 나섰다.

봉선방은 향옥해 패족에게 접근했다.

패족은 더 큰 화를 불러들이기 전에 등선도 개방에 참여할 권리를 봉선방에 주었다.

이번 일의 봉선방 책임자는 독타, 은합모 두 수사에게 등선도에 잠입해 진짜 나녀혈침반을 찾아오라는 엄명을 내렸다.

심지어 실패하면 살아서 돌아올 생각을 말라고까지 하였다.

두 수사는 등선도에 잠입해 북십자성 수사들을 감시했다.

북십자성이 진짜 나녀혈침반을 찾아내면 가로챌 심산이었다.

한데 예상치 못한 세력의 등장에 계획이 어그러졌다.

북십자성이 칠염구풍진에 당해 전멸하면 가짜 나녀혈침반도 끝이었다.

가짜 나녀혈침반은 진짜를 찾아낼 유일한 실마리였다.

그들은 결국 상의 끝에 모습을 드러내 북십자성 수사들을 도와주기로 하였다.

물론, 선의에서 나온 행동은 아니었다.

이참에 아예 가짜 나녀혈침반을 빼앗아 버리기 위해서였다.

은합모는 여전히 그 정체불명의 수사들이 신경에 거슬렸다.

"어떤 자들 같소?"

독타는 고개를 가로저었다.

"나도 잘 모르겠소. 다만, 한 가지는 확신하오."

"무엇이오?"

"우린 향옥해의 패족을, 북십자성은 녹사해의 비어족을, 오성도는 석모해의 문족을 이용해 안으로 들어왔소. 그렇다면 그들은 주동해의 표해족을 이용해 안으로 들어왔을 거요."

북십자성 수뇌를 감시하던 봉선방은 뜻밖의 사실을 알아냈다.

그들 외에도 북십자성을 감시하는 종파가 있단 사실이었다.

끈질긴 추적 끝에 그들이 오성도 수사임을 알아냈다.

은합모는 미간을 좁혔다.

"표해족은 영역에 다른 종족이 활보하는 일을 끔찍이 싫어하오. 더구나 같은 해족조차 멸족시킬 정도로 호전적이기도 하고. 한데 그런 그들이 인족을 등선도에 들여보냈단 거요?"

독타는 근심스러운 표정으로 대답했다.

"그래서 문제라는 거요. 표해족이 설설 길 정도면 분명 배후가 대단할 거요. 아마 상대하기 까다로운 곳이 배후일 거요."

은합모도 한숨을 내쉬었다.

"하지만 지금은 그들을 피해갈 방법이 마땅히 없지 않소? 진짜 나녀혈침반이 그들에게 있다면 우린 싫어도 그들과 부딪힐 수밖에 없소. 설령, 그로 인해 일이 커지더라도 말이오."

독타가 차가운 살기를 쏟아 내며 대꾸했다.

"일이 커지지 못하도록 막는 유일한 방법은 관련자를 모두 죽이는 거요. 그럼 이곳에서 일어난 일을 아무도 모를 거요."

은합모도 무거운 표정으로 동의했다.

어차피 북십자성 수사를 죽일 때, 이미 강을 건넌 상황이었다.

그럴 바에야 차라리 관련자를 전부 없애는 편이 나았다.

나녀혈침반이 봉선방의 수중으로 들어갔다는 사실이 수면 위로 드러나는 일은 어떻게 해서든 반드시 막아야 했다.

물론, 모두 진짜 나녀혈침반을 수중에 넣었을 때의 이야기였다.

상의를 마친 두 수사는 부하들을 데리고 돌아갔다.

한편, 팔밀주 일행이 있는 장소로 돌아온 유건은 눈을 번쩍 떴다.

전엔 보지 못한 광경이 펼쳐져 있었다.

바로 칠염구풍진 진핵 바로 위에 뚫린 커다란 입구가 바로 그 정체였다.

진법에 영향을 받아 생긴 입구는 절대 아니었다.

입구는 원래 거대한 인공 철문으로 닫혀 있었다.

한데 그 위에 칠염구풍진을 펼치는 바람에 철문에 구멍이 뚫렸다.

팔밀주 등은 그 위에 서서 안을 내려다보는 중이었다.

'웬 입구지?'

유건은 청력을 높여 그들의 대화를 엿들었다.

주걱턱 사내는 믿기지 않는단 표정으로 중얼거렸다.

"이곳 지하에 이런 비밀 출입구가 있을 줄은 정말 몰랐습니다."

팔밀주가 팔짱을 끼며 득의양양해야 했다.

"우리에게 선연이 따른단 증거겠지."

"정말 그렇습니다. 한데 어떤 공간의 입구일까요?"

"그거야 들어가 보면 알 테지. 하지만 이곳이 원래 쇄갑족의 수련 장소였단 점을 생각하면 평범한 장소는 아닐 것이네."

"아무래도 그렇겠지요."

그때, 다른 종족을 공격하러 갔던 자들이 돌아왔다.

그중에는 원숭이 얼굴 사내와 예쁘장하게 생긴 여수사도 있었다.

팔밀주는 그들을 불러 입구를 보여 주었다.

"본녀는 입구 지하를 조사할 생각인데 따라올 생각이 있느냐?"

원숭이 얼굴 사내는 바로 참여 의사를 밝혔다.

"등선도는 네 종족의 협의에 따라 백 년에 딱 한 달만 열린다고 들었습니다. 그런 상황에서 그냥 간다면 아쉽겠지요."

팔밀주가 예쁘장하게 생긴 여수사를 보며 물었다.

"린고(麟姑), 너는?"

린고가 콧소리를 섞어가며 대답했다.

"호호, 팔밀주님이 가신다면 당연히 따라가야지요."

"좋다. 그럼 악순자(鰐順子), 후생원(吼生園), 린고 셋만 본녀를 따라 들어간다. 나머진 이곳을 지키며 네 종족 수사를 처리하는 작업을 계속해라. 만약, 좀 전 구름 속에 숨어 장난질 치던 놈들이 돌아오면 즉시 통신패로 연락을 취해라."

부하들에게 지시한 팔밀주가 가장 먼저 입구로 뛰어들었다.

이어 주걱턱 사내인 악순자, 원숭이 얼굴을 닮은 후생원, 예쁘장하게 생긴 여수사인 린고가 팔밀주를 급히 쫓았다.

유건은 자오진인에게 뇌음을 보냈다.

"이곳에 정말 쇄갑족 수사가 남긴 보물이 있을 거라 보시오?"

"그럴 가능성이 큽니다."

"그렇게 생각하는 이유가 있소?"

"쇄갑족 수사는 등선도 중앙에 성채를 닮은 거대한 연공실을 만들어 수련했었습니다. 하지만 네 종족 수사들이 백 년에 한 번씩 들어와 싹 털어간 탓에 그곳은 폐허나 다름없지요. 그러나 이곳은 다릅니다. 어쩌면 쇄갑족 수사가 남들 눈에 띄지 않게 보물을 저장하던 비밀 창고일지도 모릅니다."

유건은 쇄갑족 수사의 보물이 있을지 모른단 자오진인의 말에 구미가 당겼다.

쇄갑족은 이름 모를 상계에서 온 수사였다.

그런 수사가 남긴 보물이 대단하지 않을 리 없었다.

더구나 이곳에는 장선이 없었다.

그렇다면 해볼 만했다.

유건은 은신 법보를 펼친 상태로 입구 안으로 들어갔다.

입구를 지키던 수사들은 유건의 은신술을 전혀 감지하지 못했다.

한편, 봉선방 일행은 칠염구풍진이 있는 방향으로 은밀히 돌아가는 중이었다.

한데 도중에 뜻하지 않은 일이 발생했다.

패족 여수사 열 명이 호수에 숨은 악수를 사로잡을 목적으로 호수 바닥에 잠복해 있었다.

한데 우연히 봉선방 일행이 그 위를 지나갔다.

그들은 통신패를 통해 인족 수사로 보이는 자들이 네 종족 수사들을 죽이고 돌아다닌다는 정보를 입수한 직후였다.

자연히 봉선방 일행이 의심스러웠다.

애초에 봉선방 일행을 등선도에 들여보낸 패족 수뇌부는 그녀들에게 섬 안에 인족 수사가 있을지 모른단 말을 해 주지 않았다.

그 바람에 오해의 골은 갈수록 점점 더 깊어졌다.

마침 그녀들 중 한 명이 은신술의 달인이었다.

그녀는 은밀히 이동 중인 봉선방 일행을 미행하며 그 위치를 계속 알렸다.

봉선방 일행은 결국 뒤에 꼬리를 매단 상태로 칠염구풍진이 있는 장소에 도착했다.

봉선방 일행은 진법과 조금 떨어진 장소에 은신해 진짜 나녀혈침반의 위치를 계속 탐색했다.

꼬리가 붙었다는 사실을 아직 파악하지 못한 봉선방 일행은 진짜 나녀혈침반을 찾는 일에만 온통 정신이 팔려 있었다.

그들은 곧 진짜 나녀혈침반이 이곳 지하에 있음을 알아냈다.

독타가 은합모와 손가락이 아홉 개인 중년 수사를 불러 말했다.

"아무래도 우리 세 사람이 안으로 들어가 직접 찾아봐야겠소."

손가락이 아홉 개인 중년 수사는 구지신(九指身)이었다.

그는 오선 중기 최고봉의 수사로 그들 중에 세 번째로 강했다.

은합모와 구지신은 독타의 의견에 토를 달지 않았다.

잠시 후, 그들은 독타의 은신 법보에 의지해 구멍 안으로 들어갔다.

팔밀주 일행, 유건에 이은 세 번째 방문객이었다.

한편, 봉선방 일행을 미행한 패족 여수사는 동료들을 불렀다.

곧 수백 명이 넘는 패족 여수사가 도착해 주변을 포위했다.

한데 그곳에는 봉선방 일행 외에도 인족 수사가 수십 명 더 잠복해 있었다.

패족 여수사들은 인족 수사를 한 명도 놓치지 않기 위해 이 사실을 문족, 비어족, 표해족에 통보했다.

다른 세 종족도 이번 사건의 피해자였다.

문족, 비어족, 표해족 수사들도 그들의 수뇌부가 대가를 받고 인족 수사를 들여보냈단 말을 듣지 못하긴 마찬가지였다.

그들은 네 종족이 신성시하는 등선도에 몰래 잠입한 인족 수사들의 행태에 엄청나게 분개했다.

더욱이 그 인족 수사들은 네 종족 수사를 닥치는 대로 살해한 철천지원수였다.

원래 네 종족 수사들은 평소엔 으르렁거리다가도 외부의 침입을 받으면 똘똘 뭉치는 습성이 있었다.

지금도 마찬가지였다.

그들은 인족 수사들을 도륙하기 위해 속속 집결했다.

만약, 이곳에 팔밀주, 혹은 독타와 같은 강자가 있었다면 누군가가 그들을 포위 중이란 사실을 알았을지 몰랐다.

그러나 그들은 지금 입구 내부를 조사하느라 이곳에 있지 않았다.

한편, 유건은 지하에 있는 거대한 철문 앞에 서 있었다.

사람이 들어갈 수 있는 작은 구멍이 철문 중앙에 뚫려 있었다.

구멍 주변은 불에 달군 흔적이 채 식지 않은 상태였다.

'팔밀주 일행이 안으로 들어가기 위해 뚫은 구멍이군.'

유건은 고개를 들어 철문 위를 보았다.

철문 위에 10장 크기 비석이 편액처럼 박혀 있었다.

유건은 비석에 적힌 글자를 읽어 보았다.

"망향전?"

망향전은 고향을 그리워하는 전각이란 뜻이었다.

유건은 안으로 들어가며 중얼거렸다.

"무슨 뜻인지는 안으로 들어가 보면 알겠지."

안에는 등선도보다 더 신비한 광경이 펼쳐져 있었다.

가장 먼저 중앙에 우뚝 솟은 노란 산이 시야를 가득 채웠다.

산의 흙은 회백색이었다.

그러나 뿌리까지 노란 기이한 형태의 나무가 산을 가득 채운 바람에 노란색으로 보일 뿐이었다.

노란 나무는 버섯처럼 생겼다.

굵은 나무 기둥 위에 우산살처럼 생긴 나뭇가지가 노란 형광을 발하며 늘어져 있었다.

노란 산 옆에는 칼날처럼 솟은 바위 협곡이 있었다.

협곡 사이에는 녹색 물이 흘러 거대한 공간을 남북으로 관통했다.

협곡 옆은 황량한 벌판이었다.

한데 그 벌판 한가운데 분홍빛 돌기둥으로 건설한 집 수백 채가 자리한 마을이 서 있었다.

무엇보다 새까만 천장에 달과 별이 떠 있다는 점이 특이했다.

달은 두 개였다.

하나는 청록색으로 아주 컸다.

다른 하나는 암녹색으로 청록색 달의 반밖에 되지 않았다.

별은 수억 개가 소용돌이 형태로 모여서 쉴 새 없이 반짝였다.

유건은 길을 따라 마을로 날아갔다.

한데 마을은 상상을 초월하는 크기였다.

모든 집이 거의 100장에 달했다.

심지어 가운데 있는 사각 탑은 300장에 달했다.

'마치 거인이 사는 마을 같군.'

유건은 공간의 방대한 규모에 놀라면서 망향전의 뜻을 깨달았다.

이곳은 쇄갑족 수사가 살던 세계를 복원한 장소였다.

그때, 앞서 들어간 팔밀주 일행이 보였다.

그들은 텅 빈 마을을 지나 노란 산 정상을 오르는 중이었다.

유건도 좀 전부터 노란 산 정상이 신경 쓰이던 참이었다.

노란 산은 멀리서도 느껴질 정도로 강대한 압력을 발산했다.

마치 공기가 수십 배 무거워진 느낌이었다.

'여기까지 와서 선수를 빼앗길 순 없지.'

유건은 서둘러 팔밀주 일행을 뒤쫓았다.

한데 그때, 봉선방 수사들이 나타나 그가 있는 곳으로 화살처럼 쏟아져 왔다.

5장. 육체의 강함

유건은 은신한 상태에서 팔밀주와의 거리를 좁혔다.

그는 아직 봉선방 수사들의 진짜 정체를 몰랐다.

당연히 그들이 무슨 목적으로 이곳으로 왔는지도 알지 못했다.

그러나 그들이 북십자성, 오성도와 같은 목적을 지녔을 거라 판단한 상태에서 움직여야 실수할 가능성이 없었다.

즉, 나녀혈침반이 팔밀주 쪽에 있다고 저들이 믿게 해야 승산이 있었다.

그런 의도를 가지고 팔밀주와의 거리를 좁혔다.

한데 거리를 좁히는 일이 쉽지 않았다.

노란 산과 가까워질수록 공기가 급격히 무거워졌다.

유건은 전에 이런 경험을 한 적 있었다.

자하선부 사신단을 오를 때였다.

사신단 정상으로 올라가는 계단은 만근천압석이란 보물로 만들어져 있었다.

만근천압석은 그 명칭처럼 사방에서 엄청난 압력을 가하는 희귀한 보물이었다.

당시 유건은 사신단 계단 정상으로 올라가는 데만 거의 10년 이상을 투자했다.

물론, 사신단 계단과 이곳 상황이 정확히 일치하지는 않았다. 사신단 계단은 그냥 압력 자체가 강했다.

그러나 이곳은 중력이 수십 배 더 강해진 느낌이었다.

마치 아주 깊은 심해 속을 걸어가는 기분이었다.

유건은 금강부동공으로 압력에 저항하며 팔밀주를 확인했다.

팔밀주 일행도 이동하는 속도가 확연히 느려져 있었다.

아니, 오히려 시간이 지날수록 속도가 그보다 느려졌다.

굳이 노력하지 않아도 거리가 알아서 줄어드는 상황이었다.

이번에는 고개를 돌려 뒤를 보았다.

봉선방 일행도 마침내 노란 산 영향권에 들어 속도가 느려지는 중이었다.

그들의 얼굴에 당황한 기색이 언뜻 스쳤다.

현재 팔밀주 일행은 노란 산 초입에, 봉선방 일행은 마을 바깥에 있었다.

유건은 마을보다 산 초입 쪽에 더 가까웠다.

'이 정도 거리면 저들도 속겠군.'

멈춘 유건은 은신 법보의 위력을 높여 신형을 감췄다.

그때, 팔밀주 일행이 갑자기 비행을 중단했다.

그들도 봉선방 일행의 등장을 눈치챈 듯했다.

반대로 봉선방 일행은 계속 이동해 거리를 좁혔다.

마침내 두 세력 수사들이 100장 거리를 두고 대치했다.

팔밀주가 회색 눈동자에 살기를 흘리며 냉랭히 쏘아붙였다.

"녹원대륙 수사 같은데 우리 뒤를 쫓는 이유가 뭐죠?"

독타가 공수(拱手)하며 예를 표했다.

"미안하오. 우린 선자 일행을 미행할 의사는 없었소."

팔밀주가 코웃음을 치며 물었다.

"이게 미행이 아니면 대체 뭐가 미행이죠?"

"우린 선자가 이곳에 어떤 목적으로 들어왔는지 알지 못하오. 설령 알아낸다고 해도 방해하지 않을 작정이오. 다만, 선자 수중에 우리가 원하는 물건이 하나 있소. 그 물건만 내어 주시오. 그럼 바로 등선도를 떠나 다신 돌아오지 않겠소."

팔밀주는 저들이 말하는 물건의 정체를 알았다.

사실, 이번 작전 자체가 그 물건을 이용해 고안되었다고 해도 과장이 아니었다.

그러나 그 물건은 그녀 수중에 없었다.

물론, 그 물건이 설령 있다고 해도 넘길 의향은 없었지만.

팔밀주는 정보를 주지 않기 위해 시치미를 뗐다.

"무슨 물건을 말하는 거죠?"

독타의 음성이 착 가라앉았다.

"나녀혈침반을 모른다고 할 셈이오?"

팔밀주는 그제야 생각난 사람처럼 붉은 입술을 살짝 벌렸다.

"아, 나녀혈침반! 녹원대륙 수사들이 그 법보를 찾아다닌단 소문을 얼핏 듣긴 했어요. 한데 이거 어쩌죠? 우린 가지고 있지 않은데. 오히려 내가 묻고 싶은 말은 따로 있어요."

독타가 한숨을 내쉬며 물었다.

"뭐가 궁금하오?"

"좀 전에 우리 행사를 방해한 이유가 뭐죠?"

"나녀혈침반을 준다면 그 이유를 말해 주겠소."

"그럼 듣지 못하겠군요. 말했다시피 우리에겐 그 법보가 없으니."

독타가 눈을 가늘게 뜨며 경고했다.

"후회할 일을 만들지 마시오."

팔밀주는 말싸움에서 질 생각이 전혀 없었다.

"그쪽이야말로 피를 보기 전에 그만두는 게 어때요?"

고개를 절레 저은 독타가 은합모와 구지신에게 눈빛을 보냈다.

은합모는 즉시 은빛 두꺼비로, 구지신은 10장 크기의 거인으로 변신해 팔밀주 일행을 덮쳤다.

독타도 공격을 시작했다.

독타의 공법은 아주 독특했다.

그의 몸에서 우두둑거리는 소리가 들려왔다.

마치 어긋난 뼈가 제자리를 찾아가는 듯한 소리였다.

독타는 순식간에 몸이 1장 크기로 불어났다.

몸을 키우는 공법은 흔해 특이한 일이 아니었다.

오히려 진짜 특이한 일은 그다음에 일어났다.

독타는 숨을 들이마셨다.

그 순간, 등에 달린 혹이 쪼그라들었다.

대신, 독타의 전신에 작은 혹이 물집처럼 툭툭 튀어나왔다.

전에도 그리 볼품 있는 외모는 아니었다.

그러나 지금은 끔찍하기 이를 데 없었다.

차마 보고 있기 힘든 수준이었다.

독타가 수결을 맺으며 진언을 외웠다.

그 즉시, 온몸에 돋아난 물집이 눈을 뜨는 것처럼 열리며 남색 광선을 발사했다.

남색 광선 수백 개가 번갯불처럼 허공을 갈랐다.

상대를 경시하던 팔밀주가 화들짝 놀라 비행술을 펼쳤다.

그러나 남색 광선 숫자가 너무 많아 전부 피하기가 어려웠다.

그녀는 결국, 남색 광선에 얻어맞아 지상으로 추락했다.

그러나 독타는 팔밀주처럼 상대를 경시하지 않았다.

그는 추락하는 팔밀주를 쫓아가 계속 남색 광선을 퍼부었다.

그때, 팔밀주 주위를 회색 연기가 에워쌌다.

"설마!"

불길함을 느낀 독타가 소리를 지르며 거리를 벌렸다.

그 순간, 회색 연기가 흩어지며 팔밀주가 다시 나타났다.

한데 그 모습이 놀랍기 짝이 없었다.

팔밀주는 완전히 다른 생명체로 변해 있었다.

30장까지 몸이 불어난 팔밀주는 머리에 검은색 뿔이 달렸다.

몸은 회색 근육으로 이루어졌으며 팔과 다리는 나무 기둥처럼 두꺼웠다.

손톱과 발톱은 길게 자라 붉은 살기를 뿜었다.

등에는 가시가 돋았고 엉덩이에는 긴 꼬리가 자라났다.

독타는 흠칫해 소리쳤다.

"혈심해에서 나오셨소?"

팔밀주의 회색 눈동자에서 진득한 마기가 흘러나왔다.

"본녀가 의마화(擬魔化)를 펼치게 한 대가를 치러야 할 것이다!"

신색을 회복한 독타가 코웃음을 쳤다.

"내가 의마화에 겁을 먹을 줄 알았다면 큰 오산이오."

"흐흐, 오산인지, 아닌진 직접 경험해 보고 판단하거라."

음흉한 미소를 흘린 팔밀주가 그 자리에서 사라졌다.

"어딜!"

소리친 독타가 돌아서며 남색 광선을 발사했다.

그 순간, 팔밀주가 뼈로 만든 방패로 남색 광선을 막아 냈다.

흠칫한 독타는 재빨리 물러서며 금색 선문이 적힌 창을 던졌다.

팔밀주는 다시 뼈 방패로 창을 막아 내며 왼손을 찔렀다.

그 즉시, 왼손에 자란 붉은 손톱 다섯 개가 화살처럼 쇄도했다.

독타는 비행술을 펼쳐 달아나며 남색 광선을 연달아 발사했다.

마치 화포를 발사해 붉은 손톱을 일일이 요격하는 듯했다.

펑펑펑펑!

붉은 손톱 네 개는 남색 광선에 맞아 막혔다.

그러나 마지막 붉은 손톱은 독타의 왼팔을 가르며 지나갔다.

"앗!"

비명을 지른 독타는 더 뒤로 달아났다.

"흐흐."

음흉한 미소를 흘린 팔밀주는 독타를 쫓아가 오른발로 등을 걸어찼다.

독타는 급히 남색 광선을 발사해 공격을 막았다.

그때부터 두 수사의 공방은 일방적으로 변했다.

독타는 도망치며 남색 광선을 발사했다.

그러면 팔밀주가 뼈 방패로 막으며 돌진해 주먹을 내지르거나, 발길질하였다.

은합모와 구지신의 상태도 독타와 크게 다르지 않았다.

상대인 악순자, 후생원, 린고도 의마화를 하여 정체를 드러낸 탓이었다.

그들의 수장인 팔밀주가 의마화를 하여 정체를 드러낸 마당에 그들이 굳이 정체를 숨길 이유가 없었다.

그들의 정체는 바로 혈심해의 인족 출신 마선이었다.

선도의 공법 대부분은 인족의 신체를 기준으로 만들어졌다.

다른 종족 수사는 공법을 편하게 수련하기 위해 인족의 몸으로 바꾸는 법술을 만들어 수련했다.

바로 의인화였다.

반대로 마족의 공법은 당연히 순수 마족을 기준으로 만들어졌다.

그 바람에 다른 종족이 마족 공법을 익히려면 의마화 법술을 펼쳐 마족의 몸으로 변신하는 과정이 필요했다.

독타, 은합모, 구지신은 의마화한 팔밀주 일행에게 속절없이 밀렸다.

결국, 은합모는 내상을, 구지신은 다리를 잃었다.

독타도 전에 왼팔이 잘렸으므로 셋 다 중상을 입은 상태였다.

그때, 독타가 독한 눈빛으로 팔밀주를 쏘아보았다.

"당신들의 정체를 안 우리를 살려 보낼 생각이 없는가 보오."

팔밀주가 콧방귀를 뀌며 가소롭다는 듯 물었다.

"흥, 그걸 이제야 알았느냐?"

"좋소. 그럼 우리도 이쯤에서 승부를 걸어 봐야겠소."

말을 마친 독타가 품속에서 보라색 깃발을 꺼내 흔들었다.

독타의 뇌음을 받은 은합모와 구지신도 같은 깃발을 꺼냈다.

세 개의 깃발은 곧 한곳으로 날아가 보라색 구름을 형성했다.

잠시 후, 구름 속에서 보랏빛 봉황이 신령스러운 울음소리를 내며 튀어나와 팔밀주 일행을 덮쳤다.

봉황이 발산하는 강대한 기세에 팔밀주 일행도 흠칫 놀라 급히 거리를 벌렸다.

보랏빛 봉황의 정체를 알아본 팔밀주가 비명을 질렀다.

"자염봉림기(紫炎鳳臨旗)! 너희들은 봉선방 수사구나!"

독타가 서늘한 눈빛으로 소리쳤다.

"자염봉림기를 알아보는 것을 보면 연구를 꽤 한 모양이구나!"

그때, 봉황이 입을 벌려 보랏빛 불티 수만 개를 쏟아 냈다.

팔밀주 일행은 급히 방어 법보를 동원해 불티에 저항했다.

그러나 불티 하나하나가 유성처럼 강대한 힘을 지녀 막기가 쉽지 않았다.

결국, 팔밀주 일행은 불티에 방어 법보가 폭발해 위기를 맞았다.

그나마 팔밀주는 여유가 조금 있었다.

그러나 악순자, 후생원, 린고는 거의 죽기 직전이었다.

그때, 팔밀주가 다급하게 회색 고리를 뱉어 냈다.

"모두 원마환(圓魔環) 밑으로 피해라!"

회색 고리는 순식간에 10장까지 크기가 불어나 불티를 막았다.

악순자 등은 급히 회색 고리 밑으로 피해 목숨을 건졌다.

봉선방 수사들은 봉황에 법력을 투입해 불티의 크기를 키웠다.

팔밀주 일행도 이에 대항해 회색 고리를 더 두껍게 만들었다.

두 세력 수사들은 그런 식으로 대치를 이어갔다.

한데 보랏빛 불티가 뜻밖의 결과를 만들어 냈다.

유건은 원래 봉선방 수사들이 나타날 때부터 은신 법보의 위력을 최대로 끌어내 숨어 있었다.

그러나 보랏빛 불티 몇 개가 정면으로 날아오는 바람에 은신술을 풀 수밖에 없었다.

그제야 두 세력 수사들은 이곳에 그들 외에 낯선 수사가 한 명 더 있음을 알았다.

더구나 그 수사는 공선 후기였다.

그들은 고작 공선 후기 수사가 그들의 이목을 피한 사실에 의문을 드러냈다.

이들 중 경지가 가장 낮은 린고조차 오선 중기였다.

한데 유건은 그들의 이목을 완벽히 속였다.

그때, 뭔가를 깨달은 독타가 탄성을 터트렸다.

"아!"

그는 가짜 나녀혈침반이 이곳 지하를 지목한 이유를 깨달았다.

저 공선 후기 수사가 바로 진짜 나녀혈침반 주인이었다.

즉, 팔밀주는 줄곧 사실을 말해 온 셈이었다.

다만, 그가 그 사실을 전혀 믿지 않았을 따름이었다.

어쨌든 진짜 나녀혈침반의 주인을 찾아낸 일은 다행이었다.

"이젠 절대 빠져나가지 못한다!"

독타는 보랏빛 봉황에 법결을 날렸다.

보랏빛 봉황은 곧장 불티 수백 개를 유건 쪽으로 쏟아부었다.

모습이 드러난 유건은 청랑을 타고 전광석화를 펼쳐 달아났다.

한데 그가 도망치는 방향은 출구가 아니었다.

바로 노란 산이 있는 북쪽이었다.

팔밀주 일행도 마음이 급하긴 마찬가지였다.

만약, 유건이 살아서 도망치면 지금까지 한 작업이 모두 허사로 돌아갔다.

그들이 혈심해 마선이란 사실을 아는 자는 모두 죽여야 했다.

팔밀주 일행은 원마환을 조종해 달아나는 유건을 쫓았다.

뒤이어 봉선방 일행도 유건의 뒤를 추격했다.

그들에게는 유건을 죽여 진짜 나녀혈침반을 가져가야 하는 임무가 있었다.

유건은 전광석화로 도망치며 뒤를 힐끗 돌아보았다.

팔밀주 일행은 왼쪽에서, 봉선방 일행은 오른쪽에서 쫓아왔다.

유건은 가소롭다는 듯 히죽 웃었다.

"선배님들, 자신 있거든 어디 한번 이 후배를 따라와 보시지요."

그 말에 화가 난 두 세력 수사들은 속도를 더 높였다.

그러나 그들은 이것이 유건의 함정임을 금방 깨달았다.

노란 산에 접근할수록 중력이 전보다 몇 곱절로 강해져 빠르게 추격하지 못했다.

그러나 유건을 이대로 도망치게 놔둘 순 없었다.

그들은 고통을 견디며 유건을 계속 추격했다.

물론, 유건도 중력의 영향을 받아 움직임이 자유롭지 못했다.

전광석화의 속도가 전과 비교해 거의 10분이 1로 줄었다.

그러나 유건은 멈추지 않았다.

오히려 적이 느려지면 일부러 도발해 계속 추격하게 하였다.

그는 자하선부에서 이런 압력에 대처하는 방법을 10년 동안 수련하며 완벽히 깨우쳤다.

그는 이런 경험을 전에 한 적 없는 적이 그보다 훨씬 더 고통스러울 거란 생각을 하였다.

그의 예상은 정확히 맞아떨어졌다.

노란 산 정상을 불과 100장 앞두었을 때였다.

적들은 온몸의 구멍이란 구멍에서 피를 철철 쏟아 내며 괴로워했다.

엄청난 무게의 중력이 그들을 찍어 누른 탓이었다.

뇌는 짜부라들고 배 속의 장기는 공처럼 뭉쳐졌다.

적은 결국 중력의 압박을 이겨내지 못했다.

그들은 곧 쿵쿵 소리를 내며 노란 산 중턱에 처박혀 몸을 움직이지 못했다.

심지어 몸에서 뼈 부러지는 소리가 들리며 키가 줄어들 정도였다.

적들은 그제야 후회하며 급히 산에서 내려가려 하였다.

그때, 유건이 그들 앞을 막아서며 살기를 발산했다.

"선배님들, 아직 시작도 안 했는데 벌써 내려가면 어떡합니까?"

적의 얼굴이 하얗게 질렸다.

유건은 곧장 천수관음검법을 펼쳐 적들을 베어 갔다.

◆ ◈ ◆

거인으로 변신한 유건은 거대한 칼을 곧장 내리쳤다.

"으아아악!"

불경 선문이 뒤덮인 칼이 린고를 갈랐다.

린고는 원신을 내보낼 틈도 없었다.

그녀는 칼이 발산한 충격파에 먼지로 변했다.

돌아선 유건은 도망치는 후생원 쪽으로 사자후를 발사했다.

사자후의 음파 고리가 후생원의 사지를 결박했다.

후생원은 강한 중력에 사슬처럼 묶여 몸이 말을 듣지 않았
다.

그는 원기를 대거 소모해 가까스로 10여 장을 도망쳤다.

그러나 그 정도로는 안심하지 못했다.

후생원은 방어 법보 10여 개로 몸을 보호했다.

그러나 방어 법보도 강한 중력의 영향에서 벗어나지 못했다.

방어 법보가 느릿느릿 움직여 그의 속을 새까맣게 태웠다.

그때, 사자후의 음파 고리가 방어 법보를 뚫었다.

"크윽!"

음파 고리가 후생원의 목과 팔다리를 결박해 조여갔다.

후생원은 버둥거리며 어떻게 해서든 목을 압박하는 음파 고리를 떼어 내려 들었다.

그는 천생 신력을 타고난 자였다.

힘이라면 자신 있었다.

그는 손가락이 부러지도록 힘을 썼다.

그러나 음파 고리는 그림자처럼 떨어질 기미가 없었다.

냉랭한 눈으로 그 모습을 지켜보던 유건은 법결을 날렸다.

그 순간, 음파 고리가 수축해 후생원의 목과 팔다리를 잘랐다.

본신을 잃은 후생원의 원신이 단전 속에서 벌레처럼 튀어나왔다.

당연히 달아나기 위해서였다.

그러나 뜻을 이루지 못했다.

유건은 기다렸다는 듯 손가락으로 불광을 발사했다.

전광석화의 기운을 머금은 불광이었다.

유건은 공선 후기에 이른 다음부터 펼칠 수 있는 법술의 숫자가 크게 늘었다.

번갯불처럼 쏘아져 간 전광석화가 후생원의 원신을 불태웠다.

비명을 지르며 괴로워하던 원신은 재로 변해 흩어졌다.

이제 혈심해 마선은 팔밀주, 악순자 두 명만 남았다.

악순자는 도망치지 않았다.

그는 오히려 공격하는 쪽을 선택했다.

악어를 닮은 마족으로 변신한 그는 꼬리로 유건을 후려쳤다.

꼬리는 두껍고 단단했다.

마치 검은 쇠를 부어 만든 듯했다.

그러나 유건은 전광석화를 펼쳐 가볍게 피했다.

전이라면 몰라도 지금은 꼬리가 움직이는 모습이 느린 그림처럼 보였다.

악순자는 포기하지 않았다.

쉽게 포기하기에는 그동안 쌓은 고행이 너무 아까웠다.

이번에는 이빨이 수정 고드름처럼 박힌 입으로 유건을 깨물었다.

유건은 열여섯 개의 팔을 두 개로 합쳐 악순자의 양턱을 붙잡았다.

양턱이 붙잡힌 악순자는 유건을 물어뜯지 못했다.

악순자가 눈빛에 희색을 드러냈다.

그가 의마화한 악어 마족은 턱 힘이 세기로 유명했다.

그런 그에게 지금 상황은 위기가 아니라, 절호의 기회였다.

악순자는 그 즉시 법력을 전부 동원해 턱을 힘껏 다물었다.

그러나 그는 턱을 끝까지 다물지 못했다.

"하앗!"

기합을 지른 유건은 악순자의 턱을 반대쪽으로 찢었다.

"그, 그만둬!"

당황한 악순자는 짧은 두 팔로 유건의 팔뚝을 잡아 저지했다.

우웅!

그때, 유건의 양팔에 적힌 불경 선문이 반짝였다.

"크아아악!"

그 즉시, 악순자의 턱이 반대로 찢어졌다.

그게 끝이 아니었다.

심지어 몸통과 꼬리까지 걸레쪽처럼 한 번에 찢겨 나갔다.

유건은 두 눈으로 불광을 발사해 사체까지 처리했다.

순식간에 부하들을 다 잃은 팔밀주는 경악한 표정을 숨기지 못했다.

그러나 그녀는 확실히 범상치 않았다.

그녀는 조금 전까지 목숨을 걸고 싸우던 봉선방 일행 쪽으로 달아났다.

봉선방 일행은 혈선해 마선과 달리 확실히 체계적이었다.

그들은 자염봉림기로 보랏빛 봉황을 불러내 중력에 대항했다.

한데 그때, 원마환으로 몸을 보호한 팔밀주가 나타났다.

독타는 미간을 찌푸리며 물었다.

"무슨 뜻이오?"

팔밀주는 안색 하나 변하지 않고 태연하게 제안했다.

191

"일단, 저 괴상한 놈부터 죽여 놓고 우리 일을 논의하는 게 어떤가요? 당신의 봉황과 내 원마환이라면 승산이 있을 듯한데."

"힘을 합치잔 거요?"

"당신은 저 괴상한 놈을 이길 수 있다고 확신하나요?"

동료들과 눈빛을 나눈 독타가 고개를 끄덕였다.

"좋소. 선자 말대로 저놈부터 없애고 봅시다."

팔밀주가 봉선방 일행을 의미심장한 눈으로 바라보았다.

"배신하면 본녀가 가장 먼저 죽을 거예요. 하지만 당신들도 무사하기 힘들다는 걸 명심하면서 행동하는 게 좋을 거예요."

은합모가 어이없다는 표정으로 코웃음을 쳤다.

"우리가 하고 싶은 말이오."

팔밀주는 은합모의 핀잔을 무시하며 화제를 돌렸다.

"저놈에게 나녀혈침반이 있는 건가요?"

독타는 부인하지 않았다.

"그런 것 같소."

"녹원대륙 수사 같은데 사문을 알아보겠어요?"

"지금은 멸문한 남림 심언종에 저런 공법이 있단 말을 들었소."

"심언종 수사들은 육체가 다 저 정도로 강했었나요?"

팔밀주가 한 질문은 독타도 궁금해하는 사항이었다.

오선 후기 최고봉을 앞둔 그도 노란 산이 가하는 중력을 견디기 힘들었다.

한데 공선 후기 수사인 유건은 거의 멀쩡한 모습으로 공법을 펼쳤다.

기이한 일이 아닐 수 없었다.

독타는 고개를 저었다.

"그렇단 말은 듣지 못했소."

그때, 유건이 날아와 그들의 대화를 중단시켰다.

"선배님들, 말씀은 다 나누셨습니까?"

독타가 신중한 표정으로 제안했다.

"진짜 나녀혈침반을 우리 쪽으로 넘기게. 그럼 봉선방의 명예를 걸고 자네가 살아서 등선도를 떠날 수 있도록 해 주겠네."

유건은 피식 웃으며 물었다.

"넘겨주지 않으면 절 죽이기라도 하실 건가요?"

"자네의 실력은 잘 보았네. 하지만 우린 오선 후기가 넷일세. 조금 전에 죽은 마선처럼 생각하다가는 큰코다칠 것이네."

"절 걱정해 주시다니 이거 몸 둘 바를 모르겠습니다."

"거절하겠단 말이군. 우리가 독수를 쓰더라도 원망하지 말게."

"아직 거절하겠다곤 말하지 않았습니다."

유건은 잠시 고민하는 척하였다.

독타는 기회라 여긴 듯했다.

그는 좀 더 부드러운 어조로 설득했다.

"자네가 나녀혈침반을 계속 몸에 지니고 있으면 언젠가는 죽을 수밖에 없네. 그럴 바에야 차라리 우리에게 넘기는 편이 낫지 않겠나? 일단, 살고 봐야 하지 않겠는가? 공선 후기에 이르기 위해 자네가 그동안 해 온 고행이 아깝지 않은가?"

유건은 약간 설득당한 표정으로 물었다.

"전 거래를 좋아하죠. 어떤 거래를 제안하시겠습니까?"

"좀 전에 말한 대로 자네가 살아서 이곳을 떠나게 해 주겠네."

"그것만으론 부족합니다."

"봉선방 장로의 제자로 들어올 수 있게 내가 직접 힘을 쓰겠네."

녹원대륙에서 봉선방 장로의 제자는 엄청난 신분이었다.

낭선이라면 열에 열 전부가 그 제안을 받아들 수밖에 없었다.

유건도 혹해 물었다.

"그게 정말입니까, 선배님?"

"난 봉선방 수사일세. 우린 한 입으로 절대 두말하지 않는다네."

"좋습니다. 선배님의 제안을 따르지요."

유건은 나녀혈침반을 꺼내 독타 쪽으로 던졌다.

신중한 독타는 즉시 가짜 나녀혈침반을 이용해 진위를 확인했다.

한데 정말로 진짜 나녀혈침반이라는 결과가 나왔다.

독타는 진짜 나녀혈침반에 본인 정혈을 뿌려 보물의 위치를 확인했다.

진짜 나녀혈침반을 찾아다닌 이유가 지금을 위해서였다.

이 법보만이 무규신갑의 위치를 찾아낼 수 있었다.

한데 진짜 나녀혈침반에 어떤 표식도 뜨지 않았다.

독타가 눈썹을 찌푸리며 물었다.

"이게 정말 진짜 나녀혈침반이 맞는 건가?"

"방금 가짜 나녀혈침반으로 진위를 확인해 보지 않으셨습니까?"

"흠, 아무래도 이곳 중력 금제에 영향을 받은 모양이군."

고개를 끄덕인 독타가 진짜 나녀혈침반을 품속에 집어넣었다.

유건은 안달하며 물었다.

"언제 귀방의 장로님을 소개해 주실 겁니까?"

"조바심 내지 말게. 이곳을 나가는 대로 소개해 주겠네."

유건은 망설이며 물었다.

"선배님도 뒷간을 들어갈 때와 나올 때 마음가짐이 다르다는 말을 아실 겁니다. 이곳을 나가면 저는 약자일 수밖에 없습니다. 한데 제가 어떻게 선배님을 믿을 수 있겠습니까?"

독타가 약간 짜증스러운 기색으로 물었다.

"나도 후배를 힘으로 압박했다는 말을 듣고 싶지 않네. 그래, 어떻게 하면 자네가 경계를 풀고 우리를 따라나서겠는가?"

유건은 거대한 보랏빛 봉황을 힐끗 보며 대답했다.

"저 무시무시한 보랏빛 봉황부터 어떻게 해 주시지요."

"알겠네. 자네가 따라나선다고 약속하면 바로 불러들이겠네."

유건은 고개를 저었다.

"어차피 봉황이야 또 불러낼 수 있겠지요. 그러지 마시고 저에게 봉황을 부르는 깃발을 잠시 맡겨 주실 순 없겠는지요?"

독타는 바로 고개를 저었다.

"그건 절대 안 될 말이네. 자염봉림기는 우리 봉선방이 아끼는 귀한 보물 중 하나일세. 타인에게 함부로 넘길 수 없네."

유건은 의심스러운 눈빛으로 물었다.

"저는 곧 귀방에 입문할 거 아닙니까? 어찌 타인이라 하십니까?"

독타는 딱 잘라 거절했다.

"그래도 안 되는 건 안 되는 걸세."

"그럼 저도 안 되겠군요."

"뭐가 안 된단 말인가?"

유건은 서늘한 목소리로 대답했다.

"원래 혈심해 마선은 몰라도 봉선방 수사들은 건드릴 생각이 없었습니다. 봉선방이 진짜 나녀혈침반을 가지고 있단 소문을 흘려 봉선방과 북십자성을 싸움 붙일 생각이었으니까요. 한데 그렇게 나오시니 여기서 다 죽여 드려야겠습니다."

독타가 눈을 부릅떴다.

"뭣이? 우리와 북십자성을 싸움 붙여?"

"그것이 제가 거대 종파와 싸울 수 있는 유일한 방법이니까요."

씩 웃은 유건은 손가락을 튕겼다.

그때였다.

청랑을 탄 규옥이 튀어나와 포선대로 원마환을 끌어당겼다.

규옥은 유건이 준 무광무영복과 건마종으로 완벽히 은신한 상태에서 천천히 움직였다.

덕분에 적의 이목에 걸려들지 않았다.

그야말로 적의 허점을 완벽한 찌른 기습이었다.

그러나 팔밀주도 보통은 아니었다.

그 즉시, 원마환에 법력을 주입해 포선대의 위력에 저항했다.

규옥은 고통스러운 표정으로 그 모습을 지켜보았다.

규옥의 몸은 그리 단단하지 않았다.

지금과 같은 중력 강도에서는 손가락 하나 까딱하기 어려웠다.

결국, 규옥의 입과 코에서 녹색 피가 줄줄 흘러내렸다.

팔밀주가 탐욕스러운 표정으로 소리쳤다.

"영선이로구나!"

그때, 규옥이 희미하게 웃으며 포선대에 법력을 더 주입했다.

웅웅웅!

그 순간, 포선대 안에서 강력한 소용돌이가 생성되었다.

소용돌이는 곧 엄청난 흡입력으로 원마환을 끌어당겨 집어삼켰다.

바로 포선대 안에 든 마경함천로의 위력이었다.

유건은 원신이 연성하던 마경함천로를 규옥에게 주어 포선대에 넣게 했다.

원래 포선대는 흡수 속성을 지닌 법보였다.

그런 포선대에 비슷한 속성을 지닌 마경함천로를 더하면 위력은 몇 곱절로 강해졌다.

심지어 중력의 영향을 받으면서도 오선 후기 수사가 통제하는 법보를 흡수할 정도였다.

원마환을 강탈한 규옥은 바로 영목낭으로 돌아왔다.

규옥의 몸으로는 이런 중력 강도 속에서 오래 버티지 못했다.

"고생이 많았다."

규옥을 칭찬한 유건은 금룡과 자하를 내보냈다.

자하는 몰라도 금룡은 엄청나게 단단한 본신을 지닌 영물이었다.

곧 금룡과 자하가 자염봉황을 덮쳐 옴짝달싹 못 하게 만들었다.

이제 자염봉황과 원마환의 보호를 받지 못하는 적들은 강력한 중력의 영향에서 벗어나지 못했다.

유건이 원한 그림이 만들어진 셈이었다.

유건은 봉선방 일행 쪽으로 날아갔다.

물론, 혈심해 마선 팔밀주도 아직 남아 있었다.

유건은 그 즉시 자오진인을 불러 팔밀주를 상대하게 하였다.

금갑족인 자오진인은 몸이 단단해 팔밀주를 상대로 우위를 점할 수 있었다.

더욱이 그에게는 음양태극쌍침까지 있었다.

"건방진 놈!"

그때, 구지신이 유건 쪽으로 주먹을 내질렀다.

유건은 거대한 칼로 같이 찔러 갔다.

쿠웅!

강력한 충격파 속에서 구지신이 피를 뿌리며 날아갔다.

유건은 전광석화로 따라붙어 오른발로 구지신의 머리를 걷어찼다.

구지신은 팽이처럼 빙글빙글 돌며 공중으로 떠올랐다.

곧장 따라붙은 유건은 팔을 모아 팽이 위를 내려쳤다.

콰앙!

이번에는 좀 더 빠른 속도로 낙하한 구지신이 바닥에 처박혔다.

한데 구지신의 몸이 워낙 단단해 바닥에 사람 모양으로 구덩이가 생겼다.

유건은 입을 벌려 불광을 발사했다.

퍼어엉!

어른 허리만 한 굵기의 불광이 구덩이에 작렬했다.

구지신의 단단한 몸은 곧 뇌전에 당한 것처럼 새카맣게 불
탔다.

신중한 유건은 구련보등 연꽃으로 구지신의 시체를 감쌌다.

시체는 곧 독에 녹아 한 줌 핏물로 변했다.

"지독한 놈이로구나!"

그때, 은합모가 입을 벌려 얼음 고드름 수백 개를 발사했
다.

유건은 재빨리 묵귀를 불러내 막았다.

묵귀가 변한 암녹색 방패가 얼음 고드름을 돌려보냈다.

은합모는 곧 얼음 고드름 수십 개에 난자당해 고깃덩이로
변했다.

독타는 믿을 수 없단 표정이었다.

구지신과 은합모가 손도 못 써 보고 죽어서가 아니었다.

유건의 손에 무규신갑처럼 보이는 보물이 있어서였다.

"설, 설마 그건 무규신갑인가?"

유건은 말없이 천수관음검법으로 만든 칼로 독타를 찔렀다.

"나를 은합모나, 구지신으로 취급했다가는 큰코다칠 것이
다!"

이를 악문 독타는 팔 하나와 양다리를 잘라 터트렸다.

그 순간, 몸을 뒤덮은 물집이 살점과 정혈을 흡수해 더 커
졌다.

이제는 아예 인간이 아니라, 물집 덩어리처럼 보였다.

◆ ◈ ◆

비술을 펼친 독타는 실력이 몰라보게 좋아졌다.

그는 조금 전까지 중력 금제의 영향을 강하게 받아 거동조차 힘들어했다.

한데 지금은 유건과 비슷한 속도로 움직였다.

독타는 허공을 오르락내리락하며 남색 광선을 발사했다.

남색 광선 수백 개가 사방에서 다양한 각도로 유건을 찔러왔다.

마치 유건에게 자석처럼 광선을 빨아들이는 힘이 있는 듯했다.

유건은 묵귀 방패로 남색 광선을 막았다.

방패가 되돌려보낸 남색 광선 몇 개가 독타를 관통했다.

몸에 구멍이 숭숭 뚫린 독타가 그 자리서 빠르게 회전했다.

그 순간, 구멍이 메워지며 다시 원래 모습으로 돌아왔다.

독타는 피해를 거의 입지 않은 모습이었다.

그저 발사하는 남색 광선 숫자만 조금 줄었을 뿐이었다.

'정말 은합모나, 구지신보다 훨씬 강하군.'

유건은 위에서 날아든 남색 광선을 묵귀 방패로 막았다.

그러나 묵귀 방패는 남색 광선을 제대로 반사하지 못했다.

암녹색 빛이 흐려진 묵귀가 다시 원래 모습으로 돌아왔다.

'제길, 힘이 다한 모양이군.'

묵귀를 회수한 유건은 전광석화를 펼쳐 남색 광선을 피했다.

남색 광선도 중력 금제를 벗어나지 못했다.

독타가 팔밀주를 공격할 때 보인 속도의 반에 불과했다.

유건은 남색 광선을 피하며 접근해 독타를 베어 갔다.

그때, 독타가 공처럼 허공을 굴러 100장 너머로 달아났다.

유건이 휘두른 칼은 독타 대신에 허공을 가르며 지나갔다.

유건은 같은 방식으로 몇 번 더 접근해 공격했다.

그러나 그때마다 독타가 공처럼 굴러 피하는 바람에 계속 실패했다.

유건은 슬슬 법력에 한계가 옴을 느꼈다.

어떻게 해서든 수를 내지 않으면 이제 위험해지는 쪽은 그였다.

유건은 전광석화를 펼쳐 쫓아가며 사자후, 구련보등을 같이 펼쳤다.

천수관음 상태에서 사자후, 구련보등을 펼치면 공력이 배로 소모되었다.

그러나 지금은 다른 방법이 없었다.

사자후의 음파 고리가 독타를 묶었다.

뒤이어 구련보등이 뿌린 연꽃이 독타를 뒤덮었다.

그때, 독타가 입에서 주황색 낫을 뱉어 냈다.

독타가 직접 배양한 독문 법보가 분명했다.

주황색 낫은 순식간에 10장으로 커져 강한 기운을 발산했다.

유건은 급히 음파 고리와 연꽃으로 낫을 봉쇄했다.

그때, 주황색 낫이 회전하며 수백 개의 허상을 만들어 냈다.

낫 허상은 순식간에 음파 고리와 연꽃을 전부 베어 버렸다.

공격을 막아 낸 주황색 낫은 독타를 결박한 음파 고리와 연꽃도 같이 베어 버렸다.

자유로워진 독타가 다시 공처럼 허공을 굴러 빠져나갔다.

공격이 실패한 유건은 얼굴이 굳어졌다.

이번에는 독타가 선공했다.

독타는 남색 광선 수백 개를 100장 앞으로 동시에 발사했다.

한곳에 뭉친 남색 광선 수백 개는 곧 거대한 기둥으로 변해 유건 쪽으로 쇄도했다.

그는 전광석화로 피할 틈이 없었다.

유건은 팔 열여섯 개를 날개처럼 만들어 몸을 감쌌다.

퍼엉!

굉음이 울리며 유건이 끈 떨어진 연처럼 날아갔다.

그러나 지금은 모든 공격이 중력 금제의 영향을 받았다.

남색 광선도 마찬가지였다.

다른 곳이었다면 이 한 방으로 유건은 죽음을 면치 못했다.

그러나 이곳에서는 아니었다.

유건은 곧 공중에서 몸을 뒤집어 자세를 바로 했다.

그의 입가에 피가 흐른 흔적이 역력했다.

그러나 그게 다였다.

오히려 당황한 쪽은 독타였다.

독타는 이번 한 방으로 유건을 죽일 수 있을 줄 알았다.

한데 유건은 오뚝이처럼 일어나 다시 공격해 올 준비를 하였다.

유건은 입을 벌려 목정검, 홍쇄검, 빙혼검을 동시에 불러냈다.

목정검은 거대한 숲으로 변해 독타를 찍어 눌렀다.

독타는 엄청난 나무 속성 기운의 쇄도에 발이 묶여 움직이지 못했다.

이어 홍쇄검은 그물로, 빙혼검은 빙산으로 변해 같이 압박했다.

독타는 주황색 낫으로 숲과 그물과 빙산을 한꺼번에 베어갔다.

그때, 유건이 세 비검에 법결을 날리며 명령했다.

"눌러라!"

그 즉시, 거대한 숲과 그물과 빙산이 강력한 압력을 해일처럼 발산해 독타의 머리를 찍어 눌렀다.

독타는 중력 금제와 세 비검이 가하는 압력에 동시에 짓눌려 속절없이 추락했다.

유건은 전광석화로 쫓아가며 칼에 남은 법력을 전부 주입했다.

그 순간, 거대한 칼이 수십 장 길이로 늘어나 독타를 갈랐다.

"크아아악!"

독타는 비명을 지르며 두 쪽으로 갈라졌다.

유건은 다시 진언을 외웠다.

거대한 칼이 금세 작은 칼 열여섯 개로 변했다.

유건은 작은 칼 열여섯 개를 동시에 휘둘렀다.

그 즉시, 수천 개의 검기가 허공을 난자했다.

탈출 기회를 엿보던 독타의 원신은 두 쪽으로 갈린 본신과 같이 소멸했다.

비검을 회수한 유건은 자하와 금룡을 불러들였다.

자하와 금룡의 입에는 주인 잃은 자염봉림기 세 개가 들려 있었다.

자염봉림기를 챙긴 유건은 자오진인 쪽의 상황을 확인했다.

자오진인은 마침 음양태극쌍침을 막 꺼낸 상태였다.

곧 음양태극쌍침이 공명해 만든 작은 음양구 10여 개가 폭발했다.

음양구를 우습게 보던 팔밀주는 곧 얼굴이 하얗게 질렸다.

음양구 폭발이 만든 혼돈 폭풍이 몰아친 탓이었다.

팔밀주는 비명을 지를 새도 없이 폭풍에 휘말려 먼지로 변했다.

자오진인은 낯빛이 죽은 사람처럼 창백했다.

음양태극쌍침은 비선이 사용하던 영험한 법보였다.

아무리 위력을 줄여도 오선 중기가 사용하기에는 벅찬 감이 있었다.

"고생이 많았소."

자오진인은 대답할 힘도 없는 듯했다.

그는 서둘러 영목낭으로 돌아갔다.

전이면 몰라도 법력 대부분을 소비한 지금은 중력 금제를 오래 버티지 못했다.

욕심 많은 자오진인이 법보낭을 챙기지 않았다는 건 그만큼 다급하단 뜻이었다.

영목낭에 들어간 자오진인이 그제야 안도하며 물었다.

"도대체 공자님은 이런 중력 금제를 어떻게 견뎌 내시는 겁니까?"

유건은 자하선부 사신단에 대해 짧게 설명했다.

자오진인은 고개를 저었다.

"만근천압석은 저도 들어 보지 못해 정확히 어떤 보물인지 모릅니다. 하지만 그 이유 때문만은 아닐 거란 생각이 듭니다."

"그 외에 다른 이유가 있단 거요?"

"공자님의 신체는 금갑족인 저보다 강한 게 확실합니다."

"그렇소?"

"틀림없습니다."

자오진인은 뒤에 덧붙일 말이 하나 더 있었다.

바로 인간 수사는 절대 그럴 수 없단 말이었다.

그러나 유건의 역린을 건드리는 말일지도 몰라 입 밖으로 꺼내지 않았다.

유건은 뇌력으로 법보낭 10여 개를 챙겼다.

팔밀주와 독타는 양 세력의 최강자답게 다른 수사보다 법보낭을 더 지녔다.

유건은 법보 두 개를 뺀 나머지 물건을 규옥과 자오진인에게 주었다.

그들은 기뻐하며 고생해 얻은 전리품을 확인했다.

유건이 차지한 법보는 자염봉림기 세 개와 원마환이었다.

그는 우선 자염봉림기부터 살펴보았다.

잠시 연구해 본 결과, 자염봉림기는 수천, 혹은 수만 개의 깃발로 이루어져 있었다.

봉선방 일행은 그중 세 개만 사용했다.

그런데도 중력 금제에 어느 정도 저항이 가능했다.

만약, 자염봉림기 전체를 사용해 진법을 펼치면 그 위력이 경천동지로는 부족할 듯했다.

'자염봉림기가 봉선방의 보물이란 말은 맞는 듯하군.'

유건은 이어 원마환을 살펴보았다.

원마환은 마기가 짙어 당장 조사하기에는 무리였다.

유건은 원마환을 무규신갑이 들어 있던 금갑에 넣었다.

검은 보석으로 조각한 용머리가 달린 금갑은 그 자체가 봉인 진법이었다.

즉, 따로 부적을 써서 봉인해 둘 필요가 없었다.

유건은 마을 쪽으로 내려가 가부좌를 하였다.

법력을 전부 소진한 데다, 약간의 내상마저 입었다.

규옥, 자오진인도 내상을 입어 치료할 시간이 필요했다.

정비를 마친 유건은 고개를 들어 노란 산 정상 쪽을 보았다.

'산 정상으로 갈수록 금제가 강해진단 말은 정상에 중력 금제의 원천에 해당하는 보물이 있단 뜻일 테지. 어떻게 한다?'

그러나 수사가 보물을 두고 그냥 가긴 쉽지 않았다.

유건은 마음의 준비를 단단히 한 상태에서 산 정상으로 향했다.

과연 산 정상에 가까워질수록 중력 금제의 강도가 더 심해졌다.

심지어 정상 바로 앞은 걸음을 떼는 일조차 버거웠다.

그가 이럴 정도면 다른 수사들은 뻔했다.

유건은 땀을 비 오듯 흘리며 정상으로 나아갔다.

온몸의 뼈가 살려 달라 비명을 질렀다.

피가 뇌에서 빠져나가는 바람에 시야는 점점 흐릿하게 변했다.

그러나 유건은 포기하지 않았다.

그는 설령 하늘이 무너지는 한이 있더라도 한번 결심한 일을 도중에 멈추는 법이 없었다.

유건은 마침내 산 정상에 도달했다.

산 정상은 풍경이 기이했다.

신수 조각상 아흔아홉 개가 회백색 흙이 깔린 공터 가운데에 나선 형태로 박혀 있었다.

신수는 종류가 전부 다 달랐다.

유건이 아는 신수는 그중 절반 정도였다.

나머지 반은 삼월천에 알려지지 않은 신수였다.

'쇄갑족 수사가 펼친 진법이 분명하군.'

유건은 신수 조각상 사이에 난 길을 따라 중앙으로 걸어갔다.
다행히 신수 조각상이 있는 곳부터는 중력 금제가 약해졌다.

'산 정상에서는 중력 금제가 힘을 못 쓰는 모양이구나.'

사각뿔 형태의 벽돌 요새가 중앙에 우뚝 서 있었다.

한데 사각뿔 정상에 있는 벽돌만 영기가 흐르는 검은색이
었다.

그 외 나머지 벽돌은 흰색이었다.

유건은 벽돌 요새 앞으로 걸어가며 자세히 살폈다.

벽돌 표면에 선문과 좀 전에 본 신수 그림이 있었다.

신수 그림은 살아 있는 것처럼 정교하기 이를 데 없었다.

다만, 같이 적힌 선문은 상계의 선문이라 알아볼 방법이 없
었다.

유건은 용기를 내어 벽돌 요새 정상으로 기어 올라갔다.

다행히 진법은 중력 금제 이외의 효과를 내진 않는 듯했다.

정상에 도착한 유건은 뇌력으로 검은 벽돌을 조사했다.

금제나, 결계를 설치한 흔적은 없었다.

한참을 더 조사한 유건은 뇌력으로 검은 벽돌을 들어 올렸다.

그러나 아무 일도 일어나지 않았다.

유건은 좀 더 올라가 검은 벽돌이 있던 자리를 내려다보았다.

안에 작은 공이 공중에 떠 있었다.

한데 위는 하얀색, 아래쪽은 칠흑처럼 검은색이었다.

마치 흰 반구와 검은 반구를 붙여 놓은 듯한 모습이었다.

중력 금제는 아래쪽 검은 반구가 만들어 내는 중이었다.

유건은 자오진인에게 뇌음을 보냈다.

"검은 반구는 정체를 알겠는데 위에 흰 반구는 뭔지 모르겠소."

"제 생각엔 흰 반구가 검은 반구를 통제하는 듯합니다."

"흰 반구를 제거하면 검은 반구가 폭주할 수도 있단 뜻이오?"

"그렇습니다. 어쩌면 진법 전체가 통제를 잃을지도 모릅니다."

"흰 반구를 건드리지 않고 검은 반구만 제거하는 건 어떻소?"

자오진인은 공을 한참 살펴본 후에 대답했다.

"진법은 아마 폭주하지 않을 것입니다. 물론, 검은 반구만 안전하게 제거할 수 있다는 가정 속에서 드리는 말씀입니다."

"내게 좋은 방법이 있소."

유건은 바로 홍쇄검을 꺼내 진종자의 모검술을 펼쳤다.

잠시 후, 홍쇄검 끝에서 미세한 실 줄기 같은 검기가 흘러나와 흰 반구를 조심스럽게 통과했다.

흰 반구는 다행히 아무런 반응을 보이지 않았다.

마치 검기가 자기 몸을 뚫고 들어왔다는 사실 자체를 감지하지 못한 것 같은 모습이었다.

유건은 어느 정도 자신이 있었다.

칠교보 일월교 지하에서 만년혈빙석으로 본무를 상대할 때 이미 효과를 본 법술이었다.

흰 반구를 통과한 검기가 검은 반구 속으로 들어갔다.

유건은 즉시 모검술 흡수 법결을 펼쳤다.

검기는 검은 반구가 품은 중력 속성 기운을 천천히 빨아들였다.

검기가 빨아들인 기운은 곧바로 홍쇄검으로 향했다.

붉은빛을 띠던 홍쇄검은 서서히 검은색으로 변해 갔다.

그뿐만이 아니었다.

비검이 뿜어내던 금 속성 기운에 중력 속성 기운이 섞였다.

유건은 뛸 듯이 기뻤다.

마침내 홍쇄검이 또 한 번 진화를 거듭하는 순간이었다.

중력 속성 기운을 흡수할수록 검은 반구는 크기가 줄어들었다.

유건은 반 시진 넘게 작업해 마침내 검은 반구를 완전히 흡수했다.

이제는 흰 반구에 집어넣은 검기를 빼내는 일만 남았다.

혀로 입술을 축인 그는 조심스럽게 검기를 빼냈다.

다행히 작업은 순조로웠다.

이제 흰 반구에 남은 검기는 손톱 만큼에 불과했다.

유건은 마지막까지 정신을 집중해 검기를 천천히 뽑아냈다.

'해냈다!'

한데 그 순간, 검은 반구가 있던 곳에서 회색 연기가 치솟았다.

'이, 이건 마기?'

유건은 깜짝 놀라 물러섰다.

그러나 회색 연기는 소용돌이처럼 변해 그를 끌어당겼다.

마기에 휩싸인 유건은 극심한 고통을 느끼며 신음을 흘렸다.

그러나 정작 그가 두려워한 건 고통 따위가 아니었다.

마기가 정혈을 만드는 골수를 오염시킨단 점이 가장 큰 문제였다.

여기서 시간이 더 지나면 그는 마기에 잠식당할 수밖에 없었다.

그렇게 되면 두 가지 중 하나였다.

끔찍한 고통을 겪으며 죽는 게 첫 번째였다.

두 번째는 마족의 몸으로 변해 앞으론 마선으로 살아가야 한다는 것이었다.

절체절명의 위기에 처한 유건을 도와주는 목소리가 있었다.

"공자님, 원마환을 이용해 보십시오!"

유건은 바로 원마환을 꺼내 모검술 흡수 법결을 펼쳤다.

그 순간, 회색 마기가 원마환 안으로 빨려 들어갔다.

그러나 원마환은 금세 마기로 가득 차 더는 빨아들이지 못했다.

그때, 유건의 머릿속을 번개처럼 스쳐 지나가는 것이 있었다.

'그래, 백팔음혼마번이 있었지!'

유건은 백팔음혼마번을 꺼내 회색 마기를 흡수했다.

도박은 성공했다.

백팔음혼마번은 끊임없이 회색 마기를 흡수했다.

구멍이 뚫린 독에 회색 마기를 들이붓는 듯했다.

회색 마기도 무한정이진 않았다.

곧 모든 마기가 백팔음혼마번 안으로 빨려 들어갔다.

그제야 한숨 돌린 유건은 흠칫해 입구 쪽을 보았다.

네 종족 수사 수백 명이 동굴 안으로 쏟아져 들어왔다.

회색 마기를 상대하느라, 뇌력을 퍼트릴 여유가 없었다.

곧 그를 발견한 수사들이 고함을 고래고래 질렀다.

"인족 수사가 등선도의 보물을 훔치는 중이다!"

유건은 뒤도 돌아보지 않고 노란 산 너머로 달아났다.

"인족 수사가 보물을 훔쳐 달아난다! 모두 쫓아라!"

네 종족 수사 수백 명이 소리를 지르며 득달같이 쫓아왔다.

6장. 대마선(大魔仙)

6장. 대마선(大魔仙)

유건은 북쪽으로 달아나며 주변을 조사했다.

곧 그가 찾는 장소가 나타났다.

바로 전송진이었다.

쇄갑족 수사가 이곳에 들를 때마다 철문으로 들어왔을 가
능성은 없었다.

즉, 이곳 어딘가에 전송진이 있다는 뜻이었다.

유건은 전송진 상태부터 점검했다.

그가 걱정한 유일한 문제는 바로 전송진의 현재 상태였다.

시간이 너무 오래 흐른 탓에 전송진이 고장 났을 수도 있었다.

자오진인은 재빨리 전송진을 점검했다.

"조금만 손보면 작동하겠습니다."

"그럼 서둘러 주시오."

유건은 자오진인이 전송진을 고치는 동안, 주변을 경계했다.

곧 네 종족 수사 100여 명이 나타났다.

나머지 수사들은 노란 산에 있는 진법을 조사하는 모양이었다.

유건은 목정검, 홍쇄검, 빙혼검을 동시에 불러냈다.

목정검은 거대한 숲으로 변해 전송진 주변을 둘러쌌다.

마치 거대한 숲이 전송진을 에워싸 보호하는 듯한 광경이었다.

그러나 숲은 하늘이 열려 있었다.

네 종족 수사들은 하늘 쪽으로 빙 돌아 숲 안으로 들어왔다.

그때, 빙혼검이 얼음으로 뚜껑을 만들어 하늘을 가렸다.

두께가 10장이 넘는 얼음으로 숲에 지붕을 올린 듯한 형국이었다.

그러나 네 종족 수사들도 그냥 돌아갈 생각은 전혀 없었다.

그들은 숲과 얼음 지붕을 마구 공격해 돌파구를 만들었다.

수사 100여 명이 힘을 합친 결과는 과연 대단했다.

쾅쾅쾅!

얼음 지붕은 금이 쩍쩍 가고 숲은 벌겋게 타올랐다.

유건은 급히 수결을 맺은 손으로 홍쇄검에 법결을 던져 넣었다.

"변해라!"

법결을 맞은 홍쇄검은 검붉은 범종으로 변신했다.

홍쇄검은 쇄갑족의 뼈로 만들어 원래 붉은 빛을 띠었다.

홍쇄검이란 이름도 쇄갑족의 붉은 뼈를 뜻했다.

그러나 검은 반구를 흡수한 다음부터는 검붉은색으로 변했다.

유건은 심언종 공법으로 홍쇄검을 불가의 범종으로 만들었다.

공선 후기에 이른 다음부터 사용이 가능해진 법술이었다.

유건은 재차 범종에 법결을 날리며 소리쳤다.

"울어라!"

법결을 맞은 범종은 뎅 하는 종소리를 내며 진동했다.

그 순간, 그 일대 전체의 중력이 몇 배로 강해졌다.

네 종족 수사들은 깜짝 놀라 범종을 쳐다보았다.

마치 누가 위에서 찍어 누르는 것처럼 몸이 움직이질 않았다.

유건은 수결을 바꿔 다시 법결을 날렸다.

데엥!

다시 한 번 종소리가 크게 울리며 이번에는 중력이 약해졌다.

삼월천 원래 중력의 10분 1에 해당하는 약한 중력이었다.

네 종족 수사들은 원래 갑자기 강해진 중력에 대항하던 중이었다.

한데 이번에는 반대로 중력이 전보다 훨씬 약해졌다.

적들은 갑자기 변한 중력에 적응하지 못해 위로 튕겨 나갔다.

유건은 그런 식으로 중력을 조절해 적들을 정신 못 차리게 했다.

그사이, 자오진인은 마침내 전송진 수리를 마쳤다.

자오진인은 새삼 감탄 어린 시선으로 유건을 바라봤다.

'중력 속성 기운을 얻은 게 반 시진 전인데 공자님은 벌써 자유자재로 다루시는구나. 대체 이분의 진정한 정체는 뭘까?'

그때, 유건이 세 비검을 불러들이며 소리쳤다.

"갑시다!"

"예, 공자님!"

힘차게 대답한 자오진인은 전송진을 발동했다.

곧 투명한 빛에 휩싸인 그들은 바로 자취를 감추었다.

한편, 눈앞에서 간발의 차이로 유건을 놓친 네 종족 수사들은 다시 노란 산 정상으로 돌아갔다.

노란 산 정상에 유건이 미처 훔쳐 가지 못한 보물이 남아 있을지 모르는 일이었다.

그들이 도착했을 땐 이미 다른 수사들이 사각뿔 요새를 파헤치는 중이었다.

네 종족 수사들은 서로를 견제하며 작업 속도를 높였다.

공통의 적이 있을 때는 동료였다.

그러나 공통의 적이 사라진 지금은 다시 원래의 경쟁자로 돌아갔다.

네 종족 중 패족의 작업 속도가 가장 빨랐다.

그 뒤를 문족, 비어족, 표해족이 열심히 추격했다.

가장 먼저 사각뿔 요새 지하로 내려간 패족은 주변을 조사했다.

지하는 노란 산보다 더 넓어 끝이 잘 보이지 않았다.

그때, 지하 바닥 중앙에 황금으로 제작한 관이 세워져 있는 모습을 발견했다.

패족 수사들은 바로 황금 관을 조사했다.

황금 관은 외관부터 심상치 않았다.

처음 보는 선문과 도형이 황금 관 전면을 가득 채웠다.

선문 해석을 시도하던 패족 수사들은 결국 포기했다.

네 종족 중 이런 분야에 가장 뛰어나다는 패족조차 알아볼 수 없다는 말은 안에 뭔가 심상치 않은 게 있단 뜻이었다.

그녀들의 손길을 머뭇거리게 만드는 가장 큰 원흉은 따로 있었다.

바로 관 틈새에서 흘러나오는 불길한 기운이었다. 패족 수사들은 상의 끝에 황금 관을 건드리지 않기로 하였다.

패족 수사들은 사방으로 흩어져 다른 보물을 찾았다.

잠시 후, 뇌문족을 포함한 문족이 내려와 황금 관을 발견했다.

그러나 뇌문족은 역시 눈치가 빨랐다.

그들은 패족 수사들이 황금 관을 그냥 놔둔 이유가 의심스러워 접근하지 않았다.

철문족 수사들은 뇌문족의 결정에 즉각 반기를 들었다.

뇌문족 책임자가 그런 철문족을 바라보며 서늘하게 경고했다.

"황금 관을 열어서 생기는 문제는 철문족이 전부 책임을 져야 할 거요. 즉, 우리 뇌문족은 도와줄 생각이 없다는 얘기요."

경고한 뇌문족 수사들은 주변을 조사하러 떠났다.

철문족 수사들은 뇌문족의 행태에 볼멘소리를 내뱉었다.

"흥, 그렇게 말하면 언젠 도와주었는지 알겠네."

철문족 수사들은 주저 없이 황금 관을 열었다.

한데 그들의 예상과는 전혀 다른 물건이 들어 있었다.

"이게 어찌 된 일인가?"

관 안에 황금으로 만든 또 다른 관이 들어 있었다.

한데 관의 모양이 아주 특이했다.

사람이 양팔을 교차시켜 가슴에 모은 상태에서 누워 있는 모습을 형상화한 관이었다.

그러나 철문족 수사들이 놀란 이유는 그 때문이 아니었다. 그들이 놀란 이유는 쇠사슬이 관을 봉인하고 있단 점이었다.

더구나 그 쇠사슬에 범상치 않은 선문까지 적혀 있었다.

철문족 수사들도 바보는 아니었다.

패족과 뇌문족이 황금 관을 그냥 둔 이유가 미심쩍던 참이었다.

한데 그 안에 사람을 닮은 관이 들어 있었다.

심지어 그 관은 무언가를 봉인해 두는 선문 사슬에 뒤덮여 있었다.

철문족 수사들은 바로 현장을 떠났다.

안에 든 게 보물 같지 않단 직감이 들어서였다.

잠시 후, 철문족 수사들이 떠난 자리에 비어족이 나타났다. 그러나 그들은 관 안을 살펴보고 나서 바로 자리를 떠났다.

마지막으로 가장 늦게 들어온 표해족이 관을 발견했다.

한데 확실히 표해족은 다른 종족과 달랐다.

그들은 오히려 관을 먼저 열어 보기 위해 서로 다투었다.

관을 봉인한 쇠사슬이 조각조각 잘려 나가며 마침내 관이 열렸다.

그때, 가장 먼저 관을 연 군태(君太)가 실망하여 외쳤다.

"젠장, 뼈다귀만 남았잖아!"

군태의 말대로였다.

관에는 사람 인골로 보이는 뼈만 몇 개 굴러다녔다.

다른 수사들도 관 안의 모습을 확인하고 욕을 하며 돌아섰다.

군태는 못내 아쉬운 듯 입맛을 다시며 마지막으로 돌아섰다.

한데 그때, 인골 안에서 가느다란 회색 연기가 흘러나왔다.

회색 연기는 기운이 워낙 약해 감지하기가 거의 불가능했다.

표해족 수사 누구도 연기의 존재를 감지하지 못했다.

회색 연기는 돌아서는 군태의 등으로 유령처럼 조용히 스

며들었다.

한편, 섬 중앙 지하에 도착한 유건은 전송진부터 없앴다.

그냥 두면 네 종족 수사들이 전송진으로 쫓아올 수 있었다.

전송진을 없앤 유건은 바로 가부좌를 하였다.

노란 산 정상에서 흡수한 마기를 마저 몰아내기 위해서였
다.

다행히 갖은 노력 끝에 마기를 다스릴 방법을 알아냈다.

안심한 유건은 그가 도착한 장소를 조사했다.

섬 중앙 지하에는 쇄갑족 수사가 수련하던 연공실이 있었
다.

그러나 지금은 황량한 폐허였다.

네 종족 수사들이 보물을 찾으려고 기와 하나 남겨 두지
않고 전부 뒤집어엎은 결과였다.

지상으로 올라온 유건은 몇 군데를 돌아다니며 보물을 찾
았다.

그러나 보물은커녕, 쓸 만한 집기 하나 건지지 못했다.

보물찾기를 포기한 유건은 조용한 장소를 찾아 생각을 정
리했다.

그런 그 앞엔 나녀혈침반 두 개가 나란히 놓여 있었다.

두 나녀혈침반은 생김새가 똑같았다.

다만, 진짜 나녀혈침반 쪽이 조금 더 고풍스러워 보인단
차이점만 있을 뿐이었다.

유건은 가짜 나녀혈침반 쪽으로 시선을 돌렸다.

가짜 나녀혈침반을 바라보는 그의 표정은 복잡미묘했다.

그동안 한 고생은 모두 이 가짜 나녀혈침반 탓이었다.

원래는 이 두 나녀혈침반으로 북십자성과 봉선방을 싸움붙일 계획이었다.

그러나 지금은 생각이 바뀌었다.

이젠 녹원대륙과 칠선해가 지긋지긋해졌다.

어떻게든 이곳을 빨리 떠나고 싶단 마음뿐이었다.

그때, 성화교의 소언이 떠올랐다.

'그래, 그녀를 한번 만나 볼 때가 되긴 되었어.'

유건은 내친김에 자오진인을 불러 물었다.

"혹시 거령대륙으로 가는 방법을 아시오?"

"하하, 제가 어느 종족 출신인지 잊으신 겁니까?"

"그럼 갈 수 있단 거요?"

"당연하지요. 서쪽 변경에 있는 천구족 종족은 거령대륙 삼대 종문 중 하나인 유마교(維摩敎)와 왕래가 잦은 편입니다."

"그럼 그 변경까지만 가면 거령대륙으로 갈 방법이 있단 거요?"

"그렇지요."

"거기까지 가는 동안 위험하진 않겠소?"

"당연히 위험합니다. 천구족은 서로 사이가 몹시 나쁜 편이지요. 아마 금갑족인 저를 보면 죽이려고 달려들 종족이 최

225

소 수십 개는 넘을 겁니다. 그러나 반대로 금갑족과 친구로 지내는 종족도 많습니다. 그들을 이용하면 괜찮을 겁니다."

대답한 자오진인이 조심스레 물었다.

"한데 거령대륙으로 가려는 특별한 이유라도 있으신 겁니까?"

유건은 성화교 소교주 소언에 대해 얘기해 주었다.

자오진인은 깜짝 놀라 물었다.

"공자님이 성화교 소교주와 친분이 있으시단 말입니까?"

"그게 그렇게까지 놀랄 일이오?"

"놀랄 일이지요. 거령대륙은 녹원대륙이나, 철신해와 다릅니다."

"어떻게 다르단 거요?"

"거령대륙은 아마 규모가 녹원대륙보다 약간 더 클 겁니다. 한데 그곳에는 종문이 딱 세 개밖에 없습니다. 말 그대로 거령대륙 영토의 삼 분의 일을 다스리는 종문이 바로 성화교인 것입니다. 그러니 제가 놀라지 않을 도리가 있겠습니까?"

유건은 처음 듣는 얘기라 황당한 표정으로 물었다.

"그럼 종문이 세 개밖에 없어 삼대 종문이라 불린다는 거요?"

자오진인은 팔짱을 끼며 고개를 끄덕였다.

"그렇지요. 물론, 거기에는 사정이 있습니다. 거령대륙은 녹원대륙과 달리 종문이 세속적인 종교집단에 더 가깝습니다.

그래서 종문 이름에 교(敎)라는 명칭이 들어가는 것이지요."

유건은 그제야 이해 갔다.

"그럼 범인들도 삼대 종문의 문도란 말이오?"

"문도라기보다는 신도(信徒)에 더 가깝지요. 오히려 삼대 종문의 주체는 그 신도들입니다. 삼대 종문의 수사는 몇십억에 달하는 신도를 인도하는 종교의 제사장에 해당하고요."

유건은 자오진인을 통해 거령대륙의 정보를 얻었다.

그러는 동안, 등선도 폐쇄 날이 임박했다.

유건은 표해족 진문 근처에 숨어 숙주로 쓸 수사를 찾았다.

그때, 유건의 호기심을 자극하는 표해족 수사가 있었다.

오선 중기 수사였는데 동료들은 그를 군태라 불렀다.

군태가 유건의 흥미를 끈 이유는 뭔가 야릇한 느낌이 들어서였다.

마치 군태의 기운이 유건 쪽으로 옮겨오려는 것 같았다.

흠칫한 유건은 왜 이런 기분이 드는지 철저히 조사했다.

잠시 후, 놀라운 결과가 나왔다.

사실, 유건은 몸에 상당히 많은 양의 마기를 받아들인 상태였다.

바로 노란 산 정상에서 강제로 흡수한 회색 마기였다.

전송진으로 도망친 유건은 바로 마기를 제거하려 하였다.

그러나 마기가 골수까지 침범해 제거하기가 힘든 상태였다.

소스라치게 놀란 유건은 온갖 방법을 다 시도했다.

한데 그때, 놀라운 일이 벌어졌다.

단전에서 낮잠을 자던 원신이 갑자기 코를 킁킁거렸다.

마치 불쾌한 냄새를 맡은 것 같은 표정이었다.

원신은 곧 화가 난 표정으로 골수 쪽으로 움직였다.

유건은 원신이 어떻게 하는지 보려고 그냥 놔두었다.

골수에 도착한 원신은 콧구멍을 크게 벌리고 마기를 빨아들였다.

그 즉시, 골수에 스며든 마기가 빠져나와 원신의 콧구멍으로 전부 빨려 들어갔다.

유건은 그제야 약간 안도했다.

한데 그때, 원신이 갑자기 마기를 다시 뱉었다.

유건은 깜짝 놀라 원신이 뱉은 마기를 확인해 보았다.

원래 회색 마기에는 여러 종류의 복잡한 기운이 들어 있었다.

물론, 마기가 가장 강했다.

그러나 요기, 사기, 귀기 등이 뒤섞여 잡탕 같은 기운을 풍겼다.

한데 원신이 흡수했다가 뱉은 다음에는 순수한 마기만이 남았다.

색도 회색이 아니었다.

칠흑처럼 검은색에 가까웠다.

검은색 마기는 자연스럽게 유건의 법력과 한 몸을 이루었다.

마치 처음부터 같은 법력이었다는 듯 이질감이 전혀 없었다.
그래도 불안한 유건은 원신에게 다시 마기를 흡수하게 했다.

그러나 원신은 그의 명령을 무시하고 낮잠에 빠져들었다.

쓴웃음을 지은 유건은 당장 위험할 것 같지 않아 그냥 두었다.

한데 군태의 기운이 유건이 보유한 검은색 마기에 반응해 옮겨오려 들었다.

이런 일이 일어날 이유는 하나밖에 없었다.

군태의 몸에 노란 산 정상에 있던 회색 마기가 있단 뜻이었다.

원신이 정제하긴 했어도 유건이 흡수한 검은 마기의 뿌리는 회색 마기였다.

즉, 같은 뿌리를 지닌 군태의 마기가 유건의 마기와 합류하기 위해 애를 쓰는 중이라 볼 수 있었다.

유건은 얼른 운기조식해 검은 마기를 흩어 버렸다.

다행히 그다음부터는 군태의 몸에 든 회색 마기가 반응하지 않았다.

◆ ◈ ◆

유건은 신기한 생각에 뇌음으로 자오진인의 의견을 물었다.

자오진인은 탄성을 터트렸다.

"역시 그랬군요."

"뭐가 역시라는 거요?"

"쇄갑족 수사가 펼친 중력 금제 진법이 어떤 강대한 존재를 봉인해 두기 위한 고명한 법술이란 생각이 계속 들었습니다."

유건은 군태를 힐끗 보며 물었다.

"그럼 저자의 몸에 그 강대한 존재가 깃들었단 거요?"

"그렇습니다. 아마 저 군태란 자는 진법의 봉인을 풀다가 강대한 존재가 남겨 놓은 분혼(分魂)에 침습 당했을 것입니다."

"그럼 저자는 이제 어찌 되는 거요?"

"분혼에게 완전히 잠식당해 곧 몸을 빼앗기겠지요."

유건은 미간을 찌푸렸다.

"쇄갑족 수사가 직접 봉인했다면 대단한 자일 텐데."

"그렇습니다. 몸을 빼앗은 분혼이 마기를 흡수해 예전의 실력을 어느 정도 찾으면 삼월천에 피바람이 불어올 것입니다."

"영감도 분혼의 실체가 마선이라 짐작하는 거요?"

"틀림없이 마선입니다. 그것도 아주 강한 마선이겠지요. 그 마선은 아마 수명이 다해 죽기 직전에 비술을 펼쳐 분혼을 남겨 두었을 것입니다. 분혼을 남겨 둔 이유는 진법의 봉인이 풀릴 때를 기다려 다른 수사의 몸을 빼앗기 위해서겠지요. 검은 반구를 제거할 때 흘러나온 회색 마기가 수사의 몸을 빼앗기 위해 쓰려던 수단이 분명합니다. 공자님은 운 좋게 마기를 지닌 법보로 그 위기를 적당히 넘긴 것이고요."

유건은 몸을 부르르 떨었다.

자오진인의 말대로였다.

아마 그가 백팔음혼마번을 가지고 있지 않았다면 그는 회색 마기에 잠식당해 분혼에게 몸을 빼앗겼을 가능성이 컸다.

어쨌든 그가 백팔음혼마번으로 회색 마기를 전부 흡수하는 바람에 분혼이 세상 밖으로 나올 기회는 사라진 셈이었다.

한데 몇몇 수사의 욕심 때문에 안배가 실패로 돌아갔다.

그들은 쇄갑족 수사가 설치한 마지막 봉인을 해제해 버렸다.

그 바람에 마선의 분혼이 세상 밖으로 나오는 참사가 벌어졌다.

유건은 귀찮은 일에 말려들 생각이 없어 잠자코 있었다.

숙주로 쓸 적당한 수사를 찾은 그는 바로 기생부를 사용했다.

유건은 작은 벌레처럼 작아져 수사의 소매 안으로 들어갔다.

다음 날, 그는 숙주의 살 속에 숨어 진문 밖으로 나왔다.

지금까진 모든 일이 순조로웠다.

그러나 등선도 밖은 용담호혈이라 안심하긴 일렀다.

등선도에는 네 종족 수사만 있는 게 아니었다.

북십자성, 오성도, 봉선방, 혈심해의 수사도 결과를 기다리며 숨어 있었다.

등선도에 오래 있어 봐야 좋을 게 없었다.

유건은 바로 출발했다.

그는 자오진인이 가르쳐 주는 경로를 이용해 움직였다.

석모해와 주동해 국경을 따라 서쪽으로 가는 경로였다.

한편, 등선도는 분위기가 심상치 않게 돌아갔다.

등선도 개방에 참여한 네 종족 수사들은 각 종족의 고계 수사를 찾아가 인족 수사들이 행한 짓을 과장하여 보고했다.

인족 수사가 네 종족 수사 수백 명을 살해한 것은 틀림없는 사실이었다.

비록 정체를 철저히 숨긴 혈심해 수사가 벌인 짓이긴 해도 어쨌든 그들도 인족 수사이긴 마찬가지였다.

그러나 인족 수사가 쇄갑족 수사의 보물을 수십 개를 훔쳐 달아났단 말은 확실히 거짓이었다.

인족 수사가 훔친 보물은 유건이 가지고 달아난 중력 속성 검은 반구밖에 없었다.

그러나 네 종족 고계 수사들은 그 말을 믿지 않을 도리가 없었다.

그들은 등선도 내부에서 벌어진 일을 알지 못했다.

더구나 네 종족 수사들은 이를 뒷받침할 증거로 인족 수사 몇 명을 포로로 잡아 오기까지 했다.

의심할 이유가 없었다.

고계 수사들은 바로 그들과 연계한 봉선방, 북십자성, 오성도 수사를 찾아가 따졌다.

심지어 혈심해 마선을 들여보낸 표해족 고계 수사들도 이번 일의 책임자를 찾아가 추궁했다.

표해족 고계 수사들은 마선이 다른 수사를 얼마나 죽였는진 신경 쓰지 않았다.

죽은 자 중에는 표해족 수사도 있었다.

그러나 개의치 않았다.

오히려 더 많이 죽일수록 좋았다.

표해족 고계 수사들이 화가 난 진짜 이유는 혈심해 마선이 쇄갑족 보물을 훔쳐 달아났다는 부하의 보고 때문이었다.

봉선방, 북십자성, 오성도 수뇌부는 미치고 팔짝 뛸 노릇이었다.

들여보낸 수사가 전부 죽거나, 포로로 잡힌 상태였다.

더구나 등선도에 들어간 목적인 나녀혈침반 획득에도 실패했다.

자연히 입에서 좋은 말이 나갈 턱이 없었다.

급기야 논쟁이 격화되는 와중에 상대를 공격하는 일까지 벌어졌다.

그날 밤, 숫자에서 밀린 녹원대륙 수사들은 쫓기듯 도망쳤다.

물론, 적지 않은 수사의 시체를 등선도에 남겨 둔 채였다.

한데 마선은 등선도를 떠나지 않았다.

그들은 적절한 보상으로 표해족 고계 수사의 분노를 누그러트리는 데 성공했다.

마선의 목적은 진짜 나녀혈침반이나, 유건이 아니었다.

그들은 네 종족과 녹원대륙 수사를 이간질하는 게 목적이었다.

도중에 불상사가 있긴 했어도 어쨌든 목적을 달성했다.

목적을 이룬 마선은 표해족과 싸울 이유가 없었다.

혈심해 마선을 이끄는 수사는 장선 후기 최고봉인 오비웅(吳飛雄)이었다.

그도 팔밀주 등처럼 인족 출신 마선이었다.

오비웅은 승리의 축배를 들며 시원하게 웃어젖혔다.

"크하하하, 네 종족은 그동안 도와 달란 청림해의 청을 계속 거절해 왔지. 인족과 반인족의 싸움에 말려들고 싶지 않아서 말이야. 하지만 이번 등선도 사건으로 청림해를 도와 대륭해를 차지한 녹원대륙 수사들을 몰아내는 일에 나설 수밖에 없을 거야. 그럼 우리 혈심해로서는 최상의 결과지."

오비웅은 하늘에 뜬 달을 바라보며 미소 지었다.

"녹원대륙과 칠선해가 정면으로 맞붙어 원기를 크게 소모했을 때쯤, 우리 혈심해가 양쪽을 모두 차지하는 거다. 그러면 밉살스러운 천구족 놈들도 더는 배겨날 방법이 없겠지."

그때, 오비웅 뒤에서 회색 연기가 유령처럼 떠올랐다.

"흠, 꽤 그럴싸한 계획이구나."

흠칫한 오비웅은 바로 돌아섰다.

그 앞에 회색 연기가 꿈틀거리며 떠 있었다.

오비웅은 눈살을 찌푸렸다.

그는 장선 후기 최고봉 수사였다.

그의 이목을 피해 접근할 수 있는 수사는 소수에 불과했다.

한데 이 정체불명의 회색 연기는 그 일을 아주 쉽게 해냈다.

더구나 회색 연기는 짙은 마기까지 뿜어냈다. 오비웅은 좀 더 시험해 볼 요량으로 손가락을 가볍게 튕겼다.

그 즉시, 오비웅의 손가락에 공처럼 맺힌 파란 마기가 회색 연기 쪽으로 쏘아져 갔다.

무려 장선 후기 최고봉 수사가 펼친 법술이었다.

회색 연기는 정체가 뭐든 피할 수 없었다.

실제로 회색 연기는 피하지 못했다.

오히려 앞으로 다가와 파란 마기에 부딪혔다.

곧 회색 연기가 파란 마기를 흡수해 더 강한 마기를 풍겼다.

오비웅은 회색 마기를 바라보며 놀란 목소리로 물었다.

"마선이시오?"

꿈틀대던 회색 마기가 인간의 형태로 변했다.

그러나 코, 입, 귀는 없었다.

그저 얼굴에 눈구멍 두 개만 뚫려 있을 뿐이었다.

회색 마기가 쇠로 유리를 긁는 듯한 괴이한 목소리로 물었다.

"크크크, 본좌에게 감히 마선이냐고 묻는 것이냐?"

오비웅은 자존심이 상했다.

혈심해 안에서도 그를 이런 취급하는 수사는 없었다.

화가 난 오비웅은 의마화해 회색 마기를 기습했다.

그러나 그의 엄청난 공세에도 회색 마기는 끄덕하지 않았다.

오히려 그가 지닌 파란 마기를 흡수해 갈수록 더 강해졌다.

오비웅은 혈심해에 이런 공법이 있단 말을 들어 보지 못했다.

물론, 상대의 마기를 흡수하는 공법은 흔했다.

그러나 장선 후기 최고봉 수사의 마기를 감쪽같이 흡수하는 공법은 없었다.

그런 공법이 있다면 혈심해는 진작 사라졌을 것이다.

움찔한 오비웅은 다시 인족의 몸으로 돌아왔다.

그러나 전처럼 회색 마기를 함부로 대하지는 못했다.

"혈심해의 전대 고인이십니까?"

"본좌는 현유마조(玄幽魔祖)라 한다. 들어 본 적 있느냐?"

오비웅은 믿을 수 없단 표정을 지었다.

"정, 정말 현유마조 어르신이란 말입니까?"

"너 같은 까마득한 후배가 본좌의 이름을 어찌 아는 것이냐?"

"쇄갑족 수사에게 대항하다가 자취를 감춘 대마선의 이름이 현유마조란 기록을 혈심해 역사서에서 읽은 적이 있습니다."

"흠, 본좌에 대한 기록이 전부 사라지진 않은 모양이군."

안색이 바뀐 오비웅은 바로 바닥에 엎드렸다.

"오비웅이 마조의 재림을 감축드립니다."

현유마조는 손짓으로 오비웅을 다시 일으켜 세웠다.

"입에 발린 말은 본좌가 힘을 다 되찾고 나서 해도 늦지 않다."

오비웅은 옷매무시를 가다듬으며 공손하게 물었다.

"어떻게 재림하신 것입니까?"

"금우(金牛)는 원래 본좌를 회유해 부하로 삼으려 했다."

"금우라면 쇄갑족 수사를 말하는 것입니까?"

"그렇다. 그러나 당시 혈심해를 통일한 본좌는 회유를 거절했지. 그 바람에 구구신수천중진(九九神獸天重陣)에 갇혔다. 아마 금우는 녹원대륙을 정복한 다음에 다시 본좌를 찾아 회유하려 했을 테지. 하지만 이번에 듣기로 금우는 백락장에서 칠선해 전 세력에 포위당해 죽었다고 하더구나."

오비웅은 처음 듣는 비사에 놀라워하며 대답했다.

"그렇습니다. 금우는 백락장에서 최후를 맞았지요."

"그 바람에 난 구구신수천중진에 갇힌 채로 하늘이 준 수명을 다했다. 그러나 본좌가 누구더냐? 죽기 직전에 분혼 비술을 발동해 훗날을 도모할 수 있는 준비를 다 해 두었지."

현유마조는 그 후의 일을 간단히 설명했다.

그는 생전에 금우가 회유하려 들 정도로 대단한 강자였다.

그런 엄청난 실력 덕분에 그는 금우가 펼쳐 둔 황금관 이중 금제에 틈을 뚫어 회색 마기를 분출하는 데까지 성공했다.

그가 분출한 회색 마기와 접촉한 수사는 그게 누구든 분혼의 꼭두각시로 변했다.

그다음은 쉬웠다.

꼭두각시를 조종해 황금관 이중 금제를 풀고 분혼을 꺼내

기만 하면 되었다.

한데 유건이 백팔음혼마번으로 회색 마기를 흡수해 실패했다.

전혀 예측 못 한 일이었다.

그는 절망감에 크게 낙담했다.

한데 그때, 표해족 수사가 황금관 이중 금제를 풀어 주는 기적이 일어났다.

그는 재빨리 군태란 수사의 본신에 기생했다.

오비웅은 고개를 갸웃거렸다.

"다른 건 몰라도 마조 어르신의 회색 마기를 흡수한 수사가 있단 말은 좀처럼 이해가 가지 않는군요. 마기를 다루는 법보를 지닌 자라면 마선밖에 없을 것입니다. 한데 제가 이번에 데리고 들어온 수하 중에는 그런 마선이 없습니다."

현유마조는 벌컥 화를 냈다.

"멍청한 놈, 그동안 혈심해에 처박혀 살아 그런지 시야가 형편없이 좁아졌구나! 삼월천 선도에 수사가 어디 한 둘이더냐! 아마 잘 찾아보면 우리처럼 마선도 아닌 주제에 마기 법보를 다룰 줄 아는 수사들이 삼월천에 수두룩할 것이다!"

오비웅은 당황해 머리를 조아렸다.

"마조 어르신의 말씀이 백 번 천 번 옳습니다."

그때, 현유마조의 눈이 섬뜩한 살기를 쏟아 냈다.

"하지만 놈은 결코 본좌의 손에서 빠져나갈 수 없을 것이다."

오비웅은 고개를 끄덕였다.

뿌리가 같은 마기는 서로를 끌어당기는 힘이 있었다.

즉, 현유마조가 실력을 되찾으면 그놈을 찾아내는 일은 아주 쉬웠다.

오비웅은 조심스러운 목소리로 물었다.

"이제 어떻게 하실 생각입니까?"

"몰라서 묻느냐. 당연히 실력부터 되찾아야지."

그 순간, 오비웅은 기회가 왔음을 직감했다.

"어르신, 이 후배가 옆에서 도울 수 있도록 허락해 주십시오."

현유마조는 오비웅이 지닌 야심을 훤히 들여다보고 있었다.

그러나 어차피 오비웅을 찾아온 이유가 실력을 되찾는 일에 도움을 받기 위해서였다.

그는 모르는 척 제안을 수락했다.

오비웅은 그때부터 비밀리에 마선을 잡아다가 현유마조에게 바쳤다.

그러면 현유마조는 마기를 흡수해 점점 강해졌다.

한편, 유건은 국경을 통과하는 데 3년이 넘게 걸렸다.

그러나 도중에 불상사가 없었기에 불만은 그다지 크지 않았다.

유건은 마침내 천구족이 사는 천구해 경계에 도달했다.

천구해는 삼월천의 보석이라 일컬어지는 해역이었다.

보석처럼 쉼 없이 반짝이는 녹색 바다가 지평선 끝까지 잔

239

잔하게 펼쳐졌다.

가끔 부는 해풍은 고향의 품처럼 따스했다.

다만, 섬은 칠선해처럼 크거나, 많지 않았다.

바닷새가 쉬는 암초와 산호초만 군데군데 보일 따름이었
다.

그러나 바닷속은 환상 속 세계를 방불케 했다.

천구해는 깊은 물속도 민물처럼 탁하지 않았다. 덕분에
바다 본연의 화려한 풍경을 마음껏 감상할 수 있었다.

나무뿌리처럼 복잡하게 뻗은 바다 산맥과 협곡에는 해저
동굴이 수없이 많았다.

동굴 대부분은 바다 생물의 집이었다.

그중 극히 일부만이 종문이나, 낭선이 거주지로 사용했다.

유건은 바닷속으로 들어가 천천히 헤엄쳤다.

천구해를 삼월천의 보석이라 부르는 이유는 바로 산호였다.

삼월천에 자생하는 모든 산호가 천구해 안에 모여 있었다.

가장 기본적인 해초 형태의 산호 외에도 수많은 종류가 자
생했다.

사슴뿔 형태의 산호, 나무를 닮은 산호, 불가사리 모양의
산호.

심지어 인간, 동물, 물고기를 닮은 산호도 있었다.

산호는 색깔마저 다채로웠다.

산호 주변을 헤엄치면 바다에 형광 무지개가 펼쳐진 듯

했다.

유건은 산호가 펼쳐진 바닷속 풍경에 매료되어 한동안 그
자리를 떠나지 못했다.

자오진인도 마찬가지였다.

그는 오랜만에 돌아온 고향의 풍경에 감격해 말을 제대로
잇지 못했다.

잠시 후, 자오진인이 감상 속에서 빠져나와 재빨리 경고
했다.

"순찰하는 관구족(冠龜族) 수사들이 우릴 발견한 모양입니
다."

관구족은 이곳을 다스리는 중간 규모의 구족이었다.

유건은 재빨리 복신술을 펼쳐 금갑족으로 변신했다.

원래 복신술은 인족의 정혈이 없으면 펼치지 못했다.

유건도 반인족인 율천남으로 변신한 것이 가장 마지막이
었다.

한데 문제는 천구해를 지나는 데 몇 년이 걸릴지 모른다는
점이었다.

짧으면 몇 년, 길게는 수십 년이 걸리는 길이었다.

그동안 인족이나, 반인족의 모습으로 계속 있을 순 없었다.

자오진인에 따르면 구족은 다른 종족보다 훨씬 배타적이었다.

그런 구족이 거주하는 천구해를 다른 종족의 모습으로 활동하는 일은 목을 내어놓고 다니는 행동과 다름없었다.

유건은 천구해로 오는 3년 동안, 자오진인과 이 문제를 연구했다.

유건은 천령근을 타고 난 선재였다.

자오진인도 금갑족 왕가의 직계 혈통을 물려받아 아주 뛰어난 선근을 지녔다.

두 수사가 3년 동안 매달려 연구한 결과는 놀라웠다.

그들은 마침내 다른 종족으로 변신이 가능한 새 복신술을 완성했다.

유건이 펼친 복신술이 바로 그 새 복신술이었다.

그는 미리 받아 둔 자오진인의 정혈로 순식간에 금갑족으로 변신했다.

자오진인도 외모를 바꿔 다른 수사가 알아볼 수 없게 했다.

잠시 후, 낯선 외모의 수사 10여 명이 나타나 그들을 막아섰다.

유건은 그들이 관구족임을 바로 알아보았다.

관구족 수사들은 머리에 정말 왕관처럼 생긴 뿔이 있었다.

그들은 오선 후기부터 공선 초기까지 다양한 경지를 지녔다.

그러나 경지만 다양할 뿐이었다.

복장과 무기는 같았다.

그들은 하얀 가죽 갑옷을 입고 검은 산호로 만든 창을 들었다.

오선 후기 관구족 여수사가 귀찮은 기색으로 물었다.

"금갑족인가?"

자오진인은 앞으로 나가 공수했다.

"금갑족의 자염(玆炎)과 자건(玆乾)이라 합니다."

관구족 여수사가 놀란 표정으로 물었다.

"혹시 자오진인 선배와 관련이 있는가?"

자오진인은 태연한 표정으로 대꾸했다.

"자오진인 선배님은 저희 형제의 먼 친척 되십니다."

"자오진인 선배님의 친척이라면 박하게 대할 수 없지."

"말씀만으로도 감사합니다."

"그래, 우리 관구족 해역에는 어쩐 일인가?"

"관구족 홍미노조(紅眉老祖) 선배님을 뵈러 가던 길이었습니다."

"오, 홍미노조 선배님의 손님이란 말인가?"

홍미노조는 관구족에서 위치가 꽤 대단한 모양이었다.

까탈스러워 보이는 관구족 여수사가 바로 비켜서며 물었다.

"홍미노조 선배님의 거처가 어딘진 아는가?"

"예, 수십 년 전에 초대를 받아 가본 적이 있습니다."

"그럼 어서 가보게. 선배님의 손님을 오래 붙잡아 둘 순 없지."

자오진인은 다시 공수하며 물었다.

"선배님의 영명을 가르쳐 주시겠습니까?"

관구족 여수사가 흠칫하며 물었다.

"본녀의 이름은 왜?"

"홍미노조 선배님을 뵈면 국경을 순찰하시는 선배님의 배려 덕분에 편하게 올 수 있었다는 말씀을 드려 볼 생각입니다."

관구족 여수사가 기뻐하며 대답했다.

"아, 본녀의 이름은 허우리손(許宇理孫)이네."

"명성이 자자한 허우가문(許宇家門)의 선배님이셨군요."

자오진인의 칭찬하는 말에 허우리손이 뿌듯함을 숨기지 못했다.

"금갑족의 자씨(玆氏) 왕가에 비할 바는 아니네."

"감사하신 말씀입니다. 그럼 기회가 되면 또 뵙지요."

허우리손에게 인사한 그들은 서둘러 북서쪽 바다로 날아 갔다.

유건은 앞서 날아가는 자오진인에게 물었다.

"이곳에서 자오 영감의 명성이 꽤 대단한 모양이오?"

"하하, 나이 많은 영감을 놀리시는 겁니까?"

"정말 명성이 대단한 것 같아 물어보는 거요."

"아닙니다. 진법으로 약간의 명성을 얻은 정도에 불과하지요."

그러나 유건은 그 말이 자오진인의 겸손임을 알았다.

그들은 그저 자오진인의 먼 친척인 것처럼 위장했을 뿐이었다.

한데 허우리손은 자오진인의 먼 친척이란 사실 하나만으로도 그들의 편의를 봐주려 노력했다.

약간의 명성을 얻은 수사에게 보여 줄 수 있는 호의치고는 과한 면이 있었다.

반나절을 쉬지 않고 날아가던 자오진인이 갑자기 멈춰 섰다.

"이 앞에 홍미노조의 거처인 홍미봉궁(紅眉蜂宮)이 있습니다."

"홍미노조는 정확히 어떤 인물이오?"

"그는 제 막역한 지우로 장선 후기의 실력을 지녔지요."

"그를 찾아가면 뭐가 좋은 거요?"

"그는 발이 아주 넓습니다. 아마 그가 가진 통행패를 구할 수 있으면 성해(聖海)까지 전송진으로 갈 수 있을 것입니다."

유건은 기뻐하며 물었다.

"그가 우리에게 통행패를 내어 주려 하겠소?"

"그는 기꺼이 우릴 도와줄 겁니다. 그러나 그 후가 문제입니다."

"어떤 문제요?"

"홍미노조는 맺고 끊는 게 아주 명확한 인물입니다. 즉, 그는 주는 게 있으면 받는 것도 당연히 있어야 한다고 생각하지요. 설령 아주 막역한 사이라 해도 예외가 전혀 없습니다."

대답한 자오진인은 이제 결정하란 눈빛으로 유건을 보았다. 어차피 결정은 유건의 몫이었다.

자오진인은 그가 결정할 수 있게 도와만 줄 뿐이었다.

홍미노조가 지닌 통행패는 확실히 구미가 당겼다.

그 통행패만 있으면 일정을 반으로 줄일 수 있었다.

그러나 그 통행패를 얻기 위해 어떤 손해를 감수해야 할지 알 수 없다는 점이 마음에 계속 걸렸다.

유건은 고민 끝에 결정을 내렸다.

"그냥 가는 게 좋겠소."

자오진인은 별다른 반대 없이 바로 수긍했다.

"알겠습니다."

그들은 홍미봉궁을 돌아 서쪽으로 이동했다.

한데 위험을 피하려 들면 오히려 위험과 더 가까워진단 말이 맞는 듯했다.

서쪽에서 붉은 배 한 척이 태양처럼 떠올랐다.

작은 산만한 붉은 배는 뒤에 긴 꼬리를 남기며 엄청난 속도로 다가왔다.

마치 붉은 벼락이 그들 쪽으로 내려치는 듯했다.

그들이 당황해 급히 방향을 북쪽으로 바꿨을 때는 이미 붉

246

은 배가 지척에 이르러 피할 방법이 없었다.

이런 상황에서 괜히 달아났다가는 상대의 의심을 부추길 위험이 있었다.

자오진인은 쓴웃음을 지으며 먼저 멈춰 섰다.

"홍미노조가 자랑하는 홍미벽선(紅眉霹船)입니다."

유건은 말없이 그 앞에 닻을 내리는 비행 선박을 지켜보았다. 곧 홍미벽선 뱃전에서 중년 사내의 화통한 목소리가 들려왔다.

"섭섭하외다, 자오도우! 이 먼 곳까지 오셨으면 당연히 이 홍미를 보고 가셔야지, 어찌 말도 없이 그냥 가시려는 거요?"

자오진인은 유건을 데리고 홍미벽선 뱃전으로 올라갔다.

뱃전은 밖에서 안을 볼 수 없게 결계가 쳐져 있었다.

그러나 그들이 당도하기 무섭게 결계가 사라지며 뱃전의 실체가 드러났다.

뱃전은 문자 그대로 주지육림이 따로 없었다.

뱃전은 중앙에 선홍빛 선주를 채운 연못이 있었다.

유건은 선주에 대해 잘 몰랐다.

그러나 평범한 선주는 절대 아니었다.

선주에서 탁한 기운을 몰아내는 상쾌한 향이 짙게 풍겼다.

연못은 위에 빛이 통과하는 투명한 구름다리가 있었다.

한데 구름다리 자체가 일종의 은신 법보였다.

유건도 안력을 집중한 다음에야 구름다리가 있단 사실을

눈치챌 정도였다.

구름다리 위의 풍경은 더 기묘했다.

실오라기 하나 걸치지 않은 관구족 절세 미녀들이 그 위에서 춤을 추는 중이었다.

유건을 본 미녀들은 일부러 몸을 더 비비 꼬며 교성을 질렀다.

그러나 유건은 그녀들을 잠시 지켜보다가 고개를 돌렸다.

유건은 원래 여색에 약했다.

그러나 백진, 선혜수와 같은 절세 미녀와 지낸 다음부터는 여색에 쉽게 흔들리지 않았다.

어떤 절세 미녀도 백진, 선혜수, 소언보다 아름답지 않았다.

유건이 고개를 돌린 방향에는 살이 뒤룩뒤룩 찐 중년 사내가 혼자 앉아 있었다.

중년 사내는 두 손을 전부 이용해 탁자 위에 산처럼 쌓인 산해진미를 게걸스럽게 먹어 치웠다.

유건은 표정을 드러내지 않으며 뇌음으로 물었다.

"저자가 홍미노조입니까?"

"그렇습니다."

유건은 홍미노조를 유심히 살펴보았다.

과연 날카로운 붉은 눈썹이 검미(劍眉)처럼 길게 뻗어 있었다.

홍미노조는 한순간도 먹는 걸 쉬지 않았다.

유건이 미녀의 유혹에 반응하지 않았을 때만 눈빛이 살짝 변했을 뿐이었다.

홍미노조의 성격을 잘 아는 자오진인은 잠자코 지켜보았다.

"홍미노조가 무언갈 먹고 있을 때는 방해하면 안 됩니다. 방해하면 불같이 화를 내지요. 심지어 자기가 청한 손님이 있을 때도 그렇습니다. 뭐, 홍미노조와 같은 경지에 오른 수사치고 괴벽(怪癖)이 없는 수사가 거의 없기는 합니다만."

유건은 자오진인의 뇌음을 말없이 듣고만 있었다.

자오진인의 말대로였다.

장선 수사 대부분은 괴벽을 지녔다.

그들이 괴벽을 지니는 이유는 크게 두 가지였다.

첫 번째는 그런 괴벽을 지녀도 다른 수사가 뭐라 하지 못해서였다.

두 번째는 주화입마를 피하기 위해서였다.

진전이 없을 때도 수련에만 몰두하면 정신에 문제가 생겨 주화입마에 빠졌다.

장선 수사라면 그런 때에 주위를 환기할 수단을 몇 개쯤 마련해 두기 마련이었다.

홍미노조는 그 수단이 눈이 번쩍 뜨일 정도로 아름다운 미녀와 질 좋은 선주, 산해진미였다.

유건은 문득 흥미가 생겨 물었다.

"자오 영감도 괴벽이 있소?"

"하하, 저는 다른 수사의 고명한 진법에 몰래 숨어들곤 했지요."

홍미노조는 벌거벗은 미녀들이 연못에서 퍼 온 선주 10여 동이를 전부 마시고 나서야 트림하며 손에 묻은 기름을 닦았다.

"하하, 이거 손님을 불러 놓고 본좌만 미친놈처럼 처먹었구려."

자오진인은 웃으면서 대꾸했다.

"우리가 한두 해 만난 사이도 아닌데 뭘 그러시오?"

홍미노조가 붉은 눈썹을 한껏 늘어트리며 걱정스레 물었다.

"한데 자오도우는 대체 어쩌다가 경지가 떨어진 거요?"

자오진인은 쓴웃음을 지었다.

"욕심이 과한 탓에 천벌을 받은 거지 뭐겠소."

"허허, 일단 앉아서 얘기를 나눕시다."

자오진인은 의자에 앉아 옆에 있는 유건을 소개했다.

"노조의 신안을 속이지 못할 테니 내 실토하리다. 이쪽은 칠선해에서 새로 얻은 인족 친구요. 이름은 유건이라 하지."

유건은 흠칫했다.

자오진인에 따르면 천구족은 다른 종족을 싫어했다.

특히, 인족은 증오할 정도로 싫어했다.

한데 자오진인이 먼저 나서서 그의 정체를 밝혔다.

그러나 유건은 자오진인을 신뢰했다.

자오진인이 정체를 먼저 밝혔다면 위험한 일은 없을 듯했다.

유건은 곧 앞으로 나가 공손히 인사했다.

"인족의 유건이라 합니다."

홍미노조는 유건을 훑어보며 감탄했다.

"인족 친구의 선근이 범상치 않구먼."

"과찬이십니다."

한동안 유건의 근골을 살펴보던 홍미노조가 친구에게 물었다.

"한데 칠선해에서 그런 일을 당한 거요?"

자오진인은 이유를 적당히 지어내 대답했다.

홍미노조가 혀를 끌끌 차며 진심으로 안타까워했다.

"자오도우가 어련히 알아서 잘하겠지만 본좌의 도움이 필요한 일이 생기며 말씀하시구려. 내 언제든 발 벗고 나서겠소."

"말만이라도 고맙소."

"한데 여기까지 와서 정말 본좌도 만나지 않고 갈 생각이었소?"

자오진인은 한숨을 내쉬며 대답했다.

"내가 지금 이 꼴을 하고 어찌 친구를 찾아갈 마음이 생겼겠소."

"흐흠, 자오도우의 말에도 일리가 있소."

"한데 노조는 어딜 갔다가 다시 돌아오는 길이었소?"

홍미노조는 유건을 힐끔 본 후에 되물었다.

"녹원대륙과 칠선해가 정면으로 붙었단 소식은 들었소?"

자오진인은 미간을 찌푸리며 고개를 저었다.

"칠선해를 빠져나오느라 바빠 아직 듣지 못했소."

"등선도 사고로 봉선방, 북십자성, 오성도, 팔화련, 황혈소, 산죽림 등 녹원대륙 10대 종문 전체가 칠선해로 쳐들어왔소."

자오진인은 눈을 부릅뜨며 물었다.

"칠선해는 어떻게 하는 중이오?"

"칠선해도 뭉쳐 녹원대륙에 맞서고 있소. 심지어 혈심해까지 나서서 힘을 보태는 중이라, 해역 전체가 아비규환이라더군."

자오진인은 알겠다는 표정으로 물었다.

"그럼 그 일로 관구족 수뇌부 회의에 참석했던 거요?"

"알다시피 관구족은 칠선해와 국경을 맞대고 있지 않소? 그 바람에 신경이 날카로워진 족장님이 수뇌부 회의를 개최했지."

그들이 얘기를 나누는 동안, 홍미벽선은 봉궁 앞에 이르렀다.

비대한 몸을 용케 일으켜 세운 홍미노조가 물었다.

"궁에 들렀다가 가시겠소?"

"그렇지 않아도 노조께 부탁할 일이 하나 있었소."

"뭐든 말만 하시오."

"홍미패(紅眉牌)를 하나 내어줄 수 있겠소?"

홍미노조가 비대한 손가락으로 붉은 눈썹을 매만졌다.

"홍미패를 내드리는 거야 어려운 일은 아니지."

자오진인은 다 안다는 듯 손을 내저었다.

"물론, 맨입으로 달라는 말은 아니오."

홍미노조가 자오진인의 어깨를 툭 치며 화통하게 웃어젖혔다.

"하하, 역시 자오도우는 얘기하기 편하다니까. 마침 자오도우의 도움을 받으려던 문제가 있었는데 일단 궁으로 갑시다."

홍미벽선은 그대로 잠수해 바다로 들어갔다.

뱃전에 쳐놓은 결계 덕에 바닷물은 한 방울도 안으로 흘러들어오지 않았다.

그렇게 몇백 장을 잠수했을 때였다.

거대한 바다 협곡이 장대한 풍경을 드러냈다.

뱃머리에 선 홍미노조가 품에서 옥홀(玉笏)을 꺼내 휘둘렀다.

그 순간, 옥홀이 쏜 옥색 광선이 협곡 중앙을 건드렸다.

잠시 후, 옥색 물결이 해일처럼 크게 일어나 홍미벽선을 삼켰다.

'대단한 진법이군.'

옥색 물결을 통과한 홍미벽선은 협곡 절벽 앞에 멈춰 섰다.

절벽은 중앙에 엄청나게 거대한 구멍이 뚫려 있었다.

협곡에 뚫린 구멍은 그 한 개만이 아니었다.

크기가 훨씬 작은 구멍 수천 개가 거대한 구멍을 중심으로
사방에 뚫려 있었다.

유건은 그제야 이곳에 봉궁, 즉 벌집이라는 이름이 붙은
이유를 이해했다.

홍미봉궁은 그 자체가 일종의 물속 벌집이었다.

홍미벽선은 봉궁 가운데 구멍으로 들어가 닻을 내렸다.

유건은 그들이 들어온 구멍을 돌아보았다.

구멍에 방수 금제를 설치해 물이 전혀 새어 들어오지 않았
다.

배에서 내린 유건은 주변 풍경을 천천히 둘러보았다.

해저산맥 지하에 둥글둥글한 전각 수천 채가 솟아 있었다.

마치 지상에 세운 속세의 궁전을 떠올리게 하는 모습이었다.

위치가 바닷속이란 점만 속세의 궁전과 다를 뿐이었다.

유건은 홍미노조를 따라 봉궁 안으로 들어갔다.

제자와 부하, 하인 수만 명이 광장에 모여 홍미노조를 성대

257

히 맞이했다.

"노조의 무사 귀환을 감축드립니다!"

홍미노조는 흐뭇한 표정으로 인사를 받았다.

유건은 그 모습을 보며 속으로 생각했다.

'정말 속세의 왕이 환궁한 것 같은 모습이군.'

홍미노조는 자오진인과 유건을 본궁으로 안내했다.

유건은 본궁과 이어진 행랑을 걸어가며 감탄을 금치 못했다. 행랑은 지름이 3장이 넘는 옥색 기둥 수천 개로 지어져 있었다.

그러나 유건은 옥색 기둥을 보고 감탄하지 않았다.

그가 감탄한 부분은 행랑 위에 유리로 지은 천장이었다.

천장은 길이만 무려 10리에 달했다.

너비도 엄청났다.

거의 2리에 달했다.

마치 바다가 당장이라도 쏟아져 내릴 듯했다.

유리로 지은 천장 바깥에는 화려한 산호 군락으로 정원을 꾸며 놓았다.

이곳이 바다 안인지, 바깥인지 헷갈릴 지경이었다.

산호 정원 사이를 수많은 물고기가 헤엄치며 돌아다녔다.

물고기는 형태가 천차만별이었다.

심지어 뿔이 난 물고기, 인간의 얼굴을 닮은 물고기, 악어를 닮은 물고기도 있었다.

유건이 고개를 들었을 때는 마침 은빛 비늘을 지닌 작은 물고기 수십만 마리가 무리 지어 한가로이 헤엄치는 중이었다.

'아, 하늘의 은하수를 바다에 뿌려 놓은 것 같구나!'

그때, 머리에 큰 뿔이 달린 흰고래 10여 마리가 나타났다.

뿔이 달린 흰고래는 크기가 거의 30장에 육박했다.

마치 눈에 뒤덮인 산봉우리 10여 개가 공중을 유영하는 것 같았다.

기이하게 생긴 백각(白角)고래는 은빛 물고기의 천적이었다.

은빛 물고기는 급히 반대편으로 도망쳤다.

그러나 백각고래가 재빨리 퇴로를 막아 은빛 물고기를 한쪽으로 몰았다.

노련한 사냥꾼을 연상시키는 기민한 움직임이었다.

은빛 물고기를 한데 몰아넣은 백각고래가 뿔로 뇌전을 쏘았다.

그 순간, 은빛 물고기는 감전당한 사람처럼 몸을 부르르 떨며 축 늘어졌다.

백각고래는 기이한 울음소리를 내며 모여들어 축 늘어진 은빛 물고기를 상대로 성대한 연회를 벌였다.

자오진인은 그 모습을 보며 감탄을 금치 못했다.

"천구해가 아무리 넓어도 귀한 은성령어(銀星靈魚)를 이용해 백각뇌경(白角雷鯨)을 기르는 수사는 노조밖에 없을 거요."

홍미노조는 친구의 칭찬에 뿌듯한 표정을 지었다.

"하하, 다른 건 몰라도 백각뇌경은 어디 내놔도 빠지지 않지. 아, 인족 친구는 백각뇌경을 처음 보겠군. 백각뇌경은 키우기가 쉽지 않아 다른 수사들도 한, 두 마리 기르는 게 다라네. 한데 본좌는 선연을 만나 총 열세 마리나 키워 냈지."

"대단하십니다."

신이 난 홍미노조는 산호 정원에 기르는 희귀한 산호와 물고기 등의 유래를 설명했다.

그러는 사이, 홍미노조가 본궁으로 쓰는 청아궁(靑牙宮)에 도착했다.

청아궁도 범상치 않았다.

청아궁은 희귀한 악수인 청아수표(菁牙水豹) 송곳니로 만든 궁이었다.

청아수표의 파란 송곳니는 물을 밀어내는 성질을 지녔다.

바닷속임에도 퀴퀴한 냄새나, 습기가 전혀 없었다.

청아궁 대청 상석에 앉은 홍미노조가 자리를 권했다.

자오진인은 유건을 데리고 상석 오른쪽에 가서 앉았다.

잠시 후, 시비가 선차가 든 옥쟁반을 앞에 차려 놓고 돌아갔다.

유건은 선차를 마시며 홍미노조와 자오진인의 대화에 귀를 기울였다.

두 수사는 칠선해의 일부터 시작해 요즘 천구해 각 종족의 근황까지 다양한 주제를 놓고 대화를 나누었다.

천구해를 잘 모르는 그로서는 금과옥조와 같은 시간이었다.

자오진인은 대화가 무르익어갈 시점에 먼저 물었다.

"그래, 나에게 부탁할 일이란 게 뭐요?"

홍미노조의 표정이 바로 진지해졌다.

"자오도우도 본좌가 요 몇백 년 동안 수련에 영 진전이 없어 후기 최고봉의 경지를 거의 포기했다는 사실을 잘 알 거요."

자오진인은 안타까운 표정으로 고개를 끄덕였다.

"맞소. 가까운 친구들은 다 아는 얘기지."

"한데 성해에 사는 가가상인(家家上人)이 옥두족(玉頭族) 바다에 자라는 십만 년 묵은 해삼(海蔘)을 채취하러 왔다가 금골유액(金骨油液)을 발견했단 소식을 전해 주었지 뭐요."

자오진인은 충격을 받은 표정으로 눈을 부릅떴다.

"정말 금골유액이 나타났단 말이오?"

홍미노조가 흥분해 대답했다.

"본좌도 믿기지 않아 옥두족 바다에 들어가 확인까지 해 봤소. 한데 가가상인이 말한 그 장소에 정말 금골유액이 있었소."

"금골유액은 노조가 연성한 독문 법보의 위력을 크게 높여 줄 만한 보물 아니오? 이젠 후기 최고봉도 더는 꿈이 아니겠소."

홍미노조가 아쉬운 듯 입맛을 다셨다.

"한데 자오도우도 알다시피 그런 보물은 혼자 있는 경우가 드물지 않소? 금골유액도 마찬가지였소. 금골유액이 있는 동굴에 글쎄 구두황독해공(九頭黃毒海蚣)이 살고 있지 뭐요."

자오진인은 팔짱을 끼며 심각한 표정을 지었다.

"흐음, 구두황독해공은 상대하기가 무척 까다로운 악수인데."

홍미노조가 붉은 눈썹을 늘어트리며 한숨을 쉬었다.

"본좌가 한숨 쉬는 이유가 다 그 때문이오. 더구나 구두황독해공이 얼마 전에 2품으로 자라 더 골치가 아파진 상황이지."

자오진인은 다 안단 표정으로 손짓했다.

"그렇다고 관구족 제일의 수완가께서 그냥 지켜만 보진 않았을 거 아니오. 뭔가 방법이 있어 나를 찾았던 거 아니었소?"

"하하, 역시 자오도우는 눈치가 귀신 같다니까. 어쩌면 본좌가 후기 최고봉에 이르게 도와줄지 모르는 보물을 앞에 두고 어찌 가만있을 수 있었겠소. 그날 바로 연구를 시작했지."

"그래, 결론이 나왔소?"

"나오기야 나왔지. 한데 연구에서 나온 방법을 써먹으려면 반드시 진법 대가의 도움이 필요하지 뭐요. 그 사실을 알아낸 본좌는 즉시, 성해에 제자를 파견해 자오도우를 사방팔방으로 찾아다녔소. 한데 자오도우가 몇십 년 동안 자리를 비울지 누가 알았겠소. 아마 이번에 우연히 자오도우를 만나지 못했으면 속만 끓이다가 혼자서라도 시도해 봤을 거요."

"내가 어떻게 도와주면 되는 거요?"

홍미노조는 바로 법술을 펼쳐 허공에 복잡한 그림을 그렸다.

"이건 본좌가 어렵게 구한 진법인데 이름이 팔십일로환상미궁진(八十一路幻像迷宮陣)이오. 보다시피 구궁팔괘진 아홉 개를 겹쳐 설치하는 아주 복잡한 환영진이지. 천구해에서 이 진법을 설치할 수 있는 수사는 오직 자오도우뿐일 거요."

자오진인은 허공의 그림을 살펴보며 물었다.

"계획이 정확히 어떻게 되는 거요?"

"간단하오. 구두황독해공을 유인하여 팔십일로환상미궁진에 가두면 본좌가 그 틈에 금골유액을 훔쳐내 달아나는 것이오."

"구두황독해공을 유인할 방법은 찾았소?"

"구두황독해공은 오색형우(五色炯魷)만 보면 사족을 못 쓰는 족속이오. 본좌가 다 자란 오색형우 30여 마리를 미리 구해 놓아서 유인하는 문제는 도우가 걱정할 일이 없을 거요."

"동굴이 옥두족 바다에 있는 모양인데 그쪽은 해결을 본 거요?"

홍미노조가 붉은 눈썹을 쓸어내리며 불쾌한 표정을 지었다.

"그 문제도 걱정할 필요 없소. 이미 본좌가 옥두족 족장을 직접 만나 담판을 지어 놨으니까. 물론, 우리가 손을 쓰는 틈을 타 어부지리를 노리려 들 테지만 다 방법을 생각해 뒀소."

자오진인은 진법을 살펴보는 척하며 뇌음을 보냈다.

"공자님, 어떻게 하시겠습니까?"

"그 전에 구두황독해공에 대해 좀 더 알고 싶소."

"구두황독해공은 바다 지네 악수입니다. 독이 아주 지독해 웬만한 수사들은 구두황독해공이 숨만 쉬어도 녹아내리지요."

유건은 잠시 고민하다가 물었다.

"혹시 팔십일로환상미궁진으로 구두황독해공을 죽일 수 있겠소?"

"구두황독해공의 내단이 필요하신 겁니까?"

"내가 기르는 영물 중 하나가 독 속성을 지닌 내단을 좋아하오."

"영물 중 하나라면 어떤?"

"보라색 이무기요."

탄성을 터트린 자오진인이 대답했다.

"그렇다면 제가 어떻게든 수를 써 보겠습니다."

뇌음을 마친 자오진인은 고개를 돌려 홍미노조를 보았다.

홍미노조는 잔뜩 기대하는 표정으로 친구의 입만 주시했다. 자오진인은 한숨을 내쉬며 입을 열었다.

"진법을 몇 군데 고치면 괜찮을 것 같긴 하오."

홍미노조가 득달같이 물었다.

"그럼 하겠단 거요?"

"흠, 그 전에 해결해야 할 문제가 몇 가지 있소."

"어떤 문제요?"

"노조가 준비한 팔십일로환상미궁진은 확실히 악수를 현혹

하는 데는 뛰어난 능력을 발휘하오. 하지만 상대는 2품 악수요. 영성이 수사만큼 뛰어나 그리 오래 끌기는 어려울 거요."

홍미노조가 초조한 음성으로 물었다.

"그럼 어떻게 해야 하오?"

"원래 수사든, 악수든 상처를 입으면 감각이 떨어져 환영진법에 쉽게 속는 법이오. 한데 2품 악수를 상처 입히는 일이 어디 쉽겠소? 아마 그러려면 노조의 법보인 백각뇌광궁(白角雷光弓)과 유엽용린도(柳葉龍鱗刀)가 필요할 거요."

홍미노조가 앓는 소리를 냈다.

"아아, 백각뇌광궁은 알다시피 백각뇌경의 뿔을 발사하는 법보라 소모하면 그걸로 끝이오. 유엽용린도도 마찬가지지. 어렵사리 연성한 구명 법보인데 실전에서 한 번 사용하면 칼끝이 죄다 꺾여 수십 년 동안 다시 연성해야 한다오."

자오진인은 단호했다.

"그 방법이 아니면 어렵소, 노조."

벌떡 일어난 홍미노조가 대청을 걸어 다니며 고민을 거듭했다.

그가 걸음을 옮길 때마다 뱃살이 파도처럼 출렁거렸다.

홍미노조는 한참이 지나서야 상석으로 다시 돌아왔다.

"정말 그 방법밖에 없는 거요?"

"그렇소, 노조."

"에잇, 좋소. 그렇게 합시다."

홍미노조가 큰마음 먹고 동의함에 따라 그다음부터는 일사천리였다.

자오진인은 팔십일로환상미궁진을 연구해 몇 군데 변화를 주었다.

환영진을 공격진으로 바꾸는 변화였다. 물론, 공격진의 핵심은 백각뇌광궁과 유엽용린도가 맡았다.

두 법보는 홍미노조가 절체절명의 위기에 처할 때 사용하려고 만들었다.

덕분에 살기가 강해 공격진에 잘 어울렸다.

진법을 개조한 그들은 홍미벽선을 타고 옥두족 바다로 향했다.

홍미노조는 옥두족의 신경을 건드리지 않으려고 이번 일에 꼭 필요한 인원만 추려 데려갔다.

괜히 부하들을 대거 데려갔다가는 옥두족의 의심을 사 분란이 일어날지 몰랐다.

일행이 홍미벽선을 타고 보름 넘게 날아갔을 때였다.

마침내 옥두족이 지배하는 쪽빛 바다가 나타났다.

선수에 선 자오진인은 약간 긴장한 기색이었다.

교활한 옥두족이 국경에 함정을 파두었을지 몰랐다.

그러나 옥두족 족장과 담판을 지었다는 홍미노조의 장담은 사실인 모양이었다.

앞을 막아서는 옥두족 수사는 없었다.

닷새쯤 더 날아가던 홍미벽선은 갑자기 바닷속으로 잠수했다.

한데 이번에는 거의 1천 장이 넘는 깊이로 잠수했다.

1천 장 바닷속은 수압이 엄청났다.

홍미벽선조차 버티기 힘들어 선체가 부서지는 소리가 들렸다.

홍미노조가 선수 앞에 나가 옥홀을 들고 진언을 외웠다.

그 순간, 옥홀이 발사한 옥빛 구체가 홍미벽선을 둥그렇게 감쌌다.

옥홀은 대단한 보물이 틀림없었다.

옥빛 구체가 홍미벽선을 감싸기 무섭게 압력이 크게 줄어 속도가 빨라졌다.

유건의 심경을 눈치챈 자오진인이 뇌음을 보냈다.

"옥순왕홀(玉珣王笏)이라 불리는 영험한 법보입니다. 원래는 초인족 법보로 심해 유적에 보관되어 있었지요. 그걸 관구족 고인 한 분이 발굴해 후손에게 물려주었습니다. 홍미노조는 그 고인의 직계 후손이라 운 좋게 물려받은 것이고요."

"천구해에 초인족의 유적이 많소?"

"초인족 왕도가 천구해 성해 안에 있었습니다. 물론, 마경족과의 결전으로 가라앉아 지금은 그 흔적만 남았을 뿐이지요."

그들이 뇌음을 나누는 동안, 홍미벽선은 목적지에 도착했다.

그곳은 거대한 해저 분지였다.

홍미노조가 분지의 지형을 설명하며 물었다.

"진법을 펼치려고 봐 둔 곳인데 자오도우는 어떻게 생각하시오?"

자오진인도 만족한 표정으로 고개를 끄덕였다.

"노조의 안목은 역시 대단하오."

홍미벽선은 분지를 통과해 북쪽 협곡으로 이동했다.

분지 북쪽에 좁고 깊은 협곡이 뻗어 있었다.

홍미노조가 손가락으로 협곡 입구를 가리켰다.

"이 협곡을 따라 300리쯤 가면 석화동(石火洞)이 있소. 그 석화동 가장 깊숙한 곳에 구두황독해공이 똬리를 틀고 있지."

자오진인이 근심스러운 표정으로 물었다.

"300리면 너무 가까운 거 아니요?"

"다행히 지금은 구두황독해공이 석화동의 유황열독(硫黃熱毒)을 먹고 자는 중이라 괜찮소. 물론, 기간이 길지는 않아 적어도 보름 안에는 모든 작업을 완벽히 마무리 지어야 하오."

"그럼 서두릅시다."

자오진인은 진법에 들어가는 재료부터 분지 곳곳으로 날랐다.

워낙 규모가 방대한 진이라 들어가는 재료만도 엄청났다.

그러나 홍미노조는 재료를 아끼지 않았다.

심지어 모두 최고품으로만 준비했다.

그만큼 이번 일은 그에게 아주 절실했다.

자오진인은 홍미노조가 데려온 진법 수사를 지휘해 진법을 설치했다.

　다행히 작업 진척 속도는 매우 빠른 편이었다.

　자오진인은 정확히 열흘 만에 진법 설치를 완료했다.

　"그럼 본좌는 지금 바로 오색형우로 악수를 꾀어내겠소."

　홍미노조는 오색형우 30여 마리를 데리고 석화동으로 떠났다.

　오색형우는 생김새가 오징어와 비슷했다.

　그러나 당연히 평범한 오징어는 아니었다.

　2급 악수가 평범한 오징어를 좋아할 리 없었다.

　오색형우는 길이가 무려 30장에 달하는 거대 생명체였다.

　오색형우의 가장 큰 특징은 움직일 때마다 몸통이 오색 형광을 발산해 멀리서 보면 마치 무지개처럼 보인단 점이었다.

　자오진인은 유건을 불러 당부했다.

　"진핵 위에 계시다가 제가 신호를 보내면 백각뇌광궁으로 악수의 미간 정 중앙에서 삼 푼 위를 화살로 쏘십시오. 그러면 악수가 화가 나 공자님 쪽으로 달려들 겁니다. 그때부터는 자리를 지키다가 제 신호를 다시 기다리시면 됩니다."

　"알겠소."

　유건은 눈을 감은 상태에서 참선하며 신호를 기다렸다.

　그때, 협곡 쪽에서 폭풍이 몰아치는 소리가 점점 크게 들렸다.

유건은 백각뇌광궁을 쥔 오른손에 힘을 주며 눈을 번쩍
떴다.

◆ ◈ ◆

협곡의 너비는 1리였다.

한데 구두황독해공은 그 협곡을 가득 채울 정도로 거대했
다.

사실 거대하다는 표현으로는 모자랐다. 마치 화산이 폭발
해 싯누런 용암이 협곡을 가득 채운 듯했다.

긴장한 유건은 침을 꿀꺽 삼켰다.

'해양 악수가 크다는 말은 들었지만, 이건 상상을 뛰어넘
는군.'

구두황독해공은 머리가 아홉 개 달린 싯누런 지네였다.

정수리 위에는 더듬이가 한 쌍씩 달렸다.

지느러미처럼 생긴 다리는 바닷속을 육지 걷듯 돌아다닐
수 있게 만들어 주었다.

배에 달린 다리는 5천 개쯤 세다가 그만두었다.

족히 수만 개는 넘을 듯했다.

유건은 전에 천수금요공이란 지네 악수를 본 적이 있었다.

그러나 이 구두황독해공은 그보다 훨씬 크고 좀 더 흉악했
다.

구두황독해공은 기이한 울음소리를 내며 분지 안으로 성 큼성큼 들어왔다.

마치 젊은 여인이 통곡하는 듯한 소리였다.

악수는 덩치에 어울리지 않게 아주 재빨랐다.

좀 전에 그가 들은 폭풍이 몰아치는 소리는 악수 다리에서 나는 소리였다.

악수가 움직일 때마다 검은 모래 구름이 심해를 새카맣게 뒤덮었다.

유건은 급히 안력을 집중해 악수의 동정을 살폈다.

분지 중앙에는 홍미노조가 법술로 제압해 놓은 마지막 오 색형우가 있었다.

오색형우를 발견한 악수는 머리 아홉 개를 동시에 쳐들었 다. 마치 봉우리 아홉 개가 일어서는 듯했다.

오색형우를 발견한 악수가 흥분해 침을 질질 흘렸다.

그러나 괜히 2품 악수가 아니었다.

희귀한 오색형우가 연달아 나타난 게 이상하다고 느낀 듯 했다.

유건은 악수의 눈빛이 흔들리는 모습을 보았다.

'설마 마지막에 와서 실패하는 건가?'

그러나 기우였다.

악수는 10년 공력을 채워 주는 오색형우를 그냥 지나치지 못했다.

수사가 보물 앞을 그냥 지나치지 못하는 것과 같았다.

침을 꿀꺽 삼킨 악수가 바람처럼 날아와 오색형우를 덮쳤다.

오색형우는 30장 크기의 거대 생명체였다.

그러나 악수가 이빨 아홉 쌍으로 찢어발기기 무섭게 작은 조각으로 변했다.

곧 오색형우의 머리 쪽에서 오색 형광을 발하는 뇌가 튀어나왔다.

악수의 머리 아홉 개가 뇌를 먼저 먹겠다고 서로 싸웠다.

결국, 가운데 있는 가장 큰 머리가 뇌를 차지했다.

뇌를 한입에 삼킨 가운데 머리가 득의양양한 표정으로 포효를 질렀다.

다른 머리들은 그 모습을 보며 분통을 터트렸다.

그때, 악수가 들어온 협곡 입구에 빛이 팔괘 형태로 번득였다.

수상함을 감지한 악수는 급히 반대편으로 달아났다.

그러나 악수가 가는 방향에서 또 한 번 빛이 팔괘 형태로 번득였다.

다급해진 악수는 분지 사방으로 몸을 날렸다.

그러나 그럴 때마다 팔괘 형태의 빛이 번득이며 악수의 앞을 가로막았다.

악수는 마지막으로 뻥 뚫린 천장 쪽으로 솟구쳤다.

마치 지상의 용권풍이 구름 속으로 치솟는 듯했다.

그 순간, 천장에서 가장 큰 팔괘 빛이 나타나 악수를 저지했다.

마침내 팔십일로환상미궁진이 발동한 것이다.

아홉 개의 구궁팔괘진이 중첩해 다양한 환상을 만들어 냈다. 악수는 그중 하나의 환상에 속아 진법 안을 미친 듯이 질주했다.

그러나 매번 진법 생문 앞에서 뭐에 홀린 듯 돌아섰다.

호기심이 인 유건은 안력을 집중해 살펴보았다.

악수는 출구처럼 보이는 환상을 좇아 전력을 다해 달려갔다. 당연히 팔십일로환상미궁진이 만들어 낸 환상이었다.

그러나 환상은 매번 진법 생문 앞에서 다른 환상으로 바뀌었다.

악수가 매번 생문 앞에서 멈춰 서는 것처럼 보이는 이유였다.

그때, 자오진인의 차분한 뇌음이 들려왔다.

"지금입니다, 공자님."

바로 진핵 상공으로 솟구친 유건은 안력을 최대한 높였다.

당황한 빛이 역력한 구두황독해공의 머리가 눈에 들어왔다.

유건은 홍미노조가 알려준 진언을 외웠다.

그 순간, 등에 멘 화살통에서 하얀 화살 한 대가 둥실 떠올랐다.

하얀 화살은 백각뇌경의 흰 뿔을 갈아 만든 법보였다.

하얀 화살은 스스로 유건이 켠 백각뇌광궁의 시위 쪽으로

273

날아갔다.

마치 흰 벌이 알아서 벌집을 찾아 들어가는 듯했다.

유건은 바로 시위를 당겨 발사할 준비를 마쳤다.

'미간의 정 중앙에서 삼 푼쯤 위라 했었지.'

각도를 조절한 유건은 진언을 외우며 시위를 놓았다.

그 즉시, 시위를 떠난 하얀 화살이 긴 꼬리를 남기며 날아
갔다.

푹!

하얀 화살은 악수의 머리 아홉 개 중 가장 큰 머리의 미간
삼 푼 위를 정확히 꿰뚫었다.

악수의 머리가 입을 크게 벌리며 고통스러운 신음을 토해
냈다.

그러나 이는 시작이었다.

하얀 화살은 즉시 하얀 벼락 다발을 분출해 악수를 감전시
켰다.

악수는 몸을 사시나무처럼 떨며 날 선 비명을 질렀다.

유건은 시간을 끌지 않았다.

바로 두 번째, 세 번째 화살을 악수의 다른 머리에 발사했다.

유건이 화살 아홉 개로 악수의 머리 아홉 개를 관통하는
데 걸린 시간은 그야말로 촌각에 불과했다.

백각뇌광궁이 워낙 영험한 법보라 시위를 당기면 화살이
알아서 명중했다.

백각뇌광궁과 하얀 화살의 위력은 대단했다.

거대하기 짝이 없는 악수의 몸뚱이가 하얀 벼락에 뒤덮여 고치로 변했다.

'과연 홍미노조 같은 인물이 구명 법보로 쓸 만한 위력이로군.'

홍미노조는 이번 일을 위해 목숨처럼 아끼던 백각뇌경 아홉 마리를 죽여 뿔을 취했다.

아마 자오진인이 꼭 필요하다고 하지 않았으면 홍미노조는 끝까지 내주지 않았을 것이다.

하얀 화살은 한 시진 넘게 벼락을 방출해 악수를 괴롭혔다.

정확히 한 시진이 지났을 때였다.

위력이 다한 벼락 고치 안에서 온몸이 시커멓게 탄 악수가 괴성을 지르며 뛰쳐나왔다.

악수의 모습은 처참했다.

머리 아홉 개 중 세 개가 불에 타 보이지 않았다.

다리도 거의 절반 이상이 불에 타 속도가 크게 줄었다.

속에서 천불이 난 악수는 미친 사람처럼 발광하며 누런 독을 뿜었다.

누런 독은 과연 그 위력이 경천동지할 정도였다.

독과 닿은 것은 전부 순식간에 누런 액체로 녹아내렸다.

유건은 급히 진핵 위로 달아났다.

괜히 얼쩡거리다가 누런 독에 닿으면 바로 죽은 목숨이었다.

진핵은 진법의 유일한 생문이었다.

유건의 코앞까지 닥친 독이 생문 앞에서 되돌아갔다.

그 모습을 본 악수가 마침내 진법의 생문 위치를 알아냈다.

그다음은 거칠 것이 없었다. 소중한 내단을 꺼내 몸을 보호한 악수가 생문으로 돌진했다.

그때, 지축을 뒤흔드는 굉음이 해저 분지를 강타했다.

뒤이어 지진이 난 것처럼 지반이 쩍쩍 갈라지며 물살이 치솟았다.

당황한 악수는 내단을 머리 위에 띄우고 주변을 둘러보았다.

유건은 신중한 눈으로 진법의 변화를 관찰했다.

해저 분지 전체를 뒤덮은 팔십일로환상미궁진이 점점 작아졌다.

마치 진법을 이루는 구궁팔괘진 아홉 개가 한 곳으로 집결하는 것 같았다.

마침내 구궁팔괘진이 하나만 남았다.

바로 유건이 진핵 위에 앉아 있는 그 구궁팔괘진이었다.

구궁팔괘진 아홉 개가 나눠 가하던 압력이 하나로 합쳐지면서 물과 공기가 전부 빠져나가 완벽한 진공상태로 변했다.

악수는 그 속에서 허우적거리며 어쩔 줄을 몰라 했다.

진공에서는 악수가 자랑하는 누런 독도 제 위력을 내지 못했다.

잠시 후, 자오진인이 진법 상공에 나타나 손을 뿌렸다.

그 즉시, 용 비늘처럼 생긴 유엽도 수만 자루가 진법 안으로 빨려 들어갔다.

바로 홍미노조가 아끼는 용린유엽도였다.

용린유엽도는 유건의 손가락보다 작았다.

그러나 그 위력은 상상을 초월했다.

용린유엽도 수만 자루가 악수의 몸에 비늘처럼 들러붙었다.

악수는 비명을 지르며 용린유엽도를 떼어 내려 들었다.

그러나 쉽지 않았다.

오히려 저항할수록 더 살 속 깊숙이 파고들었다.

마침내 용린유엽도 수만 자루가 악수의 몸속으로 들어갔다.

용린유엽도는 혈관을 타고 올라가는 습성이 있었다.

악수는 곧 검은 피를 폭포수처럼 토하며 바닥을 미친 듯이 뒹굴었다.

용린유엽도가 혈관을 모두 찢어 버린 탓이었다.

용린유엽도는 한 번 쓰면 다시 연성해야 하는 상용 법보였다. 그러나 그 위력은 역시 명불허전이었다.

용린유엽도에 당한 악수는 어느새 바닥에 대자로 뻗어 있었다.

그 모습을 본 유건은 자하를 밖으로 내보내려 하였다.

한데 그때, 자오진인의 급박한 뇌음이 들려왔다.

"지금은 아직 때가 아닙니다!"

"더 기다려야 한단 말이오?"

"용린유엽도가 명불허전이기는 하나 2품 악수를 단숨에 해치울 정도의 보물은 절대 아닙니다. 지금 악수가 보여 주는 모습은 우리를 안으로 끌어들이기 위한 연기일 따름입니다."

"그럼 어찌해야 하는 거요?"

"염려 마십시오. 곧 우릴 대신해 악수의 숨통을 끊어 줄 자가 나타날 것입니다. 우린 그때까지 가만있는 게 상책입니다."

자오진인의 말대로였다.

갑자기 진법 반대편에 구멍이 뻥 뚫렸다.

유건은 흠칫해 급히 그쪽으로 고개를 돌렸다.

그때, 머리에 관을 쓴 도사가 구멍이 뚫린 곳으로 쓱 들어왔다.

도사는 놀랍게도 장선 후기에 해당하는 강대한 기운을 내뿜었다.

그러나 외모는 지닌 경지와 비교해 그다지 볼품없었다.

비쩍 마른 몸매에 염소수염을 기른 추레한 모습이었다.

유건은 도사의 정체를 바로 알아보았다.

도사는 광택이 흐르는 옥빛 피부를 지녔다.

이 근방에 그런 외관을 지닌 종족은 하나밖에 없었다.

바로 이 바다의 주인인 옥두족이었다.

옥두족 도사는 뒷짐을 쥔 여유만만한 모습으로 발을 내디뎠다.

한데 그 순간, 도사의 모습이 악수 바로 위에 나타났다.

'축지술(縮地術)인가.'

유건이 있는 방향을 힐끗 본 도사가 입을 벌려 옥색 장검을 하나 뱉어 냈다.

옥색 비늘을 지닌 용처럼 허공에서 꿈틀한 장검은 휘황찬란 빛을 내뿜으며 강대한 기운을 발산했다.

옥색 장검은 도사의 머리 위를 빙빙 돌며 명령을 기다렸다.

그때, 옥색 도사가 옥색 장검에 정혈 한 모금을 뿌렸다.

정혈을 뒤집어쓴 옥색 장검은 그 즉시 30장 크기의 대형 옥기린(玉麒麟)으로 변신해 악수의 가운데 머리로 쇄도했다.

연기가 탄로 났음을 직감한 악수가 포효를 터트리며 튀어 올라 옥기린에 맞섰다.

옥기린은 악수의 가운데 머리 주위를 빙글빙글 돌며 뿔을 휘둘러 몸 곳곳에 깊은 상처를 냈다.

악수는 누런 녹을 마구 분출해 옥기린을 공격했다.

그러나 옥기린은 독의 천적이었다.

두려워하는 기색이 전혀 없었다.

악수와 영물의 싸움은 아주 치열했다.

용호상박이란 말이 절로 떠오를 정도였다.

그러나 도사는 이런 상황이 마음에 들지 않는 모양이었다.

그는 검은 깃발을 공중에 던졌다.

검은 깃발은 곧 검은 날개가 달린 천마로 변신해 옥기린을

279

도왔다.

천마가 가세한 다음부턴 승부의 추가 확 기울었다.

유건은 전장에서 눈을 떼지 않으며 뇌음으로 물었다.

"저 도사를 아시오?"

"옥두족의 전양진인(佺羊眞人)이란 자입니다. 영물을 법보로 연성하는 능력이 뛰어나 다들 상대하기 꺼리는 자이지요."

그때, 천마가 뒷발로 악수의 가운데 머리를 세차게 걷어찼다.

악수는 충격이 상당한 듯 술에 취한 사람처럼 비틀거렸다.

기회를 호시탐탐 엿보던 옥기린은 재빨리 달려와 뿔로 악수의 가운데 머리를 찔렀다.

악수는 비명을 지르며 쓰러졌다.

이번에는 연기가 아니었다.

두 영물에 당해 숨이 확실히 끊어진 상태였다.

소매를 휘둘러 영물을 회수한 전양진인이 껄껄 웃었다.

"자오도우, 악수의 내단은 빈도가 가져가겠소!"

그러나 자오진인은 전양진인의 도발에 넘어가지 않았다.

그 대신, 진핵 위로 법결을 몇 개 던져 넣었다.

잠시 후, 악수의 살 속에 박힌 용린유엽도가 갑자기 폭발했다.

"이런 개 같은 경우가!"

도사답지 않게 상욕을 내뱉은 전양진인은 급히 붉은 불진을 불러내 몸을 보호했다.

그러나 용린유엽도의 수가 너무 많았다.

불진조차 완벽히 막아 내지 못할 정도였다.

얼굴을 일그러트린 전양진인은 진법 외곽으로 물러나 폭발을 피했다.

그때, 자오진인의 급박한 뇌음이 들려왔다.

"공자님, 지금입니다!"

이미 준비를 마치고 기다리던 유건은 바로 자하를 내보냈다.

유건이 자하를 밖으로 내보냄과 동시에 용린유엽도가 돌연 폭발을 멈췄다.

자오진인이 미리 손을 써둔 것이 분명했다.

자하는 밖으로 나올 때부터 악수의 머리 쪽만 주시하고 있었다.

눈을 부릅뜬 자하가 악수의 입 안으로 쇄도해 들어갔다.

잠시 후, 자하가 악수의 배를 뚫고 다시 튀어나왔다.

그런 자하의 입에는 1장 크기의 싯누런 내단이 하나 들려 있었다.

자하는 턱관절을 빼서 엄청난 크기의 내단을 천천히 삼켰다.

그제야 속았음을 안 전양진인이 고함치며 날아왔다.

"자오도우, 내 성해의 체면을 생각해 목숨까진 취하지 않으려 했소! 한데 그런 빈도의 자비심을 이용해 속임수를 쓰다니! 이번 일은 그쪽에서 먼저 시작한 거란 점을 명심하시오!

나중에 빈도의 손속에 정이 없다고 원망이나 마시구려!"

그러나 자오진인은 대답하지 않았다. 그저 전처럼 무심한 얼굴로 진법에 법결만 날릴 따름이었다.

진법은 곧 맹렬한 변화를 보이며 마치 감옥과 같이 변했다.

흠칫한 전양진인은 급히 법술을 써서 빠져나오려 들었다.

그러나 자오진인이 전력을 다한 진법은 역시 만만치 않았다.

잠시 후, 자오진인의 뇌음이 다시 들려왔다.

"방금 홍미노조가 비검전서를 보내 도움을 청했습니다. 한데 전 전양진인을 막아야 해서 몸을 뺄 수 없는 형편입니다."

"내가 홍미노조 쪽으로 가보겠소."

"조심하십시오. 아마 대단한 자들이 와 있을 것입니다."

고개를 끄덕인 유건은 자하를 소환해 석화동으로 날아갔다.

◆ ◈ ◆

유건은 곧장 협곡을 거슬러 올라갔다.

그렇게 300리를 갔을 무렵, 홍미노조가 말한 석화동이 보였다.

석화동은 기이한 장소였다.

지름이 10리가 넘는 수직 동굴에서 노란 중기가 거품을 내며 올라왔다.

유건은 얼마 가지 않아 독한 유황 냄새를 맡았다.

악수가 먹는다는 유황열독의 냄새였다.

은신 법보를 덮어쓴 유건은 신중하게 접근했다.

곧 수직 동굴 안에서 섬광이 연달아 번쩍이는 모습을 보았다.

섬광은 크게 세 종류였다.

하나는 전에 본 적 있는 옥순왕홀의 옥색 섬광이었다.

다른 두 섬광은 검은색과 흰색 섬광으로 풍기는 기운이 비슷했다.

유건은 수직 동굴 가장자리에 도착해 안을 들여다보았다.

초대형 거북 세 마리가 동굴 중간을 막고 싸우는 중이었다.

머리에 관을 쓴 검은 거북의 체구가 가장 컸다.

검은 거북은 옥순왕홀의 보호를 받으면서 파란 채찍, 노란 피리, 검은 붓 세 법보로 다른 두 거북을 상대하며 평수를 유지했다.

검은 거북의 정체는 바로 의인화를 푼 홍미노조였다.

홍미노조를 상대하는 두 거북도 범상치 않았다.

그들은 몸에 옥빛 광택이 자르르 흘렀다.

마치 옥을 깎아 빚은 듯했다.

몸집이 좀 더 큰 거북은 입으로 흰 광선을 발사해 홍미노조의 빈틈을 찔렀다.

반대로 체구가 작은 거북이는 고생 창연한 검은색 거울 법보를 조종해 홍미노조의 공격을 방어했다.

'옥두족의 장선 후기 두 명이로군.'

전양진인을 합치면 옥두족은 장선 후기를 세 명이나 투입했다.

보물을 외인에게 넘길 생각이 추호도 없다는 뜻이었다.

세 장선 후기 강자의 공방은 갈수록 더 치열해졌다.

심지어 바닷물이 증발해 그 일대 전체가 진공상태로 변할 정도였다.

답답해진 유건은 안력을 좀 더 높였다.

그러나 확실히 볼 수 있는 건 섬광과 충격파, 수중기뿐이었다.

유건은 새삼스레 그와 장선 수사의 격차가 크단 사실을 절감했다.

공법과 영물을 전부 동원해도 마찬가지였다.

가장 약한 옥두족 여수사의 공격조차 제대로 받아 내기 어려웠다.

그때, 옥두족 남수사가 껄껄 웃으며 소리쳤다.

"홍미노조의 명성은 역시 그냥 얻어진 것이 아닌 모양이구려!"

홍미노조의 붉은 눈썹이 분노로 파르르 떨렸다.

"무종(無踪), 향사(香絲) 두 도우는 도문의 종사를 자처하면서 어찌 남의 보물을 가로채는 승냥이 같은 짓을 하는 거요?"

옥두족 여수사인 향사진인(香絲眞人)이 코웃음을 치며 따졌다.

"훙, 설마 홍미노조 그대는 외인이 우리 옥두족 바다를 활개치며 다니는데 우리가 그걸 지켜만 볼 거로 생각한 건가요?"

"본좌는 이미 옥두족 족장님을 뵙고 이번 일에 대해 보상하였소. 두 도우는 옥두족 족장님의 전갈을 받지 못한 거요?"

이번엔 무종진인(無踪眞人)이 엄숙한 얼굴로 반박했다.

"이곳 석화해(石火海)는 우리 옥두족 대봉관(大鳳館)의 영역이오. 아무리 족장님이라 해도 대봉관 일에 간섭할 순 없소."

홍미노조가 탄식하며 물었다.

"원래는 본좌도 대봉관을 직접 방문해 관주님과 전양진인을 포함한 세 분 부관주를 찾아뵙고 양해를 구할 생각이었소. 한데 전갈을 보낼 때마다 관주님은 구구말겁 준비로 폐관에 들어가셨고 세 분 부관주는 외부 일로 바쁘단 답만 돌아왔소. 혹시 그때부터 오늘 일을 벌이기로 작정했던 것이오?"

다시 향사진인이 성을 내며 따졌다.

"처지를 바꿔 놓고 생각해 보시죠. 우리가 홍미봉궁에 사는 백각뇌경 암컷을 잡아가겠다고 설쳐대면 노조는 허락할 건가요?"

홍미노조가 붉은 눈썹을 치켜올리며 물었다.

"두 분 도우는 본좌와 정말 끝까지 가볼 생각이오?"

무종진인은 껄껄 웃으며 소리쳤다.

"하하, 숨겨 둔 수가 있으면 지금 꺼내 시구려! 나중에 이래서 졌느니, 저래서 졌느니 하는 핑계는 듣고 싶지 않소이다!"

"좋소. 어디 한번 끝까지 가 봅시다!"

소리친 홍미노조가 자기 뒤통수를 힘껏 후려쳤다.

그 순간, 홍미노조의 정수리에서 관을 쓴 새끼 거북이 튀어나왔다.

바로 홍미노조가 배양한 원신이었다.

원신은 오른손에 회색 비석을, 왼손에 붉은 부적 다발을 각각 들었다.

무종, 향사 두 진인도 바로 맞대응에 나섰다.

두 진인의 정수리 위에서 옥빛 새끼 거북이 연달아 튀어나왔다.

좀 더 큰 새끼 거북은 바로 보라색 단검을 꺼내 입으로 물었다. 작은 새끼 거북은 남색 그릇을 눈앞에 띄웠다.

장선 수사가 원신을 꺼냈단 말은 끝장을 보자는 의미였다. 그 의미 그대로 세 장선 후기 수사의 대결은 더 흉험해졌다.

유건은 더 기다릴 수 없어 뇌음을 보냈다.

"노조, 유건입니다."

홍미노조가 약간 놀란 목소리로 물었다.

"왜 자오도우가 오지 않은 건가? 전양진인 때문인가?"

"그렇습니다."

유건은 해저 분지의 상황을 간추려 보고했다.

홍미노조는 한참 만에 다시 뇌음을 보내왔다.

"무슨 상황인지 알겠는가?"

"옥두족 수사들이 노조를 방해하는 중이 아닙니까?"

"맞네. 한데 저들은 그저 시간을 끌고 있을 뿐이네."

"시간을요?"

"그렇다네. 저 부부는 좀 전에 석화동 안으로 제자를 하나
를 들여보냈네. 솔풍자(率風子)라는 간악한 놈이지. 솔풍자
가 금골유액을 훔치지 못하게 자네가 방해해 주게. 그러면 본
좌가 이 두 연놈을 때려죽이고 들어가 자네를 구해 주겠네."

유건은 즉각 물었다.

"솔풍자의 경지를 아십니까?"

홍미노조가 가라앉은 목소리로 대답했다.

"놈은 오선 후기일세."

유건은 당황한 것처럼 행동하며 물었다.

"공선 후기인 제가 어떻게 오선 후기를 감당할 수 있겠습
니까?"

"당연히 감당 못 하겠지. 그래서 본좌가 아끼는 보물 두 가
지를 빌려주겠네. 하나는 옥로경(玉露鏡)이란 은신 거울일
세. 옥로경으로 자길 비추면 감쪽같이 사라지지. 장선 중기
경지 이상이 아니면 옥로경의 은신 능력을 간파하지 못하네.
다른 하나는 금강전(金剛殿)이란 구금 법보일세. 구결을 이

287

용해 펼치면 오선 후기 수사 정도는 쉽게 가둘 수 있지."

유건은 한숨을 내쉬었다.

"둘 다 대단한 법보란 사실은 잘 알겠습니다. 그러나 상대는 오선 후기 수사입니다. 저는 아마 목숨을 걸어야 하겠지요."

"성공하면 두 법보를 자네에게 주겠네. 어떤가?"

"어차피 죽으면 그보다 더 귀한 법보도 소용없지 않겠습니까?"

"흐음, 자네가 원하는 게 따로 있는 모양이군."

"금골유액을 조금 나눠 주십시오. 그럼 목숨을 걸어 보겠습니다."

홍미노조의 목소리에 노기가 어렸다.

"지금 금골유액을 달라고 했느냐?"

"저와 자오진인 선배님이 사용할 정도의 양만 달란 뜻입니다."

"그렇게 해 주면 금골유액을 빼낼 자신은 있는 것이냐?"

"금골유액을 나눠 주시면 그때부턴 금골유액이 제 것이기도 합니다. 전 절대 다른 수사에게 제 물건을 빼앗기지 않습니다."

"자신감 하난 마음에 드는구나. 좋다. 네가 정말로 금골유액을 빼내 온다면 그 일부를 너와 자오도우에게 나누어 주마."

"그럼 두 법보는 어떻게 되는 겁니까?"

홍미노조가 어이없단 목소리로 뇌음을 보냈다.

"욕심이 많은 녀석이구나."

"칭찬으로 듣겠습니다."

"알았다. 성공하면 두 법보도 주도록 하마."

홍미노조는 바로 비검전서에 두 법보를 묶어 유건에게 보냈다. 법보를 받은 유건은 비검전서에 적힌 구결을 재빨리 외웠다.

잠시 후, 홍미노조가 초조한 목소리로 물었다.

"구결은 다 외웠느냐?"

"그렇습니다."

"네가 있는 자리에서 남쪽으로 10리쯤 내려가면 작은 수직 동굴이 있다. 본좌가 탈출로로 쓰려던 동굴이지. 본좌는 이곳으로 오기 전에 잠시 그곳에 들러 입구에 미리 은폐 진법을 설치해 두었다. 덕분에 놈들도 동굴이 있다는 사실을 전혀 모른다. 비검전서 끝에 적힌 해진 구결을 외우고 동굴을 찾아라. 그럼 바닥까지 곧장 내려갈 수 있을 것이다."

"알겠습니다."

유건은 비검전서 끝에 적힌 해진 구결을 외웠다.

법보 구결보다 쉬워 금방 외울 수 있었다.

비검전서를 돌려보낸 유건은 바로 남쪽으로 날아갔다.

그러나 홍미노조가 말한 지점에 이르렀음에도 동굴의 모습은 보이지 않았다.

홍미노조의 은폐 진법이 고명한 탓이었다.

유건은 곧장 해진 구결대로 법결을 만들어 날렸다.

발밑에 새파란 빛이 한차례 번쩍하며 지나갔다.

유건은 바로 그쪽으로 내려가 빛이 사라진 장소를 확인했다.

지름이 반 장에 불과한 수직 동굴이 입을 벌리며 나타났다.

유건은 곧장 수직 동굴 안으로 잠수해 들어갔다.

동굴은 구불구불해 내려온 거리를 정확히 파악하기 힘들었다.

한참 만에야 바닥에 도달한 유건은 통로를 따라 이동했다.

구두황독해공이 워낙 거대해 통로도, 벽도, 천장도 모두 거대했다.

지하 동굴이란 느낌이 별로 들지 않을 정도였다.

유건은 통로를 빠른 속도로 이동하며 주변을 관찰했다.

바닷물에 유황열독이 배어 있어 유황 냄새가 코를 찔렀다.

심지어 옥빛 바닷물마저 오염되어 싯누런 색으로 보일 정도였다.

유건은 유황열독이 짙어지는 물을 보며 생각했다.

'제대로 가는 모양이군.'

그가 그렇게 생각한 데는 다른 이유가 하나 더 있었다.

바로 열기였다.

석화동은 원래 상고시대에 엄청난 규모의 화산이 폭발해 만들어진 지형이었다.

그 바람에 아직도 동굴 지하에는 용암의 강이 흘렀다.

용암의 열기가 동굴의 물을 펄펄 끓였다.

유건은 금골유액의 유래를 생각하며 열기가 강한 쪽으로 계속 이동했다.

금골유액은 금골석(金骨石)에서 만들어졌다.

금골석은 돌의 정화가 모여 태어나는 광석이었다.

보통은 영약 재료로 쓰는데 근골을 단단하게 해 주는 효과가 뛰어났다.

금골석이 엄청나게 뜨거운 주변 환경에 계속 노출되면 기름으로 변했다.

그 기름이 바로 금골유액이었다.

금골유액은 금골석보다 적어도 10배의 효능을 지닌 것으로 유명했다.

금골유액은 특히, 바위 속성 공법을 익힌 수사나, 바위 속성을 지닌 법보에 효과가 뛰어났다.

홍미노조가 구명 법보를 포기하면서까지 금골유액을 얻으려는 이유도 그 때문이었다.

홍미노조의 독문 법보는 천계참요석(天啓斬妖石)이라 불리는 바위 속성 비석이었다.

그가 금골유액을 얻어 천계참요석의 위력을 끌어올린다면 후기 최고봉도 노려볼 수 있었다.

경사진 통로를 따라 위로 비스듬히 10여 리를 올라갔을 때였다.

갑자기 견디기 힘들 정도의 뜨거운 열기가 훅 끼쳐 왔다.

유건은 은신 법보 세 개를 동시에 펼쳐 은신했다.

두 개는 무광무영복과 건마종이었고 세 번째는 옥로경이
었다.

세 은신 법보가 부족한 점을 서로 보완해 거의 완벽한 은
신술을 만들어 냈다.

홍미노조가 그에게 무광무영복과 건마종이 있단 사실을
알았다면 옥로경을 내주지 않았을 것이다.

건마종과 옥로경은 풍화에 강해 열기가 조금 줄어들었다.

유건은 노란 아지랑이가 피어오르는 출구 쪽으로 날아갔
다.

그 순간, 지름이 수십 리에 달하는 거대한 공터가 나타났다.

공터와 이어진 출입구는 모두 약간 경사져 있었다.

덕분에 공터 안에는 물이 들어오지 않아 지상의 동굴과 비
슷했다.

유건은 공터 안을 재빨리 훑었다.

공터 중앙에 거대한 용암 연못이 있었다.

보통 용암은 아니었다.

공선 후기 수사는 용암 속에서 헤엄쳐도 별일 없었다.

한데 이곳의 용암은 불의 정수가 모여 만들어진 보물이었
다. 대비를 충분히 해 두지 못하면 순식간에 재로 변해 버렸다.

용암 연못 위에는 노란 구름이 떠 있었다.

그러나 진짜 구름은 아니었다.

용암 연못이 뿜어내는 지독한 유황열독이 쌓이고 쌓여 거대한 구름처럼 보일 따름이었다.

유건을 시선을 가장 먼 곳으로 옮겼다.

금빛 모래를 뿌려 놓은 것처럼 공터 한쪽 벽이 쉼 없이 반짝였다.

풍화작용으로 인해 밖으로 드러난 금골석 광맥이었다.

금골석 광맥은 용암 연못이 분출하는 뜨거운 열풍에 휩싸일 때마다 황금빛 액체로 녹아 벽을 타고 바닥으로 떨어졌다.

그 황금빛 액체가 바로 금골유액이었다.

유건은 금골유액이 흘러내리는 방향을 주시했다.

한쪽 구석에 금골유액이 모여 만들어진 작은 연못이 보였다.

작은 연못에는 그보다 먼저 온 손님이 한 명 있었다.

홍미노조가 말한 솔풍자였다.

옥빛 피부에 애꾸눈인 솔풍자는 녹색 날개 네 쌍이 달린 옷을 입고 있었다.

유건은 은신술을 펼쳐 상대에게 접근했다.

솔풍자는 작은 연못에 고인 금골유액을 법술을 써서 금색 호리병으로 빨아들이는 중이었다.

금골유액이 금강석도 녹인다는 점을 생각하면 금색 호리병도 보통 법보가 아니었다.

다행히 솔풍자는 유건의 존재를 눈치채지 못한 모습이었다.

유건은 최대한 가까이 접근해 금강전을 던졌다.

금강전은 곧 불광을 머금은 10층 전각으로 변신해 솔풍자를 가두었다.

금강전은 홍미노조의 장담처럼 위력이 대단했다.

솔풍자는 금강전 속에 갇히기 무섭게 움직임을 멈추었다.

이제는 홍미노조가 나타나 가둔 솔풍자를 처리하길 기다리는 일만 남았다.

물론, 홍미노조가 만만치 않은 상대로 보이는 무종진인과 향사진인의 협공을 물리쳤을 때의 이야기였다.

한데 그때였다.

솔풍자가 등 뒤에 나타나 흰 쇠사슬을 던졌다.

전혀 예상치 못한 기습이어서 유건은 쇠사슬에 감겨 추락했다.

유건은 즉시 공법을 펼쳐 쇠사슬에서 벗어나려 하였다.

그러나 쇠사슬에 법력을 제한하는 법술을 걸려 있어 쉽지 않았다.

쿠웅!

유건은 결국 바닥으로 떨어졌다.

솔풍자가 두 손으로 쇠사슬을 빙빙 돌리다가 놓았다.

쇠사슬에 묶인 유건은 꼼짝없이 솔풍자가 던진 방향으로 날아갔다.

그곳은 바로 용암 연못 위에 있는 유황열독 구름이었다.

그때, 유건의 팔목에서 보랏빛 이무기가 나타나 콧구멍 두 개로 유황열독 구름을 전부 빨아들였다.

그뿐만이 아니었다.

이번엔 금빛 비늘을 지닌 금룡이 튀어나와 흰 쇠사슬을 물어뜯었다.

깜짝 놀란 솔풍자는 즉시 쇠사슬에 법력을 주입했다.

법력을 주입한 쇠사슬은 좀 더 굵어지면서 유건의 몸을 마구 짓이겼다.

그때, 금룡이 산천이 떠나갈 듯한 포효를 터트렸다.

포효를 지른 금룡은 근육이 터질 것처럼 불어났다.

금룡은 두 팔로 쇠사슬을 붙잡고 커진 근육을 전부 동원해 비틀었다.

쇠사슬은 끊어질 것처럼 금속성 마찰음을 냈다.

그때, 금룡이 이빨로 잡아 뜯어 기어코 쇠사슬을 끊어 버렸다.

풀려난 유건은 곧장 솔풍자 쪽으로 쇄도했다.

8장. 용호상박

"흥!"

코웃음 친 솔풍자는 날개를 펄럭여 다시 사라졌다.

은신술은 아니었다.

그저 너무 빨라 눈으로 따라잡지 못할 따름이었다.

솔풍자는 유건의 머리 위에 나타나 날개를 활짝 펼쳤다.

그 순간, 서늘한 강풍이 장창 수천 자루로 변신해 덮쳐 왔다.

유건은 묵귀를 불러내 장창을 솔풍자 쪽으로 돌려보냈다.

솔풍자는 깜짝 놀라 공중을 미친 듯이 비행해 장창을 피했다.

그러나 돌아오는 속도가 워낙 빨라 전부 피하지 못했다.

결국, 장창에 찔린 날개 하나가 시커멓게 죽어 기능을 상실했다.

그제야 솔풍자의 얼굴에 떠오른 비웃음이 사라졌다.

솔풍자는 뇌력을 퍼트려 유건을 천천히 훑었다.

"넌 누구냐? 정말 공선 후기 수사더냐?"

유건은 법력을 끌어모으며 되물었다.

"당신이 대봉관 부관주의 제자인 솔풍자요?"

"그렇다."

유건은 10층 전각을 힐끗 보며 다시 물었다.

"금강전에 갇힌 건 분신이었소?"

솔풍자가 서늘한 표정으로 대꾸했다.

"너는 아직 내 질문에 대답하지 않았다."

"나는 홍미노조 어르신의 명령을 받고 온 금갑족의 자건이오."

솔풍자가 유건의 등에 달린 금색 등딱지를 보며 미간을 좁혔다.

"성해의 금갑족이 어찌하여 홍미노조의 명령을 따른단 말이냐?"

유건은 속으로 안심했다.

솔풍자는 그가 인족임을 알아보지 못했다.

새로 만든 복신술이 생각보다 효과가 뛰어나다는 뜻이었다.

"종족의 어르신들끼리 결정한 일이오. 경지가 낮은 나는 그저 시키는 대로만 할 뿐이지. 이젠 내 질문에 대답해 주시오."

솔풍자는 득의양양한 표정으로 대답했다.

"맞다. 부적술로 만든 분신이지."

유건은 미간을 찌푸리며 물었다.

"내가 올 줄 알았던 거요?"

솔풍자는 코웃음을 쳤다.

"부관주 두 분이 어떤 분이신데 홍미노조가 비검전서로 너와 연락했다는 사실을 모르겠느냐. 나는 진작에 홍미노조의 방수가 온다는 연락을 받고 기다리고 있었느니라. 물론, 그 방수가 고작 공선 후기 애송이일 줄은 몰랐지만 말이다."

"미안하게 되었소. 고작 애송이라."

솔풍자는 유건 옆을 지키는 금룡과 자하를 힐끗 보았다.

"흥, 비꼴 것 없다. 내가 예상한 애송이의 실력치고는 제법 쓸만했으니까. 백조색(白操索)의 결박을 끊어 내는 영물을 가지고 있다면 그 정도 칭찬을 듣는 데 부족함이 없을 테지."

"날 무시하지 않는 게 신상에 좋을 거요."

솔풍자가 피식 웃었다.

"내가 왜 그래야 하지?"

"애송이도 운과 때가 맞으면 거물을 잡는 법이잖소?"

"세상이 천 번 뒤집혀도 그런 일은 절대 일어나지 않을 것이다."

"당신에겐 세상을 뒤집을 만한 능력이 없을 것 같소만."

"하하하!"

배를 잡고 웃던 솔풍자가 갑자기 달려들었다.

"내게 그런 능력이 없는지 네 눈으로 직접 확인해 봐라!"

유건은 재빨리 전광석화를 펼쳐 달아났다.

묵귀는 아직 완전체가 아니었다.

연거푸 사용하면 힘을 다할 위험이 있었다.

그때, 솔풍자가 갑자기 방향을 바꿔 달아나는 그를 쫓아왔
다.

"홍, 나랑 속도 싸움을 해보자는 것이냐?"

가소롭단 표정을 지은 솔풍자가 양손을 내리쳤다.

곧 바람 칼날 열 개가 튀어나와 유건의 몸을 할퀴었다.

유건은 피할 시간이 없어 바로 천수관음검법을 펼쳤다.

30장 크기의 거인으로 변신한 유건은 늘어난 팔로 몸을 감
쌌다.

창창창창창!

바람 칼날이 유건의 몸을 가르며 지나갔다.

유건은 바람 칼날이 지나갈 때마다 몸을 움찔거렸다.

그러나 천수관음검법으로 만든 팔로 보호한 덕에 큰 타격
은 없었다.

팔을 날개처럼 쫙 펼친 유건은 바로 반격을 가했다.

유건이 휘두른 칼날 열여섯 개가 교차하며 솔풍자를 갈랐

다. 그러나 가른 것은 솔풍자가 남긴 잔영이었다.

솔풍자는 이미 멀찍이 피해 다음 공격을 준비 중이었다.

그때, 자하와 금룡이 동시에 달려들어 솔풍자를 덮쳤다.

자하는 보랏빛 독무를, 금룡은 벼락을 발출해 상대를 에워쌌다.

얼굴이 굳은 솔풍자가 법보낭을 찰싹 때렸다.

그 순간, 하얀 부적 열 장과 검은 부적 천여 장이 공중에 휘날렸다.

솔풍자는 급히 정혈을 뿜어 두 부적을 불태웠다.

하얀 부적은 곧 하얀 갑옷을 입은 장군으로 변신했다.

검은 부적 천 개도 뒤따라 검은 갑옷을 입은 병사로 변신했다.

하얀 갑옷 장군은 자하와 금룡을 가리키며 명령했다.

"쳐라!"

"와아아아!"

검은 갑옷 병사 천명은 함성을 지르며 자하와 금룡 쪽으로 쇄도했다.

하얀 갑옷 장군 열 명도 바로 공격에 가세했다.

자하와 금룡은 금세 하얀 갑옷 장군과 검은 병사들에 뒤덮였다.

부적으로 만든 장군과 병사는 죽여도, 죽여도 끝이 없었다.

그들은 곧장 다시 살아나 두 영물을 계속 에워쌌다.

솔풍자가 득의양양한 표정을 숨기지 못했다.

"네놈의 영물이 비범하긴 해도 사부님이 강적을 상대하기 위해 연성한 백장흑병부(白將黑兵符)의 상대는 되지 못한다!"

"백장흑병부를 만든 사부가 대단한 거지, 당신이 대단한 건 아니잖소? 그만 우쭐대고 오선 후기의 실력을 발휘해 보시오."

발끈한 솔풍자가 곧장 덮쳐 왔다.

솔풍자는 더는 유건을 무시하지 않았다.

유건이 공선 후기이긴 해도 오선과 맞먹는 강자로 여겼다. 그러나 두 경지 사이엔 당연히 격차가 존재할 수밖에 없었다.

특히, 보유한 법력의 양에서 그 격차가 현격했다.

솔풍자는 독문 공법에 투입하던 법력의 양을 늘렸다.

곧 솔풍자가 날린 바람 장창 수천 개가 소나기처럼 쏟아졌다.

전에는 바람 장창이 날카로운 유엽도 같았다.

그러나 법력의 양을 늘린 지금은 둔중한 쇠망치로 내려치는 느낌이었다.

유건은 사자후, 구련보등, 천수관음검법을 연달아 펼쳐 물 샐 틈 없는 방어막을 만들었다.

가끔 방어막을 뚫고 들어오는 바람 장창은 금강부동공을

두른 몸으로 직접 받아 냈다.

유건을 중심으로 100장에 이르는 공간이 황금 불광에 휩싸여 철벽과 같은 단단함을 뽐냈다.

덕분에 솔풍자가 날린 쇠망치 같은 바람 장창은 불광의 벽에 휩쓸려 위력을 잃었다.

이를 악문 솔풍자는 법력을 더 많이 주입했다.

이젠 장창보다 바람으로 만들어진 거대한 쐐기에 더 가까웠다.

쐐기가 푹푹 박힐 때마다 불광으로 만든 방어막에 구멍이 뚫렸다.

온몸이 땀에 흠뻑 젖은 유건은 법력을 더 끌어 올렸다.

불광이 눈이 부실 정도로 짙어져 구멍을 속속 메웠다.

안도한 유건은 재빨리 남은 법력을 계산해 보았다.

현재 남은 법력은 고작 2할에 불과했다.

여기서 1각만 더 지나도 자멸할 위험이 있었다.

고민하던 유건은 안력을 높여 솔풍자의 안색을 살폈다.

솔풍자도 한계이긴 마찬가지였다.

옥빛 피부에 흐르던 광택이 먹구름처럼 흐렸다.

그도 거의 한계까지 법력을 끌어올렸음이 분명했다.

그러나 확실한 것은 솔풍자가 그보다 아직 여유롭단 점이었다.

유건이 그런 상황에서 힘든 내색을 드러내면 솔풍자는 법력을 더 주입해 여기서 아예 끝장을 보려들 게 분명했다.

그로서는 최악의 결과였다.

유건은 담담하게 금강부동공의 구결을 외웠다.

불가의 공법은 심신을 안정시키는 데 최고였다.

그 즉시, 표정이 평온해지며 행동에 여유가 생겼다.

한편, 솔풍자는 힘겨워하던 유건의 표정이 갑자기 편해지는 모습을 보고 속으로 흠칫했다.

그래도 공선 후기인 유건이 그보다 법력의 양이 많다는 사실을 인정하기 어려웠다.

솔풍자는 유건이 허세를 부린다고 판단했다.

그의 판단은 정확했다.

그러나 수사라고 해서 언제나 이성적인 판단에 따라 행동하지는 않았다.

판단은 이성에 의존할지 몰라도 심리적인 부분은 매번 이성적일 수 없었다.

지금이 바로 그런 때였다.

결국, 솔풍자가 먼저 법력 대결을 포기했다.

그는 대신, 가장 자신 있는 법보 대결로 방향을 틀었다.

솔풍자는 노란 북을 꺼내 북채로 힘껏 두들겼다.

둥둥둥둥둥!

그 순간, 무형의 음파가 파동처럼 변해 유건을 덮쳐 왔다.

유건은 사자후를 연속 발출해 날아오는 음파를 전부 요격했다.

솔풍자는 다시 보라색 장침을 한 움큼 뿌렸다.

보라색 장침은 보랏빛 벼락으로 변해 유건의 머리로 쇄도했다.

콰르릉!

유건도 가만있지 않았다.

그는 바로 전광석화를 펼쳐 보랏빛 벼락에 맞서 갔다.

전광석화에도 뇌전의 기운이 있어 보랏빛 벼락을 버텨 냈다.

"제길!"

욕을 한 솔풍자는 파란 호리병을 던지며 재빨리 진언을 외웠다.

그 순간, 100장 크기로 커진 호리병이 거꾸로 뒤집혔다.

솔풍자는 파란 호리병 뚜껑 쪽으로 법결을 날리며 소리쳤다.

"열려라!"

법결을 맞은 뚜껑이 열리며 호리병에서 파란 흙이 폭포수처럼 쏟아졌다.

파란 흙은 순식간에 반경 300장을 뒤덮었다.

솔풍자가 파란 흙을 가리키며 법결을 날렸다.

파란 흙은 곧 10장 크기의 거대 해골 병사 100여 구로 변신해 유건을 덮쳐 왔다.

해골 병사가 덮쳐 오기도 전에 강력한 흙 속성 기운이 거대한 압력을 발산해 유건을 찍어 눌렀다.

담담한 눈빛으로 쳐다보던 유건은 목정검을 날렸다.

목정검은 곧 거대한 숲으로 변해 해골 병사 100여 구를 막아섰다.

숲에는 당연히 나무가 자라기 마련이었다.

숲의 나무 수천 그루가 해골 병사를 뒤덮고 그 속으로 뿌리를 내렸다.

나무뿌리 수만 개가 해골 병사의 몸을 헤집으며 파고 들어가 흙 속성 기운을 흡수했다.

마치 뱀이 똬리를 트는 듯했다.

화가 난 솔풍자는 결국 가장 자신 있는 법보를 꺼냈다.

바로 독문 법보인 자엽풍도인(紫葉風刀刃)이었다.

부챗살처럼 퍼져 나간 자엽풍도인 100자루가 제 자리를 한 바퀴 돌았다.

그 순간, 칼날이 자줏빛 낙엽으로 변해 쇄도했다.

유건은 전처럼 천수관음검법으로 막았다.

팔 열여섯 개를 교차하며 휘두르기 무섭게 불광으로 엮은 그물이 튀어나가 자줏빛 낙엽을 청소하듯 한쪽으로 몰았다.

그러나 자엽풍도인은 만만히 볼 법보가 절대 아니었다.

자줏빛 낙엽은 가느다란 실보다 더 작아져 그물을 쏙 통과했다.

그물을 나온 다음에는 자줏빛 낙엽이 원래 크기로 돌아왔다.

천수관음검법을 믿은 유건은 무방비나 다름없었다.

곧 자줏빛 낙엽이 유건의 몸 곳곳에 틀어박혔다.

피가 튀고 살점이 떨어져 나갔다.

그제야 긴장을 푼 솔풍자가 수결을 맺은 손으로 법결을 날렸다.

"뚫어라!"

법결을 맞은 자줏빛 낙엽 수십 개가 전보다 더 기승을 부리며 유건의 몸으로 계속 파고들어 왔다.

마치 자줏빛 미꾸라지가 꼬리를 꿈틀거리며 진흙 속으로 숨으려는 것 같았다.

위기에 처한 유건은 남은 법력의 반으로 금강부동공을 펼쳤다.

금강부동공은 과연 불가의 정통 호신 공법다웠다.

찬란한 불광이 그를 중심으로 피어오르기 무섭게 자줏빛 낙엽 수십 개가 몸에서 도로 뽑혀 나와 1장 밖으로 밀려났다.

종기 수십 개에서 자줏빛 고름을 동시에 짜내는 듯했다.

유건은 그 틈에 홍쇄검으로 만든 범종에 법결을 날렸다.

데엥!

법결을 맞은 범종은 주변의 중력을 몇십 배 무겁게 만들었다.

바람 속성 공법으로 연성한 자엽풍도인 100자루는 그 속성상 바람처럼 가벼울 수밖에 없었다.

자엽풍도인은 갑자기 무거워진 중력의 영향을 받아 움직임이 현저히 느려졌다.

유건은 다시 수결을 맺은 손으로 범종에 법결을 던졌다.

범종은 바로 홍쇄검 108자루로 변해 자엽풍도인을 전부 갈랐다.

"우왝!"

독문 법보가 망가져 피를 토한 솔풍자가 이를 바드득 갈았다.

"감히 추잡스러운 수법으로 내 독문 법보를 부수다니! 원신을 고혼로(苦魂盧)에 넣어 영원토록 고통을 느끼게 해 주마!"

솔풍자는 독기가 서린 눈빛으로 품에서 붉은 부채를 꺼냈다.

붉은 부채는 풍기는 기운부터가 남달랐다.

분명 바람 속성 법보였는데 중간중간에 살을 태울 듯한 열기가 뿜어져 나왔다.

유건은 흠칫해 물러섰다.

"풍화(風火) 속성!"

"질풍매염선(疾風魅炎扇)이란 것이다! 사부님께서 이번 일을 위해 특별히 내려 주신 법보지! 사용하면 다시 연성해야 해서 아껴 둘 생각이었는데 지금은 아낄 때가 아닌 듯하구나!"

법보에 두 가지 속성을 같이 집어넣는 일은 매우 어려웠다.

유건이 홍쇄검에 중력 속성을 집어넣을 수 있었던 것은 정말 천운이 따라서였다.

한데 그보다 더 어려운 일이 있었다.

상호보완작용을 하는 두 속성을 같이 집어넣는 일이었다.

불과 바람은 서로를 보조했다.

그런 점에서 질풍매염선은 정말 대단한 법보였다.

더구나 이곳에는 용암 연못마저 있었다.

그렇지 않아도 질풍매염선은 상대하기 까다로운 법보였다. 한데 더 강한 위력을 뿜낼 수 있는 조건마저 갖춰져 있었다.

유건은 마음을 바꿔 먹었다.

지금까진 상대의 공법이나, 법보를 보며 맞춰가는 식이었다.

그러나 질풍매염선은 그렇게 상대하기 힘들었다.

유건은 바로 빙혼검을 내보내 빙산으로 몸을 보호했다.

그러나 하나로는 부족했다.

그는 원마환으로 빙산을 보충했다.

그때, 질풍매염선이 만들어 낸 불 폭풍이 덮쳐 왔다.

새파랗다 못해 거의 하얗게 보이는 불 폭풍이 공간 전체를 불태웠다.

불 폭풍은 용암 연못의 열풍을 만나 몇 배 더 강해졌다.

유건은 마치 온몸의 혈액이 끓어오르는 것 같은 고통을 느졌다.

머리카락을 포함한 모든 털이 재로 변해 흩어졌다.

뒤이어 옷이 죄다 타버렸다.

살에는 고름이 찬 것처럼 물집이 잡혔다.

동공이 타버리는 것 같아 눈은 아예 뜰 수조차 없었다.

그때, 빙혼검의 빙산이 지글거리는 소리를 내며 녹아내렸
다.

녹는 속도가 엄청나게 빨랐다.

수십 장 크기던 빙산이 금방 10장 크기로 줄어들었다.

원마환도 표면이 자글자글 끓었다.

그러나 유건의 표정은 의외로 담담했다.

지금 처한 절체절명의 위기가 그와 전혀 상관없는 일 같았
다.

마침내 빙산이 다 녹아 원마환만 남았다.

승리를 확신한 솔풍자의 눈에 희색이 드러났다.

그때, 뒤에서 청랑을 탄 규옥이 나타나 포선대 입구를 벌
렸다.

◆ ◇ ◆

규옥은 유건이 준 은신 법보로 몰래 접근했다.

솔풍자는 질풍매염선을 조종하는데 정신이 팔려 규옥의

접근을 전혀 눈치채지 못했다.

문제는 질풍매염선의 열기였다.

다행히 청량이 불 속성 영수라 어느 정도는 버틸 수 있었다.

포선대 안에서 소용돌이가 튀어나와 질풍매염선을 끌어당겼다.

"쥐새끼가 숨어 있었구나!"

고함친 솔풍자가 급히 법결을 날려 질풍매염선을 보호했다.

그러나 예전의 포선대가 아니었다.

지금은 안에 마경함천로가 있어 위력이 훨씬 강해졌다.

소용돌이가 질풍매염선을 붙잡아 포선대 안으로 끌고 갔다.

당황한 솔풍자가 서둘러 진언을 외웠다.

그 순간, 솔풍자의 몸이 엄청나게 불어나 50장 크기로 커졌다.

머리는 점점 길어지다가 갑자기 거북의 머리로 변신했다.

팔다리도 거북의 다리처럼 크고 튼실해졌다.

처음부터 있던 옥빛 등딱지는 그 모습 그대로 몇십 배 더 커졌다.

마지막에는 몸 전체가 옥빛 가죽을 지닌 완벽한 거북으로 변했다.

본신으로 돌아온 솔풍자가 옥빛 원기를 뿜었다.

옥빛 원기는 곧 질풍매염선을 감아 포선대를 다시 자기 쪽으로 끌어왔다.

이번에는 규옥이 당황해 포선대의 위력을 급히 끌어올렸다.

그러나 끝내 솔풍자의 원기가 지닌 강대한 힘을 극복하지 못했다.

결국, 질풍매염선은 다시 솔풍자의 수중으로 돌아갔다.

기습에 화가 난 솔풍자가 법보낭을 세차게 두드렸다.

그 순간, 법보낭에서 검은 쇠사슬이 튀어나와 규옥과 청랑을 추격했다.

규옥은 청랑을 타고 급히 유건 쪽으로 달아났다.

그러나 흑조색(黑操索)도 백조색처럼 솔풍자가 이번 일을 위해 사부인 무종진인과 향사진인 부부에게 받은 법보였다.

당연히 위력이 범상치 않았다.

흑조색은 순간 이동하듯 사라졌다가 청랑 머리 위에서 갑자기 튀어나왔다.

깜짝 놀란 청랑은 화륜차의 불꽃을 더 크게 키워 전속력으로 달아났다.

그러나 흑조색이 약간 더 빨랐다.

결국, 규옥과 청랑은 검은 쇠사슬에 칭칭 묶여 고통스러운 신음을 흘렸다.

쾌재를 부른 솔풍자가 흑조색을 빙빙 돌리다가 갑자기 손을 놓았다.

솔풍자의 손을 떠난 흑조색이 공터 중앙으로 날아갔다.

바로 용암 연못이 있는 방향이었다.

원마환으로 간신히 버티던 유건은 급히 용암 연못으로 날아갔다.

그러나 이번에도 한발 늦었다.

규옥과 청랑은 흑조색에 묶인 상태에서 용암 연못에 풍덩 빠져 바로 가라앉았다.

유건은 그 모습을 보며 믿을 수 없을 정도로 화가 났다.

뱃속 깊은 곳에서 치솟은 맹렬한 분노가 이성을 마비시켰다.

유건은 바로 백팔음혼마번 주기를 꺼내 눈앞에 띄웠다.

주기 안에서 일그러진 사내의 얼굴이 괴성을 지르며 튀어나왔다.

상영의 원신이었다.

유건은 재빨리 양 손목을 번갈아 물어뜯었다.

곧 대접 하나를 가득 채울 양의 정혈이 입안에 모였다.

그때, 상영의 원신이 주기를 반쯤 찢고 나와 얼굴을 드러냈다.

"카아아아!"

상영의 원신은 간담을 서늘케 하는 괴성을 질렀다.

멀리서 지켜보던 솔풍자조차 흠칫해 몸을 움츠릴 정도였다.

고개를 홱홱 돌리며 누군가를 찾던 상영의 원신이 마침내 유건을 발견했다.

원한에 사무친 눈으로 그를 노려보던 상영의 원신은 피가 뚝뚝 떨어지는 이로 그를 물어뜯으려 들었다.

유건은 머금은 정혈을 재빨리 주기에 뿌렸다.

그 순간, 상영의 원신은 순한 양으로 돌변해 주기 안으로 얌전히 돌아갔다.

유건은 수결을 맺은 손으로 주기에 법결을 날렸다.

그 즉시, 주기가 열풍을 뚫고 솔풍자 쪽으로 쇄도했다.

주기의 정체가 마번(魔幡)임을 즉각 알아본 솔풍자가 질풍매염선을 조종해 몸에 10여 겹이 넘는 화염 방어막을 둘렀다.

주기는 불에 타면서도 악착같이 전진해 화염 방어막을 뚫고 들어갔다.

흠칫한 솔풍자가 법술을 펼쳐 주기를 저지했다.

그때, 상영의 원신이 갑자기 대성통곡했다.

대성통곡은 듣는 이의 눈에 눈물이 뚝뚝 떨어지게 할 정도로 구슬펐다.

부모를 잃은 자식과 자식을 잃은 부모가 동시에 통곡하는 듯했다.

그 순간, 솔풍자의 머릿속에 잡다한 상념이 떠오르며 몸이 말을 듣지 않았다.

이것이 바로 마번의 진정한 위력이었다.

마번은 수사의 정신을 흐트러뜨렸다.

정신력이 웬만큼 강하지 않고서는 백팔음혼마번의 정신

공격을 버텨내지 못했다.

그러나 백팔음혼마번의 위력은 이게 끝이 아니었다.

곧 부기 107개가 주기의 명령에 따라 솔풍자 쪽으로 쇄도했다.

부기에 갇힌 원귀들이 괴성과 비명과 신음을 지르며 날아들었다.

그들은 곧 방어막에 달라붙어 화염을 갉아먹었다.

솔풍자는 법력을 주입해 화염 방어막을 크게 키웠다.

그러나 소용없었다.

포선대처럼 백팔음혼마번도 예전의 백팔음혼마번이 아니었다.

백팔음혼마번은 등선도 노란 산 정상에서 회색 마기를 닥치는 대로 집어삼켰다.

전보다 마기가 몇 배 더 강해졌다.

백팔음혼마번의 공세 덕에 유건은 여유를 약간 얻었다.

솔풍자가 질풍매염선으로 본인을 지키는 데 좀 더 집중하는 바람에 유건을 압박하던 불 폭풍의 기세가 현저히 약해졌다.

유건은 그 틈에 팔 열여섯 개를 하나로 뭉쳐 거대한 칼로 만들었다.

머리 뒤에서는 찬란한 불광이 태양처럼 떠올랐다.

유건은 남은 법력을 전부 거대한 칼에 밀어 넣었다.

거대한 칼에 흐르는 불경 선문이 눈을 찌를 듯한 빛을 발산했다.

유건은 원마환으로 불 폭풍을 막으며 전광석화로 쇄도했
다.

당황한 솔풍자가 불 폭풍을 불채찍으로 만들어 원마환을
강타했다.

원마환은 결국, 펑 소리를 내며 폭발해 흩어졌다.

그러나 유건은 이미 그사이 솔풍자 지척까지 접근한 상태
였다.

솔풍자가 구명 비술을 연거푸 펼쳐 달아나려 들었다.

그러나 백팔음혼마번은 지독했다.

솔풍자를 쉽게 놓아주지 않았다.

원귀들은 걸신들린 사람처럼 미친 듯이 화염 방어막을 갉
아먹었다.

마침내 솔풍자 주위에 화염 방어막이 하나만 남았다.

"차아앗!"

기합을 지른 유건은 거대한 칼을 세워 솔풍자를 찔렀다.

거대한 칼에 베인 백팔음혼마번의 원귀들이 비명을 지르
며 물러섰다.

칼은 원귀를 지나 마지막 화염 방어막을 찔렀다.

화염 방어막은 불길을 키워 거대한 칼을 저지했다.

유건은 단전에 남은 미세한 법력을 박박 긁어 칼에 주입했
다.

이렇게 하면 내상을 피할 길이 없었다.

그러나 지금은 찬물, 더운물 가릴 처지가 아니었다.

칼은 마침내 화염 방어막을 뚫고 솔풍자를 베어 갔다.

그러나 솔풍자는 구족이 지닌 강점을 활용했다.

그는 즉시 머리와 다리를 등딱지 안으로 집어넣어 보호했다.

칼이 솔풍자의 머리가 있던 곳을 지나 등딱지 쪽을 베었다.

카아앙!

그러나 천수관음검법으로 만든 거대한 칼도 구족의 등딱지를 베어 내지 못했다.

그저 약간의 상처만 남겼을 뿐이었다.

그때, 화염 방어막을 먹어 치운 백팔음혼마번 원귀들이 솔풍자가 들어 있는 옥빛 등딱지에 날카로운 이빨을 박아 넣었다.

그러나 마찬가지였다.

백팔음혼마번 원귀조차 구족의 등껍질을 갉아 먹지 못했다.

등딱지 안에 숨은 솔풍자가 미친 사람처럼 웃어젖혔다.

"크하하하, 네놈은 이제 끝이다!"

그러나 유건은 당황한 모습이 아니었다.

불길함을 느낀 솔풍자가 다른 수를 쓰려 할 때였다.

유건의 단전 안에서 갑자기 기이하게 생긴 원신이 튀어나왔다.

원신은 머리에 오색 광채를 내뿜는 원통형 뿔이 달려 있었
다.

기이한 모습은 그것으로 끝나지 않았다.

겨드랑이 밑에는 아주 얇아서 알아채기 힘든 투명한 날개
한 쌍이 있었다.

사실 뿔이나, 날개까지는 어느 정도 이해할 수 있었다.

가장 기이한 것은 엉덩이에 비늘이 덮인 꼬리가 있단 점이
었다.

꼬리는 솜털이 곤두선 것처럼 비늘이 전부 서 있었다.

솔풍자가 소스라치게 놀랐다.

"네, 네놈은 금, 금갑족이 아니구나!"

유건은 말없이 원신에게 명령을 내렸다.

원신은 앙증맞은 손가락으로 양쪽 관자놀이를 눌렀다.

그 순간, 원통 뿔에서 오색 벼락이 튀어나와 솔풍자를 때
렸다.

"으아악!"

오색 벼락을 정통으로 맞은 솔풍자가 비명을 지르며 몸을
부들부들 떨었다.

오색 벼락에는 뇌전의 정수가 들어 있었다.

구족이 자랑하는 등딱지도 오색 뇌전 앞에선 소용없었다.

오색 뇌전에 감전당한 솔풍자가 축 늘어졌다.

머리와 다리도 다시 등딱지 밖으로 기어 나왔다.

320

솔풍자의 눈에 떠오른 감정은 하나였다.

태어나 처음 느껴보는 극한의 공포였다.

유건은 곧장 거대한 칼을 내리쳤다.

거대한 칼은 솔풍자의 옥빛 거북 머리를 깨끗하게 잘라냈다.

유건은 물러나 백팔음혼마번 원귀에게 뒤처리를 맡겼다.

백팔음혼마번의 걸신들린 원귀들은 솔풍자의 사지를 맹렬히 뜯어 먹었다.

이번에는 등딱지도 버티지 못했다.

솔풍자는 순식간에 전부 뜯어 먹혀 원신 하나만 간신히 살아남았다.

그 원신도 주기의 원귀가 달라붙어 막 뜯어 먹으려 들었다.

유건은 급히 뇌력을 사용해 주기의 원귀를 제지했다.

원귀는 불만이 많은 듯 괴성을 마구 지르다가 주기로 돌아왔다.

유건은 뇌력으로 솔풍자의 원신을 끌어왔다.

솔풍자의 원신은 눈물, 콧물을 흘려 가며 살려 달라 간청했다.

유건은 서늘한 목소리로 대꾸했다.

"나를 고혼로에 넣어 평생토록 고문할 거라 했었지. 이젠 내가 너를 그렇게 해 주지. 아마 고혼로보다 더 괴로울 거다."

유건은 솔풍자의 원신을 백팔음혼마번 부기에 집어넣었다.

부기에 있던 억울한 혼백은 그 덕분에 윤회의 길에 올랐다.

혼백을 배웅한 유건은 원신과 백팔음혼마번을 회수했다.

다음은 자하와 금룡을 회수할 차례였다.

자하와 금룡을 괴롭히던 백장흑병부의 장군과 병사는 부적으로 돌아간 지 오래였다.

한데 두 영물이 보이지 않았다.

당황한 유건은 뇌력으로 감응을 시도했다.

그때, 자하제룡검이 금골유액이 있던 연못 속에서 솟구쳤다.

유건은 피식 웃었다.

영특한 자하제룡검은 불 폭풍을 피할 장소를 찾다가 금골유액이 있는 연못으로 들어간 게 분명했다.

어쨌든 그 덕에 자하제룡검의 근골은 한층 더 단단해졌다.

연못에 숨어 있다가 금골유액 상당량을 흡수한 모양이었다.

'홍미노조가 알면 노발대발하겠지만 이것도 다 선연인 셈이지.'

유건은 곧장 용암 연못 위로 날아갔다.

여전히 열기가 강해 그 밑으로는 내려가기 힘들었다.

그러나 유건은 용암 연못에 빠진 규옥과 청랑을 크게 걱정하는 모습이 아니었다.

심지어 표정은 전보다 더 밝아 보였다.

주종계약을 맺으면 주인과 종복은 서로 감응이 가능했다.

당연히 생사나, 부상 여부도 감응으로 확인할 수가 있었다.

처음에는 규옥과 청랑이 용암 연못에 빠져 죽은 줄 알았다.

평범한 용암이라면 그 둘을 해치지 못했다.

그러나 이 용암은 화산이 지닌 불 속성 기운이 만들어 낸 불의 정수였다.

규옥과 청랑도 그 속에서는 버티기 어려웠다.

한데 놀랍게도 감응으로 확인한 결과, 규옥과 청랑은 연못에 빠지고도 멀쩡히 살아 있었다.

심지어 전혀 다치지도 않았다.

잠시 후, 용암 연못 표면에 거품이 올라왔다.

처음에는 용암의 다른 거품과 차이가 없었다.

한데 얼마 지나지 않아 거품이 갑자기 풍선처럼 부풀어 올랐다.

거품 풍선은 부풀어 오르다가 10장 크기에서 멈췄다.

유건은 그 자리서 꼼짝하지 않고 거품 풍선의 변화를 지켜보았다.

그때, 거품 풍선이 갑자기 폭발했다.

마치 누가 옆에서 바늘로 꼭 찌른 것 같았다.

유건은 지독한 열기를 견디며 상황을 예의 주시했다.

잠시 후, 거품 풍선이 사라진 자리에 청랑이 모습을 드러냈다.

한데 청랑의 모습이 전과 달랐다.

청랑의 복슬복슬한 꼬리가 하나 더 자라 다섯 개였다.

몸의 근육도 전보다 훨씬 두꺼워져 있었다.

귀에도 변화가 있었다.

전엔 잘 보이지 않았다.

한데 지금은 세모꼴 모양으로 바짝 서 있었다.

훌륭하게 성장한 맹견을 보는 느낌이었다.

청랑은 캉캉 짖으며 유건의 품으로 곧장 뛰어들었다.

유건은 청랑의 머리를 쓰다듬었다.

청랑은 기분이 좋아 보였다.

혀를 내민 채 복슬복슬한 꼬리 다섯 개를 쉼 없이 흔들었다.

유건은 청랑의 얼굴을 붙잡고 물었다.

"규옥은 어디 있느냐?"

그제야 생각났다는 듯 청랑이 갑자기 입을 쩍 벌렸다.

그 순간, 녹색 실뭉치 같은 것이 청랑의 입에서 튀어나왔다. 녹색 실뭉치 안에서 곧 머리와 팔다리가 차례로 튀어나왔다.

유건은 그 모습이 귀여워 그냥 지켜보았다.

그때, 녹색 실뭉치가 한 바퀴 빙 돌고 나서 규옥의 모습으로 변신했다.

규옥은 뾰로통한 표정으로 청랑의 머리를 살짝 쥐어박았다.

"이 녀석아, 배 속에 내가 있다는 사실을 그새 잊어버린 것이냐!"

청랑은 미안하다는 듯 혀로 규옥의 뺨을 핥았다.

324

유건은 영선과 영수의 실랑이를 지켜보며 물었다.

"대체 어찌 된 일이냐?"

그때, 규옥이 초조한 표정으로 소리쳤다.

"그보다 먼저 말씀드릴 것이 있습니다, 공자님!"

"뭔데 그러느냐?"

"연못 바닥에서 엄청난 불 속성을 지닌 돌조각을 발견했습니다!"

"정말이냐?"

유건은 예상치 못한 횡재에 기뻐하며 바로 규옥과 상의했다.

잠시 후, 영약으로 법력을 회복한 유건은 빙혼검을 꺼냈다.

그사이, 청랑은 몸을 크게 키워 유건을 삼킬 준비를 마쳤다.

유건은 즉시 규옥과 청랑의 입속으로 들어갔다.

"청랑, 시작해라!"

캉캉 크게 짖은 청랑은 즉시 좀 전에 본 거품을 몸 주위에 둘렀다.

유건은 청랑이 거품을 어떤 식으로 만들어 내는지 몰랐다.

그러나 거품을 두르기 무섭게 열기가 크게 줄었다.

준비를 마친 유건 일행은 용암 연못 안으로 잠수해 들어갔다.

〈7권에 계속〉

재벌가 망나니

초촌 현대판타지 장편
MODERN FANTASY STO

입니다만?

특수전사령부 소속 비밀작전팀 아시온 팀장이자
국내에 유일한 사이보그인 이준성.
열강들의 야욕을 저지하기 위해 나선 작전 도중
뜻밖의 상황을 맞이하며 자폭하기에 이르는데.

"지옥에서는 제네바 협약 따윈 안 지키는 거니

눈을 뜬 그의 시야에 들어온 것은 지독한 참극.
이윽고 상황을 인지하며 한 가지 사실을 깨닫는다
자신의 두 발이 16세기 말 임진왜란이 펼쳐지는
전란의 대지에 서 있다는 것을.

슬기로운 회귀생활

※출판 일정에 따라 출간일은 변경될수있습니다.
2020년 11월 16일
1,2권 동시출간 예정!

MORDERN FANTASY STORY

은반지 현대판타지 장편소설

가문의 이익을 위해 길러진 개, 황재건.
당연하게도 그 인생의 끝은 토사구팽이었다.
철저히 이용만 당하다 버려진 그날,
세상은 그에게 또 한 번의 기회를 주었다.

[기반된 운명(運命)이 수레바퀴에 의해 뒤틀립니다.]

눈앞에 보이는 광경은 10여 년 전 머물던 방 안.
F급 각성으로 찬밥 신세를 면치 못했던 20살 때였다.

'이건…… 그냥 나잖아?'

그런데 SSS급 헌터의 힘이 그대로다.

독재자

조휘 대체역사 장편소설

O ALTERNATIVE HISTORY FICTION

특수전사령부 소속 비밀작전팀 아시온 팀장이
국내에 유일한 사이보그인 이준성.
열강들의 야욕을 저지하기 위해 나선 작전 도
뜻밖의 상황을 맞이하며 자폭하기에 이르는데

지옥에서는 제네바 협약 따윈 안 지키는

눈을 뜬 그의 시야에 들어온 것은 지독한 참
이윽고 상황을 인지하며 한 가지 사실을 깨달
자신의 두 발이 16세기 말 임진왜란이 펼쳐
전란의 대지에 서 있다는 것을.